古典文獻研究輯刊

四　編

曾永義　主編

第 2 冊

包慎伯文學理論研究
——以《藝舟雙楫·論文》爲主要線索

田啟文　著

國家圖書館出版品預行編目資料

包慎伯文學理論研究——以《藝舟雙楫·論文》爲主要線索／
田啓文 著— 初版— 新北市：花木蘭文化出版社，2012〔民
101〕
序 2+ 目 4+196 面；19×26 公分
（古典文學研究輯刊　四編；第 2 冊）
ISBN：978-986-254-751-9（精裝）
1.（清）包慎伯 2. 文學理論 3. 文學評論
820.8　　　　　　　　　　　　　　　　　　101001727

ISBN-978-986-254-751-9

古典文學研究輯刊
四 編 第 二 冊　　　　　　　ISBN：978-986-254-751-9

包慎伯文學理論研究
——以《藝舟雙楫·論文》爲主要線索

作　　者　田啟文
主　　編　曾永義
總 編 輯　杜潔祥
出　　版　花木蘭文化出版社
發 行 所　花木蘭文化出版社
發 行 人　高小娟
聯絡地址　新北市永和區中正路五九五號七樓
　　　　　電話：02-2923-1455／傳眞：02-2923-1452
網　　址　http://www.huamulan.tw 信箱 sut81518@ms59.hinet.net
印　　刷　普羅文化出版廣告事業
初　　版　2012 年 3 月
定　　價　四編 32 冊（精裝）新台幣 52,000 元

包慎伯文學理論研究
——以《藝舟雙楫·論文》爲主要線索

田啟文　著

作者簡介

田啟文

學歷：國立臺灣師範大學國文研究所博士

經歷：臺南女子技術學院通識中心助理教授

　　　國立成功大學臺灣文學系兼任副教授

　　　興國管理學院文化創意與觀光學系副教授兼系主任

現職：臺南應用科技大學通識中心兼任副教授

著作：《晚唐諷刺小品文之風貌》（文津）

　　　《臺灣環保散文研究》（文津）

　　　《臺灣古典散文選讀》（五南）

　　　《臺灣文學讀本》（五南）

　　　《臺灣古典散文研究》（五南）

提　要

　　包世臣（字慎伯），是清代鴉片戰爭前後，一位具有進步觀點，且能卓然成家的文人。他的文學理論，大抵表現在氏著《藝舟雙楫》一書中。書中所持觀點，著重於經世致用，同時對於傳統的窠臼也充滿著反動與突破的勇氣，所以高喊反桐城派、反八股文、反文以載道，甚至批判「文起八代之衰」的韓愈。這些言論充分顯示包慎伯不軌合世俗，不泥守傳統的獨立個性，也為中國的文學理論掀起另一股波瀾；因此，閱讀本書將能看到中國傳統文論的另一種視野。清代鴉片戰爭時期的文學思想，後人常以魏源、龔自珍做為進步文人的代表，事實上，透過本書的分析當能清楚察覺，包慎伯的文論或許更有石破天驚之處，在中國文學理論的發展史上，延伸出另外一條可資探尋的軌道。

自 序

　　日前接到胡師楚生的電話，談到擬推薦本書在花木蘭出版社出版。恩師的厚愛，自然要格外珍惜。因此將本書重新拿起來看，這是我就讀中興大學時的碩士論文，至今已十餘年了，總得仔細斟酌一番，免得內容有所疏漏，貿然出版，徒然貽笑方家，不但對不起恩師，也對不起出版社高社長。經過再三研讀，發現立論與章節架構尚稱平穩，若加以付梓，對學術界或許也有若干資料上的參考價值。因此不揣鄙陋，重新加以修訂增刪，委由花木蘭出版社印行。

　　包世臣（字慎伯），是清代鴉片戰爭前後，一位具有獨特思想與進步觀點的文人。面對著當時吏治的敗壞與民生的凋敝，慎伯懷抱著滿腔熱血與濟世拯民的胸懷，每每參加科考，想求取功名，希望出仕為官，有一展抱負的機會。然而命與仇謀，除嘉慶十三年考取舉人外，一生赴試十餘次，仍與進士無緣。雖然在道光十五年曾以大挑分發江西，擔任新喻縣令，但耿介的個性，在隔年即遭排擠丟官。在官場不順遂的情況下，慎伯只得依人作幕，為官員出言獻策，用間接的方式來完成自己救世的目標。由於在人生的價值上著重於經世致用的觀點，因此慎伯在學術義理與文學理論方面，也高度強調實用功能，希望能裨補時政，有益於人心之教化。這樣的文學論調頗合於儒家傳統詩教的態度，以實用的觀點來看待文學。不過除了此一層面外，慎伯的文學理論其實有很多跳脫傳統，反權威、反圖騰，求新求變的進步觀點。也因為如此不合流俗的看法，讓他遭受許多非議。他曾無奈地描述自身學術被人批評的情況說：「此學異吾鄉，群嗤為迂鄙。」（〈述學一首示十九弟季懷〉）雖然慎伯的文論以及學術被許多人詆詈，但在今日以公正持平的角度重新加

以審視，可以發現他的文學理論有許多是超越當時的環境，雖然在那個時代不被接受，但後來卻證明他的眼光是正確的。例如他反對八股文（八股文後來在光緒三十一年時廢除），反對空言文以載道的作品（此一理念在民初新文學運動時也蔚為流行），這些理念在後世都得到肯定與宣揚，可見慎伯文論之不容於當代，是先知者常有的無奈與遺憾。

　　本書正文的部分，包括慎伯文學的基本思想、文學體裁論、文學創作論、文學鑑賞論、文學批評論等五大範疇。對於想了解鴉片戰爭前後文人進步思想的讀者而言，本書或可提供若干新的訊息。當然，囿於才力，本書之闕漏謬誤必不可免，尚祈諸方賢達不吝賜教是盼！

田啟文
民國一百年九月二十八日誌於臺南松柏居

目

次

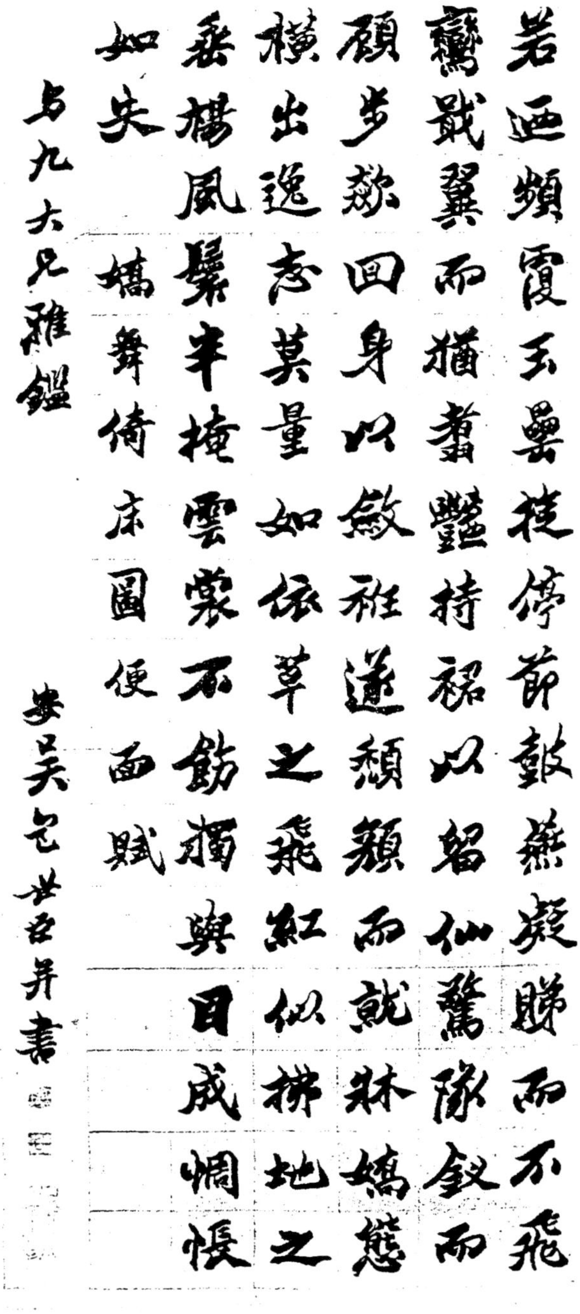

書（calligraphy scroll, vertical text read right-to-left）

若迎頻霞玉曇徙停節敦燕嶷瞵而不飛
驚戢翼而猶豫豔持翲以招仙驚隊斂而
顧步躭欸回身以斂雉遡頹額而就林媼態
橫出逸志其量如依草之飛紅似拂地之
愛揚風鬇半掩雲裳不飭獨與目成惆悵
如失嬌舞倚床圖便面賦

与九六兄雅鑒

安吳包世臣并書

包慎伯墨寶（一）－書軸

摘錄自殷蓀編《中國書法史圖錄》（上海：上海書店出版社，1989 年 12 月），頁 912。

包慎伯墨寶（二）

摘自（日）神田喜一郎西川寧監修《清包世臣作品集》（東京：
株式會社二玄社，1984 年 4 月，九刷，書跡名品叢刊本）

包慎伯墨寶（三）——赤壁賦八條屏之一、二

摘錄自黃思源編《中國書法通鑑》（河南：河南美術出版社，1988 年），頁 884。

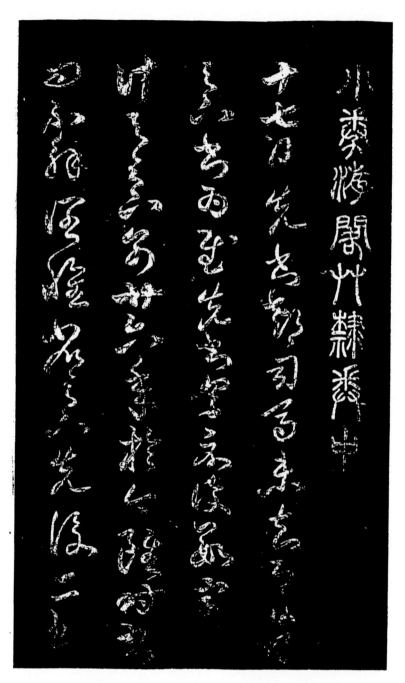

包慎伯墨寶（四）——書譜十七帖

摘錄自（日）神田喜一郎、西川寧監修《清包世臣書譜十七帖》
（東京：株式會社二玄社，1979 年 7 月，六刷，書跡名品叢刊
本）

第一章　引　論

　　包世臣是鴉片戰爭前後，一位別出時流，卓然成家的文人。包世臣，字慎伯，晚年自號倦翁，安徽涇縣人。慎伯出生在一個中下階層的家庭，父親任過下級教職，家庭生活並不寬裕，年輕時的慎伯還曾靠租地種茶養家。或許是生活的困頓，造就了慎伯悲天憫人的胸懷，他自小便有當好官，濟民瘼的大志。不過命運的捉弄，慎伯除了嘉慶十三年中過舉人外，一生「十餘試訖無一遇」，終生與進士無緣，只得輾轉異鄉，為人作幕。晚年因大挑而任江西新喻縣令，至此方有當家作主、一展長才的機會。不過生性耿直的慎伯，由於不諳官場文化，任縣令方年餘即被劾丟官，最後乃歸隱雞籠山麓，講學以終。一生官場不得志的慎伯，並未因此而意志消沈，他將滿腔的熱血化入字裏行間，完成了一部部偉大的著作。他看到當時國運衰頹、民生凋敝，於是寫了《說儲》、《中衢一勺》、《齊民四術》等作品，以補苴時弊，利濟民生。劉師培對《說儲》一書，曾有如下的讚語：「吾觀此書精義，大抵在於重官權、達民情二端。其說多出於崑山顧氏，行之於今，頗與泰西憲政之制相合。當嘉、道之世，中國之局方守其老衲不化，而先生已先見及此，仁和龔氏（自珍）之外，一人而已。」〔註1〕劉氏以為慎伯《說儲》一書，乃洞見先機之作，除了仁和龔自珍外，蓋無有出其右者，慎伯學術之精，由是可知。此外，他看到當時文界風氣低迷，士子競尚空疏采麗之學，於是寫成《藝舟雙楫》一書，高唱經世致用的文學觀，以及反桐城、反八股、反文以載道、……等等的進步思想。慎伯的文學理論，嶄露了鮮明的反傳統基調，能超出時流，導

〔註 1〕 見劉師培：〈說儲跋〉一文。收於於《包世臣全集・小倦遊閣集、說儲》（合肥：黃山書社，1991 年 10 月），頁 199。

引來世，具有積極的開創性色彩。例如批評南宋以來，與時文相匯流的古文，
乃繁蕪而無骨勢；他更直指茅坤、歸有光、方苞等人，即是此類作家。此外，
他又批評韓愈等一干載道派的人文，說他們離事而言道，致使文中之道變成
空泛之論，無法與現實生活相結合，故主張「道附於事而統於禮。」認爲求
道當從日常事物中探尋，不該懸空築樓，儘說些高渺而不切實際的話語。諸
如此類，皆顯示慎伯敢於推翻圖騰，打倒權威的進步心態，清姚柬之譽其「少
事謹言，老彌健肆，一洗數百年門戶依傍之陋。」〔註2〕即是稱許其能超拔俗
世，別立一家。近代若干學者對其文論，也抱持著高度的評價。大陸學者吳
孟復先生說：

> 他（慎伯）的講求經世致用的學風，與「有物」、「有序」的文學主
> 張，在近代史初期，具有震聵啓蒙，開闢風氣的作用。〔註3〕

成復旺先生說：

> 包世臣也是鴉片戰爭前後出現的進步思潮的代表人物之一。……在
> 當世像包世臣這樣胸懷大志，而又有眞才實學的人，是屈指可數的。
> 〔註4〕

然而雖有如吳、成二氏的佳評，但多數人對於慎伯的研究，若非著眼於經濟
之學，就是著眼於書法，對於他的文學，並未給予應有的重視。據筆者的收
集，撰文研究慎伯的文學者，除了吳孟復先生〈略談包世臣的文學思想與詩
文創作〉一文外，便看不到其他的單篇論文，至於專書，那更是付諸闕如了。
正因時人對於慎伯的研究如此地稀少，是以筆者興起了研究慎伯文論的念
頭，希望將他學術中可貴的一面介紹給讀者。今擇取《藝舟雙楫・論文》爲
研究線索，是因其文學理論多集中於此，故援取爲說，希望能作一精審而詳
細的陳述。不過本書雖是以《藝舟雙楫・論文》爲主要的探討對象，慎伯的
其餘著作，如《中衢一勺》、《管情三義》、《齊民四術》、《說儲上》、《小倦遊
閣集》等，也都有參考的價值。畢竟要了解一位文人的學術思想，必須要全

〔註2〕 見清姚柬之：〈書安吳四種後〉。收錄於清包世臣：《安吳四種》（臺北：文海
出版社，1973年12月，近代中國史料叢刊本），卷三六，頁2587。

〔註3〕 吳孟復：〈略談包世臣的文學思想與詩文創作〉。收錄於《包世臣全集・小倦
遊閣集、說儲》（合肥：黃山書社，1991年10月），頁241。

〔註4〕 黃保眞、成復旺、蔡鍾翔合著：《中國文學理論史・清末民初時期》（臺北：
洪葉文化事業有限公司，1994年4月），第七編〈從鴉片戰爭時期到五四運
動前夜〉，第一章〈從鴉片戰爭前夜到甲午戰出時期的進步文學理論〉，頁
36。

盤性地接觸他的著作，才能獲得中肯而客觀的結果。尤其《小倦遊閣集》中，有若干篇章，如〈與沈小宛書〉、〈石夢山房詩抄序〉、……等等，也提出了許多文論觀點，筆者在寫作之時，亦皆加以參考探摭。

本書所採慎伯文字，粗分爲兩部份：一是《安吳四種》；一是《小倦遊閣集》與《說儲》。其中《安吳四種》（含《藝舟雙楫》）慎伯曾公開刊行，故搜尋較易。今常見本子有清道光二十六年木活字排印本，以及清咸豐元年白門倦遊閣木活字鉛印本。經筆者的校對，這兩種本子的內容，除道光本卷首多出慎伯子包誠的序言外，餘則相同，故兩種皆爲可信的版本。近人沈雲龍氏編有《近代中國史料叢刊》，其《安吳四種》乃翻印自清道光本，由於標有新式頁碼，尋索較易，是以筆者取沈氏本爲底本。至於《小倦游閣集》與《說儲》，慎伯自稱爲私藏之用，後世尋索遂較爲不易，幸經大陸學者李星、劉長桂二位先生，採《國粹叢書》本、國學圖書館影印本、吳熙載校抄《小倦游閣集》本以勘定《說儲》；採民國 6 年華陽王氏《小倦遊閣文鈔》本、安徽省圖書館藏清代舊抄本以勘定《小倦游閣集》，於是這二部書的內容才得以問世。今此二書，即採李、劉二氏本爲底本。

本書除首尾緒論與結論外，其餘內容粗分爲基本思想、文學體裁論、文學創作論、文學鑑賞論、文學批評論等五大部份。其中文學創作論與文學批評論，由於篇幅較巨，故又別分上、下，而各爲兩章，全文合約十五萬字。本書撰述的基本模式，試圖以慎伯的文論爲中心，再由此而作橫向性與縱向性的探討。所謂橫向性的探討，是針對當時其他學者相關性文論，去作一比較分析。例如在探討慎伯古文的「奇偶」筆法時（第六章第一節），亦取當時著名文家李兆洛的奇偶說以爲比較，以見出彼此的關係；所謂縱向性的探討，係由前人與後人的相關文論中，去作一比較分析。例如在探討慎伯古文義法說時（見第八章第二節），即取前人方苞的義法說以爲比較。經過如此縱向性與橫向性的相互較析，當更能了解慎伯文論中的因革與變化。

第二章　包慎伯的時代及其傳略

　　孟子說：「頌其詩，讀其書，不知其人可乎？是以論其世也。」(《孟子·萬章下》) 王國維說：「是故由其世以知其人，由其人以逆其志，則古詩雖有不能解者寡矣。」〔註1〕說明了研究文人學術，必須重視他的時代背景以及個人資料，如此才能作出正確的詮釋。是以在正式探討慎伯學說之前，筆者擬先就此一部份作一介紹，以求了解慎伯文學理論形成的若干基礎因素。

第一節　包慎伯的時代

一、政治環境——吏治腐敗、內外交亂

　　慎伯生於乾隆四十年，歿於咸豐五年（1775～1855）。乾隆時期，清代的國勢達到了顛峰，但所謂物極必反，乾隆的驕奢與和坤的貪婪，將朝政逐漸帶上衰弱之路。乾隆的驕奢，從他六次南巡的盛況上便可看出。《朝鮮李朝實錄中的中國史料》說：

> 直隸保定府長蘆臨口，即各省富商輳集之所。眾商預輸蘇杭間彩緞與奇玩，路旁結棚如物形，或樓臺狀，窮極眩采，橫亙數十里，店鋪之間待皇帝（乾隆）經過，眾商山呼如雷。〔註2〕

〔註1〕 〔清〕王國維：《觀堂集林》（上海：上海書店，1992年12月），卷二三，頁23，〈玉溪生年譜會箋序〉。

〔註2〕 轉引自載逸：《簡明清史》（河北：人民出版社，1991年4月，七刷），第二冊，第十三章〈社會矛盾的激化和統治階級日益腐朽〉，頁364。

為了乾隆的巡訪，排場便弄得如此之大，其間的花費不言可喻。又如袁枚〈揚州畫舫錄序〉所載：

> 記四十年前余游平山，從天寧門外托舟而行，長河如繩，闊不過二丈許，旁少亭臺，不過匯潺細流，草樹蟲歠而已。自辛未歲天子南巡，官吏因商民子來之意，賦工屬意，增荼飾觀，奢而張之。水則洋洋然回淵九折矣，山則峨峨然燈約橫斜矣，樹則焚槎發等，桃梅鋪紛矣，⋯⋯。猗歟休哉，其壯觀異彩，顧、陳所不能畫，班、揚所不能賦也。〔註3〕

這些例子充分說明了乾隆的奢華習性。至於權臣和珅，其驕奢的程度，絕不下於他的主子。《清史稿》本傳載於珅被抄家時，「楠木房屋，僭侈逾制，仿照寧壽宮制度，園寓點綴與圓明園蓬島瑤臺無異。」〔註4〕又說：「薊州墳塋設享殿，置燧道，居民稱和陵。」和珅的奢華僭越由此可知。然而和珅的腐敗絕不僅止於自身，他結黨營私，欺上瞞下，將這股貪污的歪風，送染到整個朝中。《清史稿》本傳說：

> 和珅秉政久，善伺高宗意，因以弄竊作威福。不附己者，伺隙激上怒陷之；納賄者則為周旋，或故緩其事，以俟上怒之霽。大僚恃為奧援，剝削其下以供所欲。鹽政、江工素利藪，以征求無厭，日益蔽。川楚匪亂，因激變而起，將帥多倚和珅，糜餉奢侈，久無功。〔註5〕

和珅集團的貪佞顓頊，由是可見。在這樣一股上行下效的風氣裏，朝綱的頹靡，自是意料中事。這股朝政的暗流，在乾隆晚期開始湧動，到了嘉、道、咸年間，便像洪水一般吞噬了社稷的命脈。嘉慶以還內憂外患不斷，其因大半肇基於此。就內亂而言，如嘉慶元年爆發白蓮教起義；嘉慶七年海盜蔡牽犯上海；嘉慶十八年發生河南天理教之亂；道光六年維吾爾族叛變；道光十一年十二月發生瑤族之亂；道光三十年爆發中國歷史上最大的農民革命——太平天國起義。〔註6〕就外患而言，最著者即道光二十年間的鴉片戰爭。這些禍患產生的原因，無非是政治的昏暗所成。日人稻葉君山原說得好：「嘉慶朝

〔註3〕 收錄於清李斗：《揚州畫舫錄》（北京：中華書局，1964年4月）頁9。

〔註4〕 柯劭忞：《清史稿》（臺北：洪氏出版社，1981年8月），卷三一九，頁10756。

〔註5〕 同上註，頁10755。

〔註6〕 資料取材自孟森：《清代史》（臺北：正中書局，1990年5月），頁361～404。

人民作亂，皆因上下之惡政所激起。道光帝即位，卻努力以救濟政治上的缺點，然禍根已深，非一時之手段所能挽回。」〔註7〕

　　以上種種政治的亂象，都一一烙印在慎伯的心中，對慎伯的學術產生了巨大的影響。慎伯憂國憂民的學術情懷，在這些亂象的刺激下，毫無保留地呈現出來。如其〈事中谷先生家傳〉一文，便對貪官污吏作了深刻的描寫：

　　　　臣（指中谷先生）查滇南產鹽各區，惟黑白琅三井最大，行遍迤西
　　　　南各府，歷係歸州縣官運售，不但課款有制，而官吏資其餘潤辦公，
　　　　亦得均平充裕。近則私行加額加課，任意短秤，倒收腳價，剝削太
　　　　甚。〔註8〕

又如〈殲夷議〉一文，對鴉片戰爭的恥辱，發出了沉痛的感慨：

　　　　英夷犯順，至抵江寧城下以逼和，其所誅求，前無比並。今以蕞爾
　　　　之英夷，去國數萬里，孤軍懸天塹以恫嚇全盛之中華，而所欲無不
　　　　遂，所請無不得，英夷之福，中華之禍，蓋俱極於此矣。〔註9〕

這是文人的悲鳴，一種對國家的熱愛所發出的呼喊。政治環境的污濁，激發了慎伯學術的衛道性與現實性，時代的亂象在慎伯的筆鋒下，一點一滴地被刻劃出來，他的學術與當時的政治局勢，是相互結合的。

二、社會環境──天災人禍、民生日蹇

　　前文中提到，慎伯所處的時代是個政治混濁的黑暗期。在這樣的一個領導體制下，百姓很難安居樂業，人謀不臧與天災肆虐，是此一時期的社會景象。就人謀不臧而言，土地兼併的問題，可說是對百姓最直接的衝擊。清代土地兼併的問題十分嚴重，官吏、富商、放高利貸者，都是此一事件的贏家，吃虧受苦者永遠是弱勢的平民。對於這些權豪侵佔土地的情況，我們透過以下的案例，當可稍見其梗概。嘉慶時湖南衡陽大木商劉重偉之子孫有田萬頃；廣東巡撫百齡有地五千餘頃；江蘇吳江縣沈懋德有田萬餘畝；湖南五陵縣丁炳鯤有田四千畝以上。〔註10〕對於土地如此集中的情形，洪亮吉也有所陳述，

〔註7〕　見其所著《清朝全史》，（臺北：臺灣中華書局，1960 年 9 月），第六十二章，
　　　　頁 71。
〔註8〕　〔清〕包世臣：《安吳四種‧齊民四術》（臺北：文海出版社，1973 年 12 月，
　　　　近代中國史料叢刊本），卷三六，頁 2524。
〔註9〕　同上註，卷三五，頁 2478。
〔註10〕　農也：〈清代鴉片戰爭前的地租商業資料高利貸與農民生活〉，經濟研究第一

《意言·治平》篇：「又況有兼併之家，一人據百人之屋，一戶佔百戶之田」〔註11〕土地這般的集中，當然會造成有田者不耕，欲耕者卻無田可作的窘況。如此一來，社會的貧富差距便會擴大，貧富差距的擴大，更直接造成了社會的階級衝突，以及百姓生活的日益困窘。

除了土地兼并外，鴉片的毒害也是非常嚴重的社會禍患。明末以後，中國開始有少數人抽食鴉片；雍正五年時，英國首次輸入兩百箱鴉片到中國。此時鴉片的禍患開始為清廷所正視，雍正七年時，清政府公佈了禁煙令，正式宣告鴉片的毒害，但是成效不彰。此後在嘉慶五年及道光元年，又各自發佈了一次禁煙令。〔註12〕尤其道光元年的禁煙行動，清政府不但作了嚴正聲明，同時也採取了務實的巡邏措施，對鴉片販子進行懲罰，看來是下了極大決心想要禁煙。但是鴉片的販賣實際上是受到各地官員的包庇，這些官員自身便是毒品的吸食者，安肯對鴉片進行取締。林則徐於奏稿中說：

> ……而臣前議條款，請將開館興販一體加重，仍不敢寬吸食之條者，蓋以衙門中吸食最多，如幕友官親長隨書辦差役嗜鴉片者十之八九，皆力能包庇販賣之人，若不從此嚴起，彼正欲賣煙者為之源源接濟，安肯破獲以斷來路。是以開館應擬絞罪，律例早有明條，而歷年未聞絞過一人，辦過一案，幾使例同虛設，其為包庇可知。〔註13〕

在這樣的情況下，儘管清廷是三申五令地加以禁止，但績效不彰是可以想見的。鴉片的抽食，對中國百姓的健康，以及經濟的發展造成了巨大的傷害。周石藩描述鴉片癮者說：

> 精枯骨立，無復人形，即或殘喘苟延，亦必俾晝作夜，外則不能謀生，內并不能育子，是其毒並不止於殺身，而且至於絕嗣。〔註14〕

期，1856。引自李振宗：《太平天國的興亡》（臺北：正中書局，1986 年 12 月），頁 11。

〔註11〕〔清〕洪亮吉：《洪北江詩文集》（臺北：世界書局，1964 年 2 月），〈卷施閣文甲集〉，卷一，頁 33。

〔註12〕資料取材自戴逸：《簡明清史》（北京：人民出版社，1991 年 4 月，七刷），第二冊，第十六章〈資本主義國家對中國的侵略〉，頁 536～543。

〔註13〕〔清〕林則徐：《林文忠公政書》乙集（林氏家刊本），第八本，卷五，〈湖南奏稿〉。

〔註14〕周石藩：《海陵從政錄·嚴禁吸食鴉片煙示》，收錄於中國史學會編《中國近代史資料叢刊》，第一種，《鴉片戰爭》，第一冊（上海：新知識出版社，1995

鴉片對人體的戕害，由是可知。至於抽鴉片的人數，以及對於經濟上的耗費，慎伯估計說：

> 即以蘇州一城計之，吃鴉片者不下十數萬人。鴉片之價較銀四倍牽算，每人每日至少需銀一錢，則蘇城每日即費銀萬餘兩，每歲即費銀三四百萬兩，統各省名城大鎮，每年所費不下萬萬。近來習尚奢靡，然奢靡所費，尚散於貧苦工作之家，所謂楚人亡弓，楚人得之，惟買食鴉片，則其銀皆歸外夷。〔註15〕

慎伯取蘇州爲基點以作推算，雖然不免粗糙不精，但也相當程度地反映了當時煙害的情形。這些外來的侵略與壓迫，令體質本就不好的中國，更是雪上加霜了。

　　以上是人禍的部份，接下來看天災的問題。乾隆晚年一直到道光年間，大小天災可謂不斷，百姓的生活陷入空前的困境。我們來實際看些例案：乾隆四十三年湖北四川大災荒，四十四年當陽縣饑荒、枝江縣寒害、重慶府饑荒，四十六年及五十年蘇北一帶旱災、鄒平縣大旱，五十一年安東縣大荒、永城縣歲饑、開封府瘟疫大行；嘉慶六年獲鹿縣水災、文登縣大饑，八年獲鹿縣雹害，十年獲鹿縣秋旱，十三年淮安大水，十四年淮安運河決口，十八年衛輝縣枯旱，二十年獲鹿縣霜害；道光四年淮安大水、山陽縣大水、寶應縣大水，五年永城縣蝗災，十三年濰縣大疫、安東縣大旱，十五年濰縣春旱，十六年濰縣瘟疫、獲鹿縣大旱，二十一年祥符縣黃河決口。〔註16〕這些災害帶來嚴重的社會問題，百姓無家可歸，嚼樹皮、吃草根者所在多有。《清實錄》記載嘉慶十八年衛輝府的旱災說：「貧民皆以草根樹皮糊口度日，經過官道兩旁，柳葉採食殆盡。」〔註17〕這樣的天災肆虐下，百姓爲求溫飽，只得爲盜作亂，於是天災人禍相互交結，社會問題更形嚴重。

　　由上述可以得知，慎伯所處的時代，社會環境相當凋蔽。慎伯是位悲天憫人的文人，對於百姓的貧苦感同身受，於是開始苦心鑽研經世之學，希望

年10月），頁565。

〔註15〕〔清〕包世臣：《安吳四種‧齊民四術》（臺北：文海出版社，1973年12月，近代中國史料叢刊本），卷二六，頁1768～1769，〈庚辰雜著二〉。

〔註16〕資料取自戴逸：《簡明清史》（北京：人民出版社，1991年4月，七刷），第十三章〈社會矛盾的激化和統治階級日益腐朽〉，頁352～361。

〔註17〕《清實錄‧嘉慶朝》（臺北：華文局書，1964年6月），卷二六七，頁3651，嘉慶十八年三月。

藉著學術來拯救百姓。他說：

> 世臣生乾隆中，比及成童，見百爲廢弛，賄賂公行，吏治汙而民氣
> 鬱，殆將有變，思所以禁暴除亂，于是學兵家；又見民生日蹙，一
> 被水旱，則道殣相望，思所以勸本厚生，于是學農家；又見齊民跬
> 步，即陷非辜，奸民趨死如騖，而常得自全，思所以飭邪禁非，于
> 是學法家。〔註18〕

由其學思歷程，足見慎伯的學術不但反映了政治環境，而且與社會環境也是
相互結合的。他的學術有很大的成份，是爲了解決社會問題而作的。其談論
文學，主張「舍禮義忠孝、是非成敗，則無所言文矣。」〔註19〕當然也是爲
了解決政治與社會上的亂象而發的，其學術與時代的緊密關聯，由是可見。

三、學術環境——考據之學日衰、經濟之學日興

　　慎伯所處的時代，是一個學術轉型的過渡期。考據之學在此時由盛轉衰，
代之而起的是經世致用之學。乾、嘉年間是考據學的全盛時期，此時名家輩
出，從習者眾。其時治學分爲兩派，一是吳派，以惠棟、王鳴盛等人爲首；
一是皖派，以戴震、王念孫等人爲首。考據學在乾嘉時期蔚爲主流，堪稱執
學術界之牛耳。然而學術演變的原則，往往是到達高峰後，接著便開始走下
坡了。時人涂公遂先生說：「任何一種文學的變化……當它達到一定的高峰
時，便也是它走向下坡，而發生轉變的時候了。」〔註20〕乾嘉考據學的發展
也不脫此一規則，它在道光以後逐漸趨於沒落。至於它式微的原因，就內在
弊端而言，是研究途徑過於窄化。這派學者過份注重文字考證以及名物訓詁，
其末流逐趨於支離破碎，無關乎社稷民命之宏旨。清方東樹所說：

> 漢學諸人言言有據，字字有考，只向紙上與古人爭訓詁形聲，傳注
> 駁雜，援據群籍證佐數百千條，反之身己心行，推之民人家國，了
> 無益處。〔註21〕

學術研究走到了這步田地，自然是要受到人們的唾棄與譴責。除了此一內因

〔註18〕〔清〕包世臣：《安吳四種·藝舟雙楫》（臺北：文海出版社，1973年12月，
　　　　近代中國史料叢刊本），卷八，頁642～643，〈再與楊季子書〉。
〔註19〕同上註，卷十，頁767，〈贈方彥聞序〉。
〔註20〕涂公遂：《文學概論》（臺北：五洲出版社，1991年7月），第五章〈文學的起
　　　　源及其流變〉，頁179。
〔註21〕〔清〕方東樹：《漢學商兌》（臺北：廣文書局，1963年1月），卷中之上，頁16。

外，尚有外在的因素影響，主要是嘉慶以後國勢衰頹，民計艱難，知識份子亟思解決方法，推求有用之學，對於漢學只做些瑣碎的考證，當然是份外不滿。尤其鴉片戰爭一役，清廷割地賠款，中國人的尊嚴喪失殆盡，文人對經世之學的需求更加迫切，在這種情況下，考據學的發展空間實在是非常地狹小。在漢學逐漸沒落時，學術界興起兩個學派，一是嶺南學派，一是公羊學派。兩個學派研究方向雖然不同，但重視實用的精神卻是一致的。嶺南學派以其地處南粵，是以名之，代表人物是朱次琦與陳澧。此派論學有兩大宗旨，一是主張漢、宋調合；二是重視經世致用。對於此派的學風，近人程發軔先生說：「先生（朱次琦）泯門戶之見，崇尚氣節，講求經世之學，而以漢宋並重，學行兼修為主旨。」〔註22〕所謂「經世之學」、「漢宋並重」等評語，正道出嶺南學派的精髓所在。

　　另一個在嘉道年間竄起的學派——公羊學派。此派因以《公羊》為治習之經，是以名之。它最早的創始人是莊存與；然而由於莊氏之學兼治古文，不純於此派之走向，故真正舉起公羊學大旗者，當推武進劉逢祿。其後繼者有龔自珍、魏源、凌曙、康有為、廖平等人。此派治學，專講微言大義；而其目的，乃是企圖透過對經義的解釋，來議論時政，進而改良政治，挽救國運。對於此派的興起，胡師楚生說：

　　　清代自道光咸豐以後，外侮漸至，國勢日衰，……有志之士乃試於
　　　故籍之中抒發大義，闡釋精微，既求其切近於實務，有益於世教，
　　　亦可見其於古之有徵，淵源之有自，由是《春秋公羊》之學勃然復
　　　興焉。〔註23〕

由是可知，此派之起固與時局的動盪有關。文人感於時勢的衰頹，遂決心倡導經世之學以除弊興利，救世安邦。至於崇尚實用之學，何以獨取《春秋》一經？且於三傳中獨取《公羊》為論？對此，劉逢祿有如下的解釋，他說：

　　　學者莫不求知聖人，聖人之道備乎五經，而春秋者，五經之筦鑰
　　　也。……撥亂反正，莫近春秋。〔註24〕

〔註22〕程發軔：《國學概論》（臺北：國立編譯館，1972年9月），下冊，第十一章〈清代考證學〉，頁368。

〔註23〕胡楚生：《清代學術史研究續編》（台灣：學生書局，1994年12月），〈劉逢祿論語述何析評〉，頁17。

〔註24〕〔清〕劉逢祿：〈公羊何氏釋例敘〉（臺北：復興書局，1961年5月，影印《皇清經解》本），卷一二八○，頁14025。

《春秋》既是五經的管鑰，而且是撥亂反正的至典，則研究聖人之學當然要取法於此。至於三《傳》之中何以獨取《公羊》為論？劉逢祿說：

> 左氏春秋，猶晏子春秋、呂氏春秋。直稱春秋，太史公所據舊名也。
> 曰春秋左氏傳，則東漢以後之以訛傳訛矣。〔註25〕

依劉氏之說，《左氏春秋》和《呂氏春秋》等文籍一樣，只是尋常史書，其所以名之為《傳》，實是東漢以後人訛傳所成。既是尋常史書，與孔子《春秋》無關，則不加留心，亦屬自然。至於《穀梁傳》一書，他說：

> 穀梁子不傳建五始、通三統、張三世、異內外諸大旨。……為公羊
> 氏拾遺補闕，十不得二三焉。〔註26〕

以為《穀梁傳》是《公羊傳》的補闕之作，這是劉氏貶低《穀梁》的說法，依此而論，則三《傳》惟有《公羊》為純粹解經之作，故研治《春秋》，宜取《公羊》為依。姑且不論劉氏之說是否正確，但其以《春秋公羊》為研究對象的作法，確實成為此派的發展方向。除劉逢祿《公羊何氏釋例》、《公羊何氏釋詁箋》外，龔自珍《春秋決事》，魏源《公羊古微》、《董子發微》，凌曙《公羊禮說》、《公羊答問》……等等，都是公羊學的著作，造就了清代中晚期盛行的公羊學派。公羊學派以及嶺南學派的興起，代表著經世之學的抬頭，以及考據之學的沒落，這是時代動亂下的產物，也是文人自省的結果。

經世之學的抬頭，對慎伯的學術產生了極大的影響。慎伯是位充滿抱負的文人，他感於政治與社會的紊亂，每思索有用之術以端正之。此時經世之學的振興，更與慎伯的心氣相通，進而相互發生影響。慎伯在〈讀顧亭林遺書〉一文中說：

> 予少小少所聞見，雅善遺忘，唯以食貧居賤，知民間所疾苦，則心
> 求所以振起而補救之者。〔註27〕

這樣的論學旨趣，與當時崇尚實用的公羊學派，是不謀而合的。他在〈述學一首示十九弟季懷〉一文中，更直接地說：「劉生（逢祿）紹何學，為我條經例，證此獨學心，公羊實綱紀。」此說證明了慎伯之學受到了公羊學派的影響；又慎伯與魏源時有書信往來，〔註28〕信中所談多是經世之事，更可明白

〔註25〕〔清〕劉逢祿：《左氏春秋考證》，（同上），卷一二九四，頁14183。

〔註26〕〔清〕劉逢祿：〈穀梁廢疾申何敘〉，（同上），卷一二九二，頁14161。

〔註27〕〔清〕包世臣：《安吳四種・藝舟雙楫》（臺北：文海出版社，1973年12月，近代中國史料叢刊本），卷八，頁653。

〔註28〕包慎伯寫給魏源的書信見《安吳四種・齊民四術》卷三四〈與魏默深書〉：魏

愼伯學術的經世精神，實與公羊學派連爲一氣。總之，愼伯的學術是與其時代相結合的，他的論述與創作，處處顯示了時代的脈動。在目睹了政治與社會環境的不堪後，愼伯撰述文章以求革新，其《說儲》、《中衢一勺》、《齊民四術》等作品，皆是緣此而發。〔註29〕對於學術環境趨向經世之學，愼伯亦互爲唱和，今日吾人探索愼伯之學，必先從其時代的認知入手，忽略了時代環境的因素，我們將無法正確地掌握他的學術精神，所謂「知人論世」，洵不誣矣。

第二節　包愼伯傳略

瞭解了愼伯所處的時代環境後，接下來我們要看看愼伯的個人生平，以加強讀者對其人、事的認知。今分三部份介紹如下，依次爲生平經歷、學術領域，以及人生態度。

一、生平經歷

包世臣，字愼伯，號愼齋，別號倦翁，安徽涇縣人，因涇縣古稱安吳，故又名包安吳。生於乾隆四十年（1775），卒於咸豐五年（1855），享壽八十有一。愼伯出生在一個貧寒的家庭，父親以教蒙館爲業，自幼愼伯便習讀詩書，慨然有救世之志。《清儒學案》稱「其論學也，依於正士心，殖民生。」〔註30〕愼伯一生赴試十餘次，除嘉慶十三年得過舉人外，一直沒有中過進士，空有滿腹理想卻無由伸展，一生只得依人作幕。道光十五年，因會試大挑得籤江西，十八年爲新喻縣令，至此方能當家作主，一展長才。但因未諳官場習性，隔年便遭彈劾去職，此後仍偶居幕府，爲人獻策。晚年歸隱雞籠山麓，賣文自給，並將生平著述《中衢一勺》、《管情三義》、《齊民四術》、《藝舟雙楫》等合刊爲《安吳四種》以行世。今將愼伯的生平經歷分爲三階段敘述，依次爲求學階段、幕府階段，以及歸老階段。

源寫給包愼伯的書信見《魏源集‧與涇縣包愼伯大令書》。

〔註29〕　《說儲》探討的是國家典制的問題；《中衢一勺》則是談論河、漕、鹽三事；《齊民四術》則是探討農、禮、刑、兵四事，同樣是針對時弊而發，進而謀求解決之道。

〔註30〕　徐世昌：《清儒學案》（臺北：燕京文化事業，1976年6月），卷一三六，頁2392，〈安吳學案〉。

（一）求學階段（五至十八歲間）——學有大志，諸家並習

據《年譜》〔註31〕記載，慎伯五歲時（乾隆四十四年）開始讀書識字，此時尚未進入塾門求學，僅由其父郡學公教以句讀；七歲時讀《孟子》，並開始習作文章。其間嘗云：「今天下內外官吏，皆以讀書起科第，皆讀孟子，何不遵行其道，而使貧富相耀，宗族渙散耶？」〔註32〕是慎伯濟世之心，從小便已有之；八歲時至白門（南京）讀書，開始其塾門的求學生涯，一直到十八歲爲止，都在白門研治詩書。其間所治學術有《四書》、八股文、《文選》、《全唐詩》、法家、兵家、農家等，並從其族曾祖包植之先生問執筆之法。此一時期是慎伯學問的奠基階段，他同一般士子一樣，研讀詩文，同時也用力於科舉的八股文，希望有朝一日能拾得青紫，晉身仕途。懷有救世熱忱的慎伯，在此時已致力於經世之學的探索，他對於法家、兵家、農家等科目極感興趣，在十九歲那年並曾參考《左傳》、《國語》、《戰國策》、《越絕書》、《史記》、《漢書》、《三國志》、《荀子》、《孫子兵法》等諸書的兵論，寫成《兩淵》十六篇，合五千餘言，完成他初試啼聲的濟世之作。要之，此一時期正是慎伯學問的奠基階段，以及濟世情操的萌芽期，其崇高的志節，在此時已可窺見端緒。

（二）幕府階段（二十至六十七歲間）——獻策建功，屢挫場屋

慎伯此一時期較值得注意者有兩件事：其一是擔任幕士，爲官員們獻計定策；其二是投身科舉，以求仕進。首先是爲人作幕一事。慎伯擔任幕士，最早一次是爲宋鎔〔註33〕作〈誅旱魃文〉文，其稿大興於皖江一帶，此時慎伯方年二十三，可謂成名甚早。大興朱文正公亦因此而請益於慎伯，求平定豫匪之方，慎伯詳爲獻策，然終不獲採用。雖然計策未能見用，但慎伯的聲名已大爲騰播，此後各地前來求教的官員始終不斷。今且列舉其中較爲可觀的數樁案例，以明慎伯爲人作幕所立下的煌煌政績。嘉慶十一年，時三十二歲，洪湖暴漲，災民大舉湧入，揚州直事官吏爲免麻煩，遂緊閉城門，不欲收容。慎伯見此，即上書有司，力陳留民賑災之法，以此而救養災民三萬二

〔註31〕胡蘊玉：《包慎伯世臣先生年譜》（臺北：文海出版社，1973 年 12 月，近代中國史料叢刊本）。

〔註32〕同上註，乾隆四十六年辛丑年七歲條，頁 12。

〔註33〕清長洲人，字亦陶，又字奕巖，號悅研。乾隆進士，官至兵部侍郎，隆鴻臚寺卿。官順天府尹時，嘗以治林清一案而名動朝野。事見《國朝耆獻類徵》卷一一○本傳。

千餘人；嘉慶十三年，時三十四歲，江蘇總督以爲淮河出海之處有高仰之虞，遂請帑六百萬，欲改易河道，此說經諸多官員附議，幾至定案。此時慎伯獨排眾議，列舉多項證據以明其失，後經執事者採納，方使此一勞民傷財的荒唐議案擱置下來；道光六年，時五十二歲，南督張芥航受命治理南河入海處高仰之弊，張氏以爲當改河道，不改海口，並欲以北堤爲南堤，共需餉三百萬。慎伯知張氏之法不可行，遂提出逢彎取直，築堤引水等多項辦法以爲解決，一來確切可行，二來可節省開支。此說獲得朱虹舫〔註34〕的讚賞，其云：「僕承乏史館十年，近又總纂溝洫志，於河渠公牘，尋覽殆遍，未有如吾子（慎伯）所言切要明晰者。」〔註35〕慎伯計策之精善，由是可知。以上所舉，只是慎伯出言獻策的一小部份，其餘大都記載於《中衢一勺》、《齊民四術》之中。觀慎伯所謂之法，誠如《清史列傳》本傳所說：「雖有用，有不用，而其言皆足傳於後。」正是對慎伯爲人作幕的最佳評價。

　　慎伯於潛居幕府的同時，亦不停地參加科試，希望能得到當家作主的機會，不必終生假他人以行道。然而命與仇謀，慎伯的高才並未獲得考官的賞識，除了嘉慶十三年中過舉人外，一生赴試十餘次，終身與進士無緣。今且條例其各次科試的資料如下：嘉慶五年秋，二十六歲，應試白門，不第；嘉慶六年秋，二十七歲，應試白門，不第；嘉慶十二年秋，三十三歲，應試白門，不第；嘉慶十三年秋，三十四歲，應試中恩科舉人；嘉慶十四年春，三十五歲，入都應試，不第；嘉慶十六年春，三十七歲，入都應試，不第；嘉慶十九年春，四十歲，入都應試，不第；嘉慶二十二年春，四十三歲，入都應試，不第；道覺六年春，五十二歲，入都應試，不第；道光九年春，五十五歲。入都應試，不第；道光十五年春，六十一歲，入都會試，值大挑〔註36〕分發江西，後任新喻縣令。(上述與試資料取自《年譜》，觀慎伯前前後後的科試凡十一次之多，其間僅嘉慶十三年中過舉人，其餘都是放名榜外。雖然在道光十五年曾以大挑分發江西，且任爲新喻縣令，但由於個性耿介，在隔

〔註34〕朱虹舫本名朱方增，浙江海鹽人，嘉慶六年進士。其人爲官清正，能舉賢才，一生多任文職，掌學政之事。事見《國朝耆獻類徵》卷一一二本傳。

〔註35〕見胡蘊玉：《包慎伯世臣先生年譜》(臺北：文海出版社，1973年12月，近代中國史料叢刊本)，道光六年丙戌先生年五十二歲條，頁75。

〔註36〕清制每經數科會試後，挑選下第舉人，以知縣或教職分別錄用，謂之大挑。《清會典・事例・吏部除授舉人大挑》：「嘉慶五年諭，各省舉人自乾隆六十年乙卯恩科大挑後，至明歲會試又閱六載，著於辛酉科會試後大挑，該部屆期查照向例奏辦。」所言正是大挑之事。

年即遭排擠去官，是以終其一生，竟未能以科試取進，只得依人作幕以圖志，想來不免令人唏噓！）

（三）歸老階段（六十八歲至八十一歲）——刊刻文集，論學以終

慎伯一輩子爲人作幕，好不容易以大挑分發江西，得掌新喻縣令，正欲一展長才之時，卻因不諳官場習性，不過年餘即遭劾去職。憶起慎伯小時讀《孟子》一書，曾問其父親郡學公說：「今天下內外官吏，皆以讀書起科第，皆讀《孟子》，何不遵行其道，而使貧富相耀，宗族渙散耶？兒異日若得一命之上，持此以出，其可乎？」〔註37〕是慎伯從小便有當好官的志向，不希望與其他的庸官一般，置民命於不顧。郡學公當時回答說：「兒骨相非貧賤者，然推此意，必不容於流俗矣。然兒慎保初心，毋爲習俗所染。」〔註38〕雖然對於兒子的赤忱十分歡喜，但郡學公也知道慎伯耿介的心腸，終會爲污濁的世俗所排擠。經過事實的證明，這滄海橫流的亂世，到底還是把慎伯這顆明珠給吞噬了。在被黜卸任後，慎伯待在豫章兩年，隨後便歸隱雞籠山麓，此時年六十八歲。歸隱之後的慎伯，靠賣文爲生，以棉薄的收入安享晚年。此時與宦場的接觸較少，多數的時間用在整理文集，以及論學講述上。他在七十歲那年，將生平著述《管情三義》、《齊民四術》、《中衢一勺》、《藝舟雙楫》等合刊爲《安吳四種》。除此一刊刻行世的文集外，據其《安吳四種·總目敘》所說：「此外大小雜文與無可附麗者，尚十數萬言，別錄清本與〈說儲上〉並藏於家。」由是可知，慎伯將自己的生平著作分成了兩部份處理，一部份是《安吳四種》，此爲行世之用；一部份是雜文與〈說儲上〉篇，此爲藏家之用。在《安吳四種》成刊後，慎伯相當重視此書，嘗於七十二歲那年，以此書寄桐城姚柬之觀覽；此外又廣示於同好，希望能就教於諸方君子。據其〈總目敘〉所載，友人讀此書後，「多苦句讀之難」，於是慎伯在咸豐元年時，也就是七十七歲的那年，又爲此書重加修改，並且釐定句讀。此事過後四年，慎伯便與世長辭了，享壽八十有一。由此可知，慎伯的晚年，幾乎都用在整理文集以及講述論學上，爲自己身爲文人之職，盡最後一點微薄的力量。

綜觀慎伯一生，是高潔而淒苦的。他從小便熟讀詩書，慨然有匡世濟民之志，然而科場失利令他有志難伸，只得爲人幕府以抒發懷抱，好不容易在

〔註37〕胡蘊玉：《包慎伯世臣先生年譜》（臺北：文海出版社，1973 年 12 月，近代中國史料叢刊本），乾隆四十六辛丑先生年七歲條，頁 12。

〔註38〕同上註。

六十一歲那年，以大挑掌新喻縣令，卻因疏於官場文化而飲恨離職，晚年只得賣文自給，講學以終。其人之德皎若日月，而命運卻如此乖舛，想起來不禁令人感嘆！

二、學術領域

慎伯的學術領域極廣，他不是一位純粹的文學家，兵、農、法等經世之學他也涉獵極深，是一文武雙全的才子。據《安吳四種・總目敘》的記載，慎伯的著作有兩部份：一部份是傳世的《安吳四種》；一部份是藏家的十數萬字雜文以及〈說儲〉上篇。前者由於刊刻行世，故觀覽頗易；後者因屬私藏性質，故取得至為困難。幸經大陸學者李星、劉長桂等先生，透過各種管道，以多種版本互校而整理出《包世臣全集》。此集除了傳世的《安吳四種》外，又將慎伯藏家的十數萬字雜文，以及〈說儲〉上篇也蒐羅進來，並將雜文部份命名為《小倦遊閣集》。至此，慎伯著作的全貌已大致可以窺得，極利於吾人之研究。經過筆者的分析歸納，慎伯的學術大致可分為三類──文學、書學、經世之學。

（一）文　學

《清史列傳》本傳稱慎伯「少工詞章。」〔註39〕《清儒學案・安吳學案》稱慎伯「少習毛鄭氏詩，鄭氏禮，工詞章。」〔註40〕是慎伯的文采，誠為可觀。考慎伯之作，其文學作品概可分為兩種：一屬文藝創作，一屬文學理論。前者大致收錄於《安吳四種・管情三義》中，另有少數幾篇如〈辨吳都賦〉、〈次松滋縣〉、……等，收錄於《小倦遊閣集》中；至於後者，則大致收錄在《安吳四種・藝舟雙楫・論文》之中。此外，《小倦遊閣集》中亦有少數篇章具有文論的性質，值得注意。例如〈石夢山房詩鈔序〉云：

> 予嘗謂論詩如論人，須得間而觀其深，未易以皮相定也。〔註41〕

這牽涉到文學批評論的問題，文中以為批評詩歌，當深入內容義旨，不可徒務表面形式。又如〈與沈小宛書〉說：

〔註39〕周駿富輯：《清史列傳》（臺北：明文書局，1986年1月，清代傳記叢刊本），〈文苑傳〉卷七三，頁20。

〔註40〕徐世昌：《清儒學案》（臺北：燕京文化事業股份有限公司，1976年6月），卷一三六，頁2392。

〔註41〕見〔清〕包世臣：《包世臣全集・小倦遊閣集》（合肥：黃山書社，1991年10月），頁40。

荀子之文平實而奇宕，爲後世文章之鼻祖。《韓非》得其奇宕，《呂覽》得其平實。蓋韓爲荀門弟子，而《呂覽》亦多成於荀氏門人之手也。漢代惟劉向氏能本荀子之意以爲文，遂得高視董、揚。〔註42〕

這樣的批評方式，與鐘嶸《詩品》爲文人之文風追源溯流的作法相近，屬於文學批評法裏的溯源法。〔註43〕是以探索愼伯的文論，雖是以《藝舟雙楫》爲大宗，但《小倦遊閣集》裏的若干篇章，亦有其重要的參考價值。

　　愼伯的文藝創作，大致表現在古文、賦、詩、詞等方面。古文是愼伯一生才學之所寄，至老猶不輟編；至於賦、詩、詞三者，由於較不涉世用，無法滿足愼伯濟世救民之心，所以在而立之前，早已束筆。其〈自編小倦遊閣文集三十卷總目序〉說：

　　（張）翰風執手曰：「吾子濟世才也，然好爲詩，是耗神甚。今當別，幸爲生民自愛。」予報韻語自此始。〔註44〕

是知愼伯爲求經世致用，最後竟聽從張琦的勸說，而棄寫詞章，專力於經世之學。這樣的情形，在清末風雨飄搖之際，亦曾出現在若干胸懷高遠的文人身上。譚嗣同說：

　　天發殺機，龍蛇起陸，猶不自懲，而爲此無用之呻吟，抑何靡與！三十年前之精力，敝於所謂考據、詞章，垂垂盡矣。勉於世，無一當焉，憤而發篋，畢棄之。〔註45〕

此一思想，在當時進步的知識份子中，具有一定的代表性。〔註46〕其說與愼伯之論，意趣相同，皆是文人發憤救危之詞。然而愼伯之說，固早發於譚氏

〔註42〕同上註，頁33。

〔註43〕張健：《文學概論》解釋「溯源法」說：這種方法，就是先設定若干詩的源頭，然後將詩人或作品一一衡定其淵源。」（臺北：五南圖書出版有限公司，1991年6月，初版八刷），下編，第十八講〈中西文學批評之方法〉，頁269。

〔註44〕〔清〕包世臣：《安吳四種・藝舟雙楫》（臺北：文海出版社，1973年12月，近代中國史料叢刊本），卷八，頁655～656。

〔註45〕〔清〕譚嗣同：《譚嗣同全集》（臺北：華世出版社，1977年10月），卷二，頁154，〈莽蒼蒼齋詩自敍〉。

〔註46〕清嚴復亦云：「……客謂處存亡危急之秋，務亟圖自救之術，此意是也。固知處今而譚，不獨破壞人才之八股宜除，舉凡宋學、漢學、詞章小道，皆宜且束高閣也。」是當時知識份子鑑於國勢的艱險，故特重經世之學，而於傳統詞章之事，多所摒棄。見嚴復：《嚴幾道詩文鈔》，收錄於沈雲龍編《近代中國史料叢刊》（臺北：文海出版社，1973年12月），卷二，頁114～115，〈救亡決論〉。

數十載，其思想之先進，由是可知。正因慎伯壯年時期即輟韻語，故慎伯詩文的數量甚少，《管情三義》及《小倦遊閣集》中所存之篇什，可謂篇篇珍貴。對於慎伯的文學造詣，姚東之評曰：「文學冠群流。」〔註47〕；范麟說：「雄肆發於謹嚴，波瀾循乎矩矱，蘊藉寓於平實，集秦漢魏晉唐宋之文，無常師而自成體勢。」〔註48〕姚、范二氏之語，說明了慎伯詩文的高妙。依筆者所見，慎伯之詞章，樸厚間別具古風，能得漢魏之遺音，脫卻淫采而專力於情感之寄蘊。譚獻美其文「深切著明」〔註49〕即針對其情感之深摯而發。慎伯之詩，以五古最俊，今且引其〈月夜江行家君命和〉一首如下：

〈月夜江行家君命和〉

　　流鏡落澄練，開帆入浩素。隔浦風悲笳，扣舷衣滋露。疏煙織平林，明沙數棲鷺。空翠沒曾瀾，遙蒼蕩寒霧。聞詩即孔庭〔註50〕，辨樹〔註51〕鄙謝句。奇懷撰良辰，慚頌東征賦〔註52〕。〔註53〕

此詩乃慎伯於月夜的江旅上，與父親唱和之詩。詩的前半段為寫景（「流鏡」至「遙蒼」句）；後半段為感懷（「聞詩」句以下）。其詩始乎寫景，氣勢蒼茫，句意整鍊，將寒夜的江景，擘鑢如畫；進而話鋒一轉，帶入「聞詩即孔庭」

〔註47〕〔清〕姚東之：〈書安吳四種後〉。收錄於〔清〕包世臣：《安吳四種》（臺北：文海出版社，1973年12月，近代中國史料叢刊本）卷三六，頁2590。

〔註48〕〔清〕范麟：〈讀安吳四種書後〉。收錄於〔清〕包世臣：《安吳四種》（臺北：文海出版社，1973年12月，近代中國史料叢刊本）卷三六，頁2600。

〔註49〕〔清〕譚獻：《復堂日記》（（臺北：新文豐出版公司，1989年7月），卷三，頁724。

〔註50〕此即孔門庭訓之典。《論語・季氏》：「陳亢問於伯，曰：『子有異聞乎？』對曰：『未也。嘗獨立，鯉趨而過庭。曰：學詩乎？對曰：未也。不學詩，無以言。鯉退而學詩。』」此是孔子言詩教於孔鯉之事。今慎伯與父親和詩而引典於此，亦有以孔門庭訓相擬之意，同時也表達其論詩重詩教之旨。

〔註51〕此出於謝朓〈之宣城郡出新林浦向板橋〉一詩。詩云：「江路西南水，歸流東北鶩。天際識歸之，雲中辨江樹。……。」此詩是寫景佳篇，尤其「天際識歸舟，雲中辨江樹。」一句，更是千古絕唱。清沈德潛《說詩晬語》六八：「隋煬帝云：『鳥驚初移樹，魚寒欲隱苔。』皆成名句：然比之小謝『天際識歸舟，雲中辨江樹。』痕跡宛然矣。」

〔註52〕〈東征賦〉為東漢班昭所作。此賦末段說道：「……先君行止，則有作兮。雖其不敏，敢不法兮。……」是知班昭作此賦，乃為法其父親班彪之行止。班彪作〈北征賦〉以寓志，故班昭撰〈東征賦〉以和之。今慎伯引典於此，正是取班彪父女相唱和之事，以自擬之。

〔註53〕〔清〕包世臣：《安吳四種・管情三義》（臺北：文海出版社，1973年12月，近代中國史料叢刊本）卷二○，頁1445。

一句，表明其父親之詩，令人聞之有如置身於孔門庭訓之中，足以闡發溫柔敦厚的詩教；即便是謝朓「天際識歸舟，雲中辨江樹。」的佳句，亦相形失色。最後又以「慚頌東征賦」作結，自謙才力拙劣，所作之詩不足以同父親唱和；無法如班昭作〈東征賦〉以和其父親班彪之〈北征賦〉一般，得到父子相和相知的詩趣。此詩雖是寫景之作，然而情感極爲深邃，意境高拔而有渾浩之風，無怪乎林昌彝要美其「五言古直，登鮑謝堂廡。」〔註54〕能與鮑、謝比肩，其功力之深，亦可知矣。除了五言古詩外，我們再看其辭賦一首：

〈擬庾子山小園賦〉（節錄）

> 感治安之涕流，讀離騷而飮痛。戒滿井以贏瓶，習忘機而抱甕。溯
> 自德矜遠曲，遵養時賊，肉食竟其刀錐，兒戲視其茅戟，弓玉垂大
> 盜之涎，干羽慕有苗之格。乃有畬篡聚於洲西，魏貅散於航北。小
> 人則家出壺漿，君子則籧將玉帛。輻拱之轂猶丹，金粉之門遂白。
> 九頓之泣血何從，三山之被髮已迫。豈天醉之數窮，信恥維之道息。
> 憤懣兮填膺，倏忽兮終古。韓徒榮於五世，楚竟沉乎三戶。矧非宦
> 而不田，焉談天以繡虎。勞歌則事異和平，豔曲則詞生危苦。蕭瑟
> 最其平生，江關動於年暮。慣拊事以測意，誰與明天人之故。〔註55〕

〈小園賦〉本是庾信之作。庾信初事南朝，後以戰亂入北被留，歷仕西魏、北周，此賦乃是時所作，蓋傷國破君亡，屈身魏周，故藉小園之景，以寫心志之悲。愼伯今擬作此賦，旨趣亦同。此賦所寫，乃述鴉片戰爭之時，英、法聯軍入侵江南之景。賦中說到，在此國難當頭之時，不論是「小人」（指地方豪紳），或是「君子」（指在朝官吏），仍然汲汲於權力的爭奪，視戰爭如兒戲，甚至還送賄於敵軍，愼伯因生「恥維之道息」的感歎。其間「韓徒榮於五世，楚竟沉乎三戶。」、「勞歌則事異和平，豔曲則詞生危苦。」等句，更是將滿腔的愛國熱情，藉著歷史的陳跡而宣洩出來，其恢宏的氣勢，樸質的筆調，實能追步漢魏，駸駸然有慕古之意，較諸庾氏原作，毫不遜色。然而如此的作品，並沒有得到太大的迴響，後世之談論愼伯者，或美其書學，或揚其經世之學，於文學絕少稱述，想來不免令人遺憾。今稱引其作品數首，

〔註54〕〔清〕林昌彝：《射鷹樓詩話》（臺北：新文豐出版公司，1987年6月清詩話訪佚初編本），卷一二，頁488。

〔註55〕〔清〕包世臣：《安吳四種・管情三義》（臺北：文海出版社，1973年12月，近代中國史料叢刊本），卷一九，頁1425～1426。

無非是以之爲敲門磚，庶其雅好文學之上，能共尋寶山，使慎伯文學不致湮沒。

（二）書　學

　　慎伯是清代的碑學大家，他從鄧石如習北碑，並與阮元相爲呼應，奠定了碑學的理論基礎，後來且指引了康有爲的書學方向，造就有清一代碑學的興盛。何紹基說：「包慎翁之寫北碑，蓋先我二十年，功力既深，書名甚重於江南，從學者相矜以包派。」〔註56〕慎伯聲名之盛由是可知。

　　碑學興起於清代中葉，當時阮元提倡「南北書派」的論點，以爲北派碑學，南派帖學，並主張「究心北派」，高舞著北碑的大旗。〔註57〕慎伯繼阮元之後大談北碑，對北碑的姿態讚賞有加，他說：

　　　北碑畫勢甚長，雖短如黍米，細如纖毫，而出入、收放、俯仰、向
　　　背、避就、朝揖之法備具。〔註58〕

在重視北碑的同時，慎伯也提出對唐人書法的不滿。他說：

　　　北碑字有定法，而出之自在，故多變態；唐人書無定勢，而出之矜
　　　持，故形板刻。（同上）

此一尊碑學而輕唐書的態度，深深地影響了康有爲的書論。康有爲曾仿慎伯《藝舟雙楫》而成《廣藝舟雙楫》一書。〔註59〕此書是專論書學之作，其論書的觀念，也是崇北碑而輕唐作的。此一理念，在其《廣藝舟雙楫》〈尊碑〉、〈卑唐〉二篇中，有極爲明白的宣示。由是可知，慎伯在清代碑學中的地位，可說是承先啓後的人物，碑學在慎伯的大力推廣下，成爲清代書學的代表。康有爲在〈尊碑〉一文中盛讚慎伯說：

　　　涇縣包氏以精敏之資，當金石之盛，傳完白（鄧石如）之法，獨得
　　　蘊奧，大啓秘藏，著爲《安吳論書》。表新碑，宣筆法，於是此學如

〔註56〕馬宗霍：《書林藻鑑・包世臣》引。（臺北：明文書局，1986 年 1 月，清代傳記叢刊本），頁 207。

〔註57〕見〔清〕阮元：《揅經室集》（北京：中華書局，1985 年，叢書集成本），三集，卷一，頁 553～559，〈南北書派論〉、〈北碑南帖論〉。

〔註58〕見〔清〕包世臣：《安吳四種・藝舟雙楫》，（臺北：文海出版社，1973 年 12 月近代中國史料叢刊本），卷一二，頁 909，〈論書・歷下筆譚〉。

〔註59〕清康有爲〈廣藝舟雙楫敍〉云：「國朝多言金石，寡論書者，惟涇縣包氏鈔之揚之。今則擊之衍之，凡爲二十七篇。」是知康有爲此書乃承慎伯《藝舟雙楫》而來，其間所不同的是，通篇但論書法而少去文論罷了。

日中天。迄於咸、同，碑學大播，三尺之童，十室之社，莫不口北

碑，寫魏體，蓋俗尚成矣。〔註60〕

「三尺之童，十室之社，莫不口北碑。」碑學之盛可見一斑。而這一切功勞，
康氏以爲乃得自慎伯之提倡。

慎伯的書學理論，收錄於《藝舟雙楫・論書》之中。除了大力宣揚北碑
外，也對書學的筆法、美學特徵、品第流別、……等等加以論述，是我們研
究清代書法的極佳材料。慎伯除了理論暢達外，其實際創作也十分可取。李
兆洛說：「慎伯所寫，眞能導源元常，合分隸而一之，以六朝門戶，開迪後來
不朽之業也。」〔註61〕《清史稿》本傳說：「世臣能爲大言，其論書法尤精，
行草、隸書皆爲世所珍貴。」〔註62〕是其理論與實際眞能相互結合，非徒逞
口舌者所能比擬也。

（三）經世之學

《清史列傳》本傳說慎伯「喜兵家言，善經濟之學。」〔註63〕《續碑傳
集》說他「喜兵家言，善經制之學。」〔註64〕不論是兵學或經濟之學，都是
經世之術，上足以匡扶社稷，下有利於黔黎百姓。其〈七辨賦〉說：

研兵農之所宜，通王伯之所造，儲將相于漁樵，定治安于菁草。身
用術行，酬價盡職，驅策百萬於邊陲，撫摩億兆於衽席。賢哲連茹，
奸佞絕跡。外無竊發之虞，内寢迫脊之役。〔註65〕

這段話正道出其經世安邦的偉大懷抱。正因慎伯一生如此憂國憂民，所以經
世之學便成了他福國利民的金針。

慎伯經世之學範圍極廣，上至朝政典章，下至農田水利皆已涵括。這些
學術內容大致收錄於《中衢一勺》、《齊民四術》以及《說儲》之中。《中衢一

〔註60〕〔清〕康有爲：《廣藝舟雙楫》（臺北：臺灣商務印書館，1976 年 11 月，臺三
版），卷一，頁 7。

〔註61〕馬宗霍：《書林藻鑑・包世臣》引。（臺北：明文書局，1986 年 1 月，清代傳
記叢刊本），頁 207。

〔註62〕柯劭忞：《清史稿》（臺北：洪氏出版社，1981 年 8 月），卷四八六，頁 13418。

〔註63〕周駿富輯：《清史列傳》（臺北：明文書局，1986 年 1 月，清代傳記叢刊本），
〈文苑傳〉，卷七三，頁 20。

〔註64〕繆荃孫：《續碑傳集》（臺北：明文書局，1986 年 1 月，清代傳記叢刊本），卷
七九，〈書安吳包君〉。

〔註65〕〔清〕包世臣：《安吳四種・管情三義》（臺北：文海出版社，1973 年 12 月，
近代中國史料叢刊本），卷一八，頁 1382。

勻》者，所談是河、漕、鹽三事。其序文中說：

> 河、漕、鹽三事非天下之大政也，又非政之難舉者也，而人人以爲
> 大，人人以爲難，余是以不能已於言也。〔註66〕

慎伯以爲河、漕、鹽三事，雖非天下的大政，但因人們不善此道，卻每每感到
難以管理。於是慎伯發揮所學，將其看法與解決之道記錄下來，成此《中衢一
勻》之作，希望對政府的施政能有所幫助。至於《齊民四術》，此書所論乃農、
禮、刑、兵四事。慎伯明白，國家的存亡以及百姓的苦樂，都維繫在此四事之
上，是以特爲論述，藉以興國運，安民命。其序文說：「明農以養之，貴禮以教
之。」〔註67〕是農、禮二事，乃教民養民之具，故須宣之。又說：「治獄之於治
民末已，然萬民托命於此。」〔註68〕表示刑法雖是治民之末事，但沒有法律，
百姓便無以安身立命，故須言之。又說：「爲其悖禮已甚，非長刑所能制，於是
乎有兵。兵者，禁暴除亂而非得已也。」〔註69〕在刑法不足以制惡時，即須動
用兵力以禁暴除亂，是以用兵雖屬下策，但亦情非得已，故須言之。農、禮、
刑、兵四事，在慎伯眼中是治國齊民的根本大法。生當亂世的慎伯，對官員的
無能及百姓的苦難，有著淪肌浹髓之痛，故作爲此書以求振聾發聵，拔百姓於
水火之中。他在序文的末尾說道：「然生平所學，或亦有足裨當路君子之節取者，
生民之難，庶其小有瘳乎！」〔註70〕殷切的語氣著實令人動容。最後看《說儲》
一書，此書原〈上〉、〈下〉二篇，然據慎伯〈安吳四種總目敘〉所載，〈下〉篇
已與舊著（指《安吳四種》）類集之。以是之故，今人所觀之《說儲》，僅存〈上〉、
篇而已。對於此書的內容，劉師培說：「吾觀此書，精義大抵在於重官權，達民
情二端。」〔註71〕柳詒徵說：「包慎伯先生年二十七，……痛清政之窳敝，創意
改制，爲說儲上篇數萬言。」〔註72〕是知此書乃慎伯議政之辭，文中多改制之
說，意在通達政事，洩導民情。

〔註66〕〔清〕包世臣：《安吳四種・中衢一勻》（臺北：文海出版社，1973年12月，
　　　　近代中國史料叢刊本），卷一，頁17。

〔註67〕〔清〕包世臣：《安吳四種・齊民四術》（臺北：文海出版社，1973年12月，
　　　　近代中國史料叢刊本），卷二五上，頁1650。

〔註68〕同上註，頁1648。

〔註69〕同上註，頁1649。

〔註70〕同上註，頁1650。

〔註71〕劉師培：〈說儲跋〉。收錄於《包世臣全集・說儲》（合肥：黃山書社，1991
　　　　年10月），頁199。

〔註72〕柳詒徵：〈說儲跋〉，同上註。

慎伯經世之學，大抵存以上三書之中。由於慎伯早年學習兵、農、法諸家，於此有其獨到之見，故其見解多能切中時弊、收具實效，當時官吏要員屢屢屈節咨詢，是以慎伯雖居廟堂之外，卻也是位名滿天下的人物。近人對於慎伯的經濟思想曾有專節論述，認為慎伯的經濟思想有「本末皆富」以及「重錢抑銀」兩大特色，〔註73〕且評說：「在中國近代經濟思想史上，包世臣有其一定的地位。」〔註74〕此是慎伯經世之學亦為今人所肯定的明證。處於風雨飄搖時代，慎伯誠然比常人多出一份對社會的關懷，他與稍早的龔自珍以及稍後的魏源都有往來，也都是經世之學的舵手，引領著清代中晚期的學術，從瑣碎的考證轉向實用的學問。他雖然沒有顯赫的功名，卻是一位值得景仰的學者。胡蘊玉說：「先生（包慎伯）非一縣之人，實天下之人；非一世之人，實萬世之人也。全書具在，世之為有用之學者，皆當奉為圭臬。」〔註75〕此於慎伯的經世學術而言，實在是公允的評論啊！

三、學術淵源

探討文人的學術淵源，有助於判斷其論學旨趣，知其源流歸向，是研究學術不可或缺的一環。在慎伯的學術淵源中，書學一科與本書關涉不大，今且略去，僅由文學與經世之學入手。慎伯的學術淵源，要可用其一段自述語以分別之。他說：

> 獨處以古為師，群居擇善而執。受於天者，雖有厚薄之殊，積之久要皆足以自立。自昔工文之士，其基無不築於此也。〔註76〕

「獨處以古為師」，即取徑於古代典籍；「群居擇善而執」，即參酌於時人學術，

〔註73〕 見侯厚吉、吳其敬：《中國近代經濟思想史稿》，（哈爾濱：黑龍江人民出版社，1982年），頁78～99。所謂「本末皆富」，本是指農業；末是指工商業，慎伯認為農及工商都很重要，所以兩者皆應重視，須一併發展；至於「重錢抑銀」，則是指重視錢幣，貶抑銀兩。慎伯鑑於鴉片為禍，銀兩外流，致使國庫空虛，故出此構想，以為降低銀兩的面值，提高錢幣的價值便能解決問題。其《齊民四術・與張淵甫書》說：「鄙意不唯不廢錢，一切以錢起算，與鈔為二幣，亦不廢銀，而不以銀為幣長。」說的便是此事。

〔註74〕 同上註，頁78。

〔註75〕 〔清〕胡蘊玉：《包世臣慎伯先生年譜》（臺北：文海出版社，1973年12月，近代中國史料叢刊本），頁4，〈包慎伯先生年譜序〉。

〔註76〕 〔清〕包世臣：《安吳四種・藝舟雙楫》（臺北：文海出版社，1973年12月，近代中國史料叢刊本），卷八，頁634，〈書贈王慈雨欽霖〉。

此二者固可作為慎伯學術淵源的分類依據，今且依此分述如下：

（一）取徑古代典籍的部份──本於六經，旁推於子、史、集

慎伯之學，取徑古人者眾。其間又以六經為根本，而旁推於子、史、集諸部。他說：

> 三《禮》尚完書，能固人筋髓。千載賴鄭公，世亂道不否。學者準此的，反求道在邇。續自續《通鑑》，治亂示指掌。復得君卿（杜佑）書，研索植國體。〔註77〕

筋髓者，乃內在之根本，有異於外在之腠膚。慎伯以三《禮》「能固人筋髓」，是其學術本於經學也無疑。除了經學之外，慎伯又提到《資治通鑑》與「君卿之書」。君卿是杜佑之字，則此書當是指《通典》可知。《通鑑》與《通典》皆是史書，慎伯以二書乃「治亂」、「植國體」之本，是欲假之以為經世之用，則史部之書，誠為慎伯經世之學的淵源之一。除經、史之外，慎伯也重視子書；他以子書為經世之學的大樑。他說：

> 世臣生乾隆中，比及成童，見百為廢弛，賄賂公行，吏治汙而民氣鬱，殆將有變，思所以禁暴除亂，於是學兵家；又見民生日蹙，一被水旱，則道殣相望，思所以勸本厚生，于是學農家；又見齊民跬步，即陷非辜，奸民趨死如騖，而常得自全，思所以飾邪禁非，于是學法家。〔註78〕

可見慎伯濟世救民，多本於諸子之學。綜上所論，則知經、史、子三部，乃慎伯經世之學的源頭。然而此三部之書，在慎伯的學術中，絕非只是經世之學的源頭，其文學一科，亦是取源於此。他說：

> 文以識為主，……士人生聖賢二千餘年之後，必期仰測當日立言之本旨，黜異說，袪膚論，以明真理而暢垂教之衷。此非研幾於經，以正其趣；取證於史，以通其變；旁涉諸家先正之論議，以博其趣，則識不能深而且正矣。〔註79〕

慎伯主張以經、子、史之學，來端正文章的識見，可見其文學之淵源仍不離

〔註77〕〔清〕包世臣：《安吳四種·藝舟雙楫》（臺北：文海出版社，1973年12月，近代中國史料叢刊本），卷九，頁729，〈述學一首示十九弟季懷〉。

〔註78〕〔清〕包世臣：《安吳四種·藝舟雙楫》（臺北：文海出版社，1973年12月，近代中國史料叢刊本），卷八，頁642～643，〈再與楊季子書〉。

〔註79〕〔清〕包世臣：《包世臣全集·小倦游閣集》（合肥：黃山書社，1991年10月），卷五，頁55，〈戊辰江南試錄後序〉。

此三者。然而文學除了取源於經、史、子三部以外，集部之書更是不能或缺，是以慎伯於談論辭賦的作法時說道：

> 匯於古集，以練其神，以達其變。〔註80〕

這是文學取源於古集的宣示。由是可知，慎伯文學的淵源，實涵括了經、史、子、集四部。然而，這樣的說法是很籠統的，我們有必要再予細分。文學之中有古文、詩歌、辭賦、⋯⋯等各類文體，在這諸多的文體中，慎伯曾對古文與詩歌的學術淵源，作出明確的界說。首先是古文部份。他說：

> 文之奇宕至《韓非》，平實至《呂覽》，斯極天下能事矣，其源皆出於《荀子》。〔註81〕

慎伯此處，對《韓非子》、《呂覽》、《荀子》三書，作出高度肯定。接著又說：

> 嗣橐筆蓬轉，唯以《孫武》、《荀卿》、《韓非》、《呂覽》自隨。〔註82〕

在作出高度肯定後，慎伯又直指其筆墨生涯中，《孫子》、《荀卿》、《韓非》、《呂覽》四書，乃其隨身讀物。由是可知，慎伯的古文淵源，蓋出此四書，至於詩歌部份，他提出了六朝阮籍、陶潛、陸機、謝靈運四家，以及唐代魏徵、薛稷、陳子昂、張九齡、李白杜甫、元結七家。他說：

> 然足下（指張琦）專推阮（籍）、陶（潛），世臣則兼崇陸（機）、謝（靈運）。〔註83〕

其所以推崇阮、陶、陸、謝的原因：

> 蓋格莫峻於步兵；體莫宏於平原。⋯⋯彭澤沈鬱絕倫，惟以率語爲累，然上攀阮而下啓鮑，孟韋非其嗣也；康樂清脆夷猶，以行沈鬱，如夏雲秋濤，乘虛變滅。（同上）

以阮詩格峻；陸詩體宏；陶詩「沈鬱絕倫」；謝詩「清脆夷猶」，是以宗之。又其談論唐代七家說：

> 三唐傑士，厥有七賢。鄭公首賦憑軾〔註84〕；少保續詠臨河〔註85〕，

〔註80〕 〔清〕包世臣：《安吳四種‧藝舟雙楫》（臺北：文海出版社，1973 年 12 月，近代中國史料叢刊本），卷八，頁 628，〈答董晉卿書〉。

〔註81〕 同上註，卷九，頁 702，〈摘鈔韓呂二子題詞〉。

〔註82〕 同上註，頁 704，〈書韓文後上篇〉。

〔註83〕 〔清〕包世臣：《安吳四種‧藝舟雙楫》（臺北：文海出版社，1973 年 12 月，近代中國史料叢刊本），卷八，頁 624，〈答張翰風書〉。

〔註84〕 鄭公即指唐代魏徵，以嘗封鄭國公，是以名之。（事見《新唐書》卷九七本傳）其〈述懷詩〉有句：「請纓繫南粵，憑軾下東藩。」其中「憑軾」一詞，即慎伯文中所指。

　　高唱復古，素比珍絲：伯玉（陳子昂）之駘宕：子壽（張九齡）之
　　精能；次山（元結）之柔厚，并具爐冶，無価高曾。抗墜安詳，極
　　於李、杜，所謂一字一句，若奮若搏，彼建安詞人，不得居其右者
　　矣。（同上）

對於魏徵以至於杜甫等七位詩人，慎伯或美其「復古」；或譽其「駘宕」；……
皆給予極高之評價，而以爲登峰造極者，乃李白、杜甫二家。不論是前文所
說的六朝四家，或是此處的唐代七賢，對慎伯來說，地位都是極其崇高的。
他說：「事斯（詩）以來，歷年三五，師心所向，宗尚如斯。」（同上）可見
這十一家的詩歌，正是慎伯詩學的源頭。觀慎伯所宗之十一家，除了謝靈運
較重雕琢，寓意略疏外，其餘作品皆能言之有物，得先人詩教之旨。正以慎
伯詩學淵源於斯，故其寫詩、論詩，皆能發乎眞情，寓於深意。

　　綜上可知，慎伯的學術淵源，在取徑古籍方面，是以經書爲主，而旁推
於子、史、集三部。就經世之學一科來說，其淵源乃經、子、史三部。其中
子書部份，是以兵、農、法三家爲本；而史書部份，則以《通鑑》、《通典》
爲本。另就文學一科而言，其淵源則廣及於經、史、子、集四部。其中古文
部份，是以《孫子》、《荀子》、《韓非子》、《呂氏春秋》爲依；詩歌部份是以
阮籍、陶潛、陸機、謝靈運、魏徵、薛稷、陳子昂、張九齡、元結、李白、
杜甫等十一家作品爲主。

（二）參酌時人學術的部份

　　慎伯的學術，除了源於古籍外，還有很大部份的是得自時人的薰陶。他
說：

　　劉生（逢祿）紹何學，爲我條經例。證此獨學心，《公羊》實綱紀。
　　《易》義不終晦，敦復有張氏（惠言）。觀象得微言，明辨百世俟。
　　私淑從董生（士錫），略悟消息旨。讀書破萬卷，通儒沈（欽韓）與
　　李（兆洛）。益我以見聞，安我之周紿。鄭學黃心通，許學錢神解。
　　既得明冊籍，又得親楷模。乃見善惡途，判異如河濟。乃令苟得懷，
　　渙若冰釋矣。〔註86〕

〔註85〕少保乃指唐薛稷，以官太子少保，是以名之。（事見《新唐書》卷九八本傳）
　　　　其〈秋日還京陝西十里作〉詩有句：「驅車越陝郊，北顧臨大河」。其中「臨
　　　　大河」一詞，即慎伯所謂「臨河」之意。
〔註86〕〔清〕包世臣：《安吳四種・藝舟雙楫》（臺北：文海出版社，1973年12月，

從此段自白中可以得知，慎伯在小學方面，是從錢坫習許學；在經學方面，是從劉逢祿習《公羊經》，從張惠言習《易經》，從黃乙生習鄭氏《禮》；在文學方面，則私淑於董士錫，而請益於沈欽韓、李兆洛。從這份名單中，可以大致看出慎伯的交遊狀況，以及其受教的學術層面。有了這些資訊，對於了解慎伯學術思想的形成，具有相當大的幫助。例如慎伯在〈春秋異文考證題辭中〉，批判宋學家「專以世俗詁訓，強古經就我。」〔註87〕一反許（慎）、鄭（玄）家法，是「楗杙不分，而意締千門萬戶之壯麗也。」（同上）此一重漢學，輕宋學的態度，當是因爲從錢坫習《許》學；從黃乙生習《鄭》學，所習皆漢儒經說所致。又如《說儲》上篇，因對清政至爲不滿，故文中頗多創意改制之說。此一態度，與公羊派藉注經以改革國政的作法，極爲神似，若說此一精神是源自劉逢祿，當亦言之成理。其次，慎伯於談論古文作法時，主張「體雖駢，必有奇以振其氣；勢雖散，必有偶以植其骨。」（〈文譜〉）這種駢、散合一的觀念，極可能是受到李兆洛的影響。李兆洛評奇筆（散行）、偶筆（駢儷）時說：「天地之道，陰陽而已。奇偶也，方圓也，皆是也。陰陽相並俱生，故奇偶不能相離，方圓必相爲用。」〔註88〕慎伯強調駢、散合一，與此顯然不無關係。當然，除了上述數例以外，慎伯文論受時人影響之處仍多，此於文後之相關議題中，將隨時加以探討。

四、性格情操

（一）熱愛學術

慎伯是位標準的人文，一生對學術充滿熱愛，自幼及老，不曾稍懈。范麟稱他「自幼學以迄懸車，不改不倦，庶幾稱道不亂者矣。」〔註89〕《年譜》載他讀書的熱切說：「得孫、吳、司馬三家之書，朝夕研究，講學兵學。」〔註90〕又說：「大人（指慎伯父親）從戴氏假得全唐詩，（慎伯）私繙閱之，

近代中國史料叢刊本），卷九，頁729～730，〈述學一首示十九弟季懷〉。

〔註87〕〔清〕包世臣：《安吳四種‧藝舟雙楫》（臺北：文海出版社，1973年12月，近代中國史料叢刊本），卷九，頁673。

〔註88〕〔清〕李兆洛：《駢體文鈔》（清合河康氏家塾刊本），〈自序〉。

〔註89〕〔清〕范麟：〈讀安吳四種書後〉。收錄於〔清〕包世臣：《安吳四種》（臺北：文海出版社，1973年12月，近代中國史料叢刊本），卷三六，頁2599。

〔註90〕胡蘊玉：《包慎伯世臣先生年譜》（臺北：文海出版社，1973年12月，近代中國史料叢刊本），乾隆五十四年己酉年十五歲條，頁15。

常徹夜，心有所觸，輒效爲之。」〔註 91〕如此的讀書態度，爲慎伯的學術打下了雄厚基礎。慎伯十八歲以前習學於白門，此時是他讀書最專職的時候，其學識的奠基大半完成於此。成年之後，步入社會爲人作幕，蓬轉四方的結果，令他讀書的機會相對減少。但熱愛學術的他，雖因環境的不便少了案頭讀書的機會，但他卻藉著遊歷的時候，請教各地的名流宿儒，甚至連漁夫、樵夫都是他請益的對象。他把觀讀的求學方法轉成口問的方式，這樣一來，他的學識仍舊日升月恆地進步。范麟說：「先生（慎伯）之造詣，得於學者半，得於問者亦半。……其於問也，微遇宿士方聞，質疑求是，雖舟子、輿人、樵夫、漁師、罪隸、退卒、行腳、僧道，邂逅之間必導之使言。」〔註92〕如此一來，慎伯的學識不但沒有因爲讀書時間的減少而退步，反而增加了許多社會的實際知識。就如同揚雄之作《方言》、顧炎武之作《日知錄》一般，能就各地的民情風俗進行實際考察，藉以補充案頭學術之不足。慎伯學術之所以不凡，能夠針對民生利病而發，其關鍵也是在此。慎伯一生熱愛學術，至老猶不稍墜。其晚年歸隱雞籠山麓時，並未閒置下來，他在七十歲那年，將生平著述部類群分，刊爲《安吳四種》以行世。在廣示同好之後，受到句讀難斷的反應，他便重新勘閱，予以刪裁斷句，至咸豐元年再重新付梓刊印。（事見《安吳四種·總目敘》）此時慎伯年已七十有七了，這樣的高齡仍舊如此忠於學術，其執著的精神委實令人感佩！

（二）篤守正道

慎伯是位通儒，他讀書能眞正領悟經典中的義旨，而不僅僅以讀書作爲干祿要譽的工具。所以慎伯一生行事，均能本諸聖賢德行，持守正道，與時下鬻賣知識，枉法貪賍的文人迥然不同。鄭板橋在家書中描述當時文人的醜陋說：「一捧書本便想中舉、中進士，作官如何攫取金錢，造大房屋，置多田產。」〔註93〕這樣的文人並非眞正的文人，而僅僅是將讀書作爲營計身家的手段；眞正的文人，是具有《大學》所謂「在明明德，在新民，在止於至善。」的高尚品格，慎伯一生所持守的，即是這樣的正道。范麟說：

〔註91〕同上註，乾隆五十八年癸丑年十九歲條，頁 17～18。
〔註92〕〔清〕范麟：〈讀安吳四種書後〉。收錄於〔清〕包世臣：《安吳四種》（臺北：文海出版社，1973 年 12 月，近代中國史料叢刊本），卷三六，頁 2599。
〔註93〕〔清〕鄭板橋：《鄭板橋全集》，（臺北：新興書局，1966 年 1 月），〈家書·范縣署中寄舍弟墨〉第四書，頁 371～372。

服古入官，窮經致用，儒先之教也。利祿途興，士人志於倖獲，主司又惟纖巧塵腐之是求。……政柄視爲利源，編戶待以佃客，憂貽國家，毒流當世，是豈不誦讀詩書，觀覽篇籍乎？何所行與所學之戾耶？……道光丙午冬，以通家子弟謁安吳包先生於白門倦遊閣，乃知尚志之教，猶不絕於人寰耳。〔註94〕

范麟先斥責了當時文人的鄙陋，認爲他們已悖離聖教，隨後再轉而稱揚慎伯能遵行儒說，有接續聖人之功。經此相互映襯下，慎伯卓然鶴立的志節，尤其顯著。慎伯是濁世中之清流，暗夜中之燭火，他不論是身處逆境或是順境，都能潔身自持，時時刻刻以正道爲心。今且就慎伯生平之行事，援舉一二事例以見其節操。嘉慶五年春，慎伯遊於江淮一帶，當時湯公滿擔任安徽學政，曾催促慎伯要參加隔年之歲試。慎伯母親以爲，這當是朱文正公〔註95〕刻意要提拔慎伯的安排。慎伯明白個中原委後，並未依言前往朱文正公處活動，當然隔年的考試便又落榜了。〔註96〕再者，道光十八年，慎伯任新喻知縣，對當時糧道（掌漕運之官）浮收漕稅加以調查，並依法禁絕。此舉引起糧道的不悅，暗中運作彈劾，慎伯不久即被迫去職。〔註97〕慎伯的耿直，由上述二事可以明顯得知。他在科場失意之時，也不願走偏門以弋取功名；在爲官治事之時，更不願同流合污，最後終因得罪權貴而黯然下台。慎伯是位可敬又可愛的文人，他堅持自己的理想，不願爲富貴功名而折腰。其一生以正道爲軌範，不敢絲毫踰越了文人的本份，就好比孔、孟二聖處亂世而揚儒教，雖不獲時君世主之賞識，卻仍然持守正道，不詭曲邪說以迎合諸侯，如此的文人風範，在滄海橫流之世，尤其顯得彌足珍貴。

（三）營求公利

公利者，國計民生之大利，與個人之私利相對。慎伯不論行事或是論學，都注重一個「利」字，而此利者，正是天下之公利。其〈舊業堂文鈔序〉說：

〔註94〕〔清〕范麟：〈讀安吳四種書後〉。收錄於〔清〕包世臣：《安吳四種》（臺北：文海出版社，1973年12月，近代中國史料叢刊本），卷三六，頁2595。

〔註95〕即朱珪。清大興人，字石君，號南崖，性孝友，深於經術。乾隆間進士，歷山西巡撫，終體仁閣大學士。爲官尚節，海內仰之。事見《清史列傳》卷二八、《國朝耆獻類徵》卷二九本傳。

〔註96〕見《年譜》嘉慶五年庚申年二十六歲條、嘉慶六年辛酉年二十七歲條。

〔註97〕胡蘊玉：《包慎伯世臣先生年譜》（臺北：文海出版社，1973年12月，近代中國史料叢刊本），道光二十二年壬寅年六十八歲條，頁86～89。

天下之所爲貴士，與士之所以自貴者，亦曰志於利濟斯人而已。
〔註98〕

〈答族子孟開書〉說：

> 好言利似是鄙人一病，然所學大半在此。如節工費，裁陋規，興屯
> 田，盡地方，在在皆言利也。即曾公費以杜朘削之源，急荒政以集
> 流亡之眾，似非言利，而其究則仍歸於言利。〔註99〕

慎伯行事注重功利，由上述引文可以得知。然而慎伯所說之利，乃國家社稷、
黎民百姓的公利，絕非謀求身家的私利。他關心朝政典章、貿易通商，他致
力解決漕運、鹽賣、兵事、……等等的弊端，這一切的作爲，都是爲著社稷
的命脈，所以慎伯追求的是公利，是造福百姓的義舉。清代河災泛濫，洪流
所至每見饑民遍野，慎伯於是教導治河之法；〔註100〕鹽賣獲利豐潤，故私
梟猖獗，慎伯便建請緝私；〔註101〕農業爲國事之本，然而清政府對農事過
於輕忽，漠視農民的生活，慎伯遂談農政以起沉痾；〔註102〕官員判案有所
偏私，慎伯因此曉以大義，力陳法律公正的重要；〔註103〕吏治敗壞使得各
地盜賊蜂起，百姓身家無以屏障，官兵既不可恃，慎伯便上書請練鄉兵，以
維民命；〔註104〕鴉片戰爭中國人蒙羞，洋人視我爲俎上肉，予取予求，慎
伯遂研擬殲敵之法，期能抵拒外侮。〔註105〕慎伯無怨無悔地付出，所謀都
是人民的福祉，他奔波一生，從未替自己鑽營謀求，他雖然開口閉口談利，
但他所謀的是國家大利，而非自肥身家的私利私惠。有一回，慎伯爲方百公
解決河患，百公問慎伯欲求何官？慎伯答說：「某此來欲佐閣下救百姓耳，
非欲利己也。」〔註106〕此番慷慨陳詞，讀來著實令人動容！魏源在〈題包

〔註98〕〔清〕包世臣：《安吳四種・藝舟雙楫》（臺北：文海出版社，1973年12月，
　　　　近代中國史料叢刊本），卷十，頁764。

〔註99〕〔清〕包世臣：《安吳四種・齊民四術》（臺北：文海出版社，1973年12月，
　　　　近代中國史料叢刊本），卷二六，頁1826。

〔註100〕〔清〕包世臣：《安吳四種・中衢一勺》（臺北：文海出版社，1973年12月，
　　　　近代中國史料叢刊本），卷一，頁47～67，〈籌河芻言〉。

〔註101〕同上註，卷三，頁187～195，〈庚辰雜著五〉。

〔註102〕〔清〕包世臣：《安吳四種・齊民四術》（臺北：文海出版社，1973年12月，
　　　　近代中國史料叢刊本），卷二五上，頁1651～1760，〈農政〉。

〔註103〕同上註，卷三一上，頁2131～2134，〈議刑對〉。

〔註104〕同上註，卷三四，頁2351～2361，〈諫鄉兵對〉。

〔註105〕同上註，卷三五，頁2478～2483，〈殲夷議〉。

〔註106〕〔清〕張琦：《宛鄰文》（影印本，出版時地不詳），卷二，〈書慎伯郭君傳後〉

慎伯文集〉一詩中，舉賈誼與王安石二人與慎伯相比況，他說：「坐言起行幾賈生，青苗攘輩徒安石。」〔註 107〕賈誼是西漢名士，嘗請改正朔、易服色、制法度、興禮樂，是位博學多聞又忠君愛國的文人。〔註 108〕王安石是宋代的變法大臣，其推行的政令中，有青苗法一項，此乃專爲照顧農民利益而設的。賈、王二人都是憂心時局，爲國興利的賢人，魏源舉此二人與慎伯相擬，實在是推崇慎伯能謀大利。對於如此的一位文人，無怪乎胡蘊玉要美其「非一世之人，實萬世之人也。」〔註 109〕

引。

〔註107〕〔清〕魏源：《魏源集》（北京：中華書局，1976 年 3 月），頁 753。

〔註108〕事見《史記》（臺北：鼎文書局，1992 年 7 月），卷八四，頁 2492，〈屈原賈生列傳〉。

〔註109〕〔清〕胡蘊玉：《包世臣慎伯先生年譜》（臺北：文海出版社，1973 年 12 月，近代中國史料叢刊本），頁 4，〈包慎伯先生年譜序〉。

第三章　文學基本思想

　　所謂「基本思想」，就是慎伯文學理論的核心，就如同樹木的根幹一樣，是支稱全局的砥柱。了解了此一基本思想，對於慎伯文學理念的輪廓，將有概括性的理解與認知。歸納慎伯之說，其基本思想有六項，分別是經世致用的文學觀、崇尚選學、反對貴古賤今、反對文以載道、反對八股文、反對桐城派等。這六項之中，前二項屬於思想內容；後四項屬於思想態度。今本章之結構，乃分成這兩大型態來討論。

　　由慎伯的基本思想觀之，可看出其文論具有積極的進步觀。貴古賤今是文人相沿已久的陋習；文以載道是行文的教條；桐城派是文界的權威；八股文是士子干祿的踏板，這些觀念與制度，幾乎是士林牢不可破的枷鎖，但慎伯不畏流俗的目光，奮挽狂瀾，只為帶領文人走入學術的新領域，其識見與氣魄，確實令人激賞。

第一節　基本思想內容

一、經世致用的文學觀——「舍是非成敗則無所言文」

　　在前文中，曾介紹慎伯的經世之學。由是可知，慎伯的學術具有經世致用的特質；而此一現象，也同時發生在慎伯的文論上。他在〈自編小倦遊閣文集三十卷總目序〉中，自述選文的標準說：

> 其有託體較大，關係身世（指家國），則歸之正集；雖么小不足數，
> 而稍有意興，與夫鄉曲賢士女之宜紀述，以及代言之足濟世用者，

錄為別集。〔註1〕

以「關係身世」者輯為正集；「足濟世用」者錄為別集，正宣示了慎伯經世致用的文學觀。其〈贈方彥聞序〉一文中又說：

> 吾聞子瞻氏之論文已，其論六一居士曰：著禮樂仁義之實，以合於大道。其言簡而明，信而通，引物連類，折之於至理以服人心，使天下日以通經學古為高，救時行道為賢，犯顏納諫為忠；〔註2〕其論范文正公曰：公少時已有憂天下，致太平之意，故為萬言書。乃其出入將相，跡平生所為，無出此書者。其於仁義禮樂忠信孝弟，蓋如饑渴之於飲食，欲須臾忘而不可得，雖弄翰戲語，率然而作，必歸於此；〔註3〕其論樂全先生曰：公以邁往之氣，行正大之言，一皆本於禮義，合於人情，是非有考於前，成敗有驗於後。〔註4〕……是舍禮義忠孝、是非成敗，則無所言文矣。〔註5〕

〔註1〕　〔清〕包世臣：《安吳四種・藝舟雙楫》（臺北：文海出版社，1973年12月，近代中國史料叢刊本），卷八，頁657～658。

〔註2〕　見〔宋〕蘇軾：《蘇東坡全集》（北京：中國書店，1991年9月），卷二四，頁315，〈居士集敘〉。其原文曰：「……（歐陽修）著禮樂仁義之實，以合於大道。其言簡而明，信而通，引物連類，折之於至理以服人心，故天下歙然師尊之。自歐陽子之存，世之不說者謹而攻之，能折困其身而不能屈其言，士無賢不肖，不謀而同曰：歐陽子，今之韓愈也。宋興七十餘年，民不知兵，富而教之，至天聖景祐極矣，而斯文終有愧於古士，亦因陋守舊，論卑而氣弱。自歐陽子出，天下爭自濯磨，以通經學古為高，以救時行道為賢，以犯顏納說為忠。……」）

〔註3〕　同上註，頁314，〈范文正公文集敘〉。其原文曰：「……（范仲淹）公在天聖中，居太夫人憂，則已有憂天下，致太平之意，故為萬言書以遺宰相，天下傳誦。至用為將，擢為執政，考其平生所為，無出此書者，今其集二十卷，為詩賦二百六十八，為文一百六十五，其於仁義禮樂忠信孝弟，蓋如饑渴之於飲食，欲須臾忘而不可得，如火之熱，如水之濕，蓋其天性有不得不然者，雖弄翰戲語，率然而作，必歸於此。……」

〔註4〕　同上註，頁313，〈樂全先生文集敘〉。其原文曰：「……公獨以邁往之氣，行正大之言。曰：用之則行，舍之則藏，上不求合於人主。故雖貴而不用，而用不盡；下不求合於士大夫，故悅公者寡，不悅者眾。然至言天下偉人，則必以公為首。公盡性知命，體乎自然，而行乎不得已，非斬以文字名世者也。然自慶曆以來，訖元豐四十餘年，所與人主論天下事，見於章疏者多矣。或用或不用，而皆本於禮義，合於人情，是非有考於前而成敗有驗於後。……」

〔註5〕　〔清〕包世臣：《安吳四種・藝舟雙楫》（臺北：文海出版社，1973年12月，近代中國史料叢刊本），卷十，頁765～767。

文中的歐陽修、范仲淹、張方亭（樂全居士）等，都是心懷天下，重禮義，求人情的文士。他們寫作文學，都是有所為而作，足以宣揚禮教，考核是非，所以受到蘇軾高度的尊重。今慎伯援引蘇軾對此三人的讚語，無非是藉此三人的文風，來烘托自己經世濟民的文學觀，故文末謂「舍禮義忠孝，是非成敗，則無所言文。」以宣揚自己經世致用的文學觀。

在確立了文學經世致用的觀點後，慎伯又提出了文人講求經世之學的思想淵源，他認為文人重視經世文學的精神，來自於兩部份：一是「根於性」，一是「成於習」。所謂「根於性」，是指來自天性；所謂「成於習」，是指受了後天學習的影響。他說：

> 是故自任斯文之重者（指經世致用的文人），有根於性，有成於習。
> （同上）

他並且對此二類情況提出解釋，他說

> 舉世競為俗學以求售。其售者，上得以行其欺罔，下得以肆其朘削，
> 則共以為能。而有人焉，遺遠世俗，自尊所聞，言依於禮義，心泯
> 乎得失，雖攖怒召謗，以至於頓躓瀕危而不悔。窮則守之以終，而
> 教誨其子弟；達則操此以往，而惠保其黎庶。其為文也，則能究人
> 情之極，況於直道，以上繼夫作者，此根於性者也。（同上）

這是對「根於性」部份所作的解釋。他認為重視實學的文人，能夠拋卻俗學，一切的述作皆能本諸禮義，雖然因此而困頓顛仆，也終不後悔；而且顯達的時後，能利用職權以造福百姓，去位的時候，也能持守直道以教誨子弟。這類文人的濟世情懷，慎伯以為是來自於「本性」。對於慎伯這種觀念，筆者以為當是孟子性善說的延伸。《孟子·公孫丑上》：

> 惻隱之心，仁之端也；羞惡之心，義之端也；辭讓之心，禮之端也；
> 是非之心，智之端也。人之有是四端也，猶其有四體也。

孟子倡導人性本善，以為仁、義、禮、智四端，猶如人的四體，是人天生所具有的。今慎伯認為文人之宣揚「禮、義」教化，是源諸「本性」，這種本性具有禮、義善端的論點，很明顯地，是受了孟子學說的影響。其次，他對於「成於習」的部份作了如下的解釋，他說：

> 有人焉，倡之於前而健者聞而慕之，獨處則以古為師，群居則擇善
> 而執，慎守其術，積通所明，不撓於勢利，不惑於浮議。其既也，
> 以己度人而其理同，以身體物而其心安，故其有亦能黜華言，濟實

用，不悖於作者之旨；而其達也，可以不負所學，此成於習者也。
〔註6〕

慎伯認為，前人提倡經世之學，這股風潮流傳於後，後之有志君子以此為師，遂能「不撓於勢利，不惑於浮言。」而使所作能「黜華言，濟實用。」這說明文人的撰述風格受到後天學習的巨大影響，文人讀書論學，朝夕目睹古代聖賢的面目，在學習浸染之中，培養了救世濟民的精神。

綜觀上述可知，慎伯認為文人的濟世文風，是來自先天本性與後天學習的相互交會所成，此一論點相當正確。從現代心理學的角度來看，個性的生成是來自遺傳（先天本性），與環境（後天學習）的交互影響。大陸學者魯樞元說：

> 執拗地追問遺傳和環境，哪一個決定了個性的發展？這種發問忽視了以下的事實：即一個個體的遺傳秉賦，是在一系列環境作用下被激活的，人的行為便是這種激活反應的結果。〔註7〕

此處說明了人的個性，是由遺傳與環境相互激盪而成的。所謂遺傳，代表的是先天的本性；所謂環境，代表的是後天的學習。依此一原理推論，則文人濟世救民的性格，當然也是先天的善良本性，與後天的良質學習所交織而成的。所以慎伯對文人經世文風的淵源，提出「根於性」、「成於習」的觀點，是十分中肯的。

慎伯經世致用的文學觀，與他重視實用之學是相互影響的。他所作《中衢一勺》、《齊民四術》、《說儲》等書，都是經世之學，都是攸關民生利病之作。如此的學術態度反應至文學的上頭，自然也是如此的一番風貌。所以失卻了「禮義忠孝」，背離了「是非成敗」便不足以言文了。

平心以論，慎伯將文學帶上倫理教化，以及功利實用的道路，不免嚴重地斲傷文學的藝術美，妨礙了純文學的發展，畢竟文學是感性的作品，難以和經世致用畫上等號；不過這樣作法，是有其背景因素的：慎伯所處的時代，內憂外患不斷，他本著家國之思，提倡經世致用的文學，固也有其不得不然的道理，是以其作法雖然可議，但動機卻是純正可許的。

〔註6〕〔清〕包世臣：《安吳四種・藝舟雙楫》（臺北：文海出版社，1973 年 12 月，近代中國史料叢刊本），卷十，頁 768～769。
〔註7〕魯樞元、錢谷融：《文學心理學》（臺北：新學識文教出版中心，1990 年 9 月），第二章〈文學藝術家的個性心理結構〉，頁 78。

二、崇尚《選》學──「獨好《文選》，輒效爲之」

蕭統編次《文選》，汲古鉤深，艾蕪挹秀，可遠匹孔子之刪《詩》，劉向之次《楚辭》，其沾溉藝林，津渡學海之功，熠熠若炬。故自隋唐以還，即有所謂「文選學」（「選學」）的產生，是書之重要，可見一斑。錢鍾書說：

> 詞章中一書而得爲「學」，堪比經之有《易》學、《詩》學等，或《說
> 文解字》之蔚成許學者，惟《選》學與《紅》學耳。〔註8〕

正以《文選》之功若此，故歷來多有文家習尚於斯。愼伯對於此書，亦勤加鑽研，嘗明言自孺子之時，即誦讀《文選》，且依式學作古賦與五言詩。（見〈自編小倦遊閣文集三十卷總目序〉）〈答董晉卿書〉一文中，更直述對《文選》的狂熱。他說：

> 僕家無藏書，少不涉事，獨好《文選》，輒效爲之。以古爲師，以心
> 爲範。〔註9〕

由是可知，《文選》在愼伯的心中，具有相當特殊的地位。

不過儘管《文選》受到文人如此重視，但在科舉取向的影響下，曾經走過一段蒼涼的歲月。在唐代之時，科舉本以詩賦取士，鑑於時主的雅好，《選》學曾大爲騰播，此風至宋初而不減。陸游《老學庵筆記》說：

> 國初尚《文選》，當時文人專意此書，故草必稱王孫，梅必稱驛使，
> 月必稱望舒，山水必稱清暉。……方其盛時，士子至爲之語曰：「文
> 選爛，秀才半。」〔註10〕

「文選爛，秀才半。」正說明此書拜科舉之賜，而備極恩寵的盛況，但水能載舟，亦能覆舟；在神宗以後，由於王安石以新經取士，辭章之學受到冰凍，《選》學亦逐漸涉上沒落之途。尤其明代以八股文取士，士子爲求功名，紛棄《文選》而別習唐宋古文，此蓋以古文發展至唐宋之間，法度甚爲分明，與時文之法多相吻合，故爲士子所取以干舉業。如此一來，《選》學的前途更是江河日下了。

面對《選》學與八家古文的勢力消長，楊季子嘗詢問愼伯兩者間的優劣情形。愼伯的回答很明顯是偏向《選》學，以爲《文選》才是文苑的正宗。

〔註8〕 錢鍾書：《管錐編》（北京：中華書局，1779年10月），第四冊，全梁文卷一九，頁1401。

〔註9〕 〔清〕包世臣：《安吳四種・藝舟雙楫》（臺北：文海出版社，1973年12月，近代中國史料叢刊本），卷八，頁627，〈答董晉卿書〉。

〔註10〕 〔宋〕陸游：《老學庵筆記》（臺北：廣文書局，1972年5月），卷八，頁283。

他說：

> 自前明諸君，泥子瞻文起八代之言，遂斥選學爲別裁僞體。良以應
> 德、順甫、熙甫諸君，心力悴於八股，一切誦讀，皆爲制舉之資，
> 遂取八字下乘，橫空起議，照應鉤勒之篇，以爲準的。小儒目睫，
> 前邪後許，而精深閎茂，反在屏棄；於是有反其道以求之者，至謂
> 八家淺薄，務爲藻飾之詞，稱爲選學。〔註11〕

此處指出，明代文人因囿於東坡美韓愈「文起八代之衰」的言論，所以認定
魏晉南北朝間的作品，是華靡之作。由於這項原因，故輯文範圍涵括此一時
期的《文選》，便被詆毀爲「別裁僞體」。接後著又說，應德（唐順之）、順甫
（茅坤）、熙甫（歸有光）諸人，爲了時文的制作，以爲習文的標的。而一些
識見短淺的小儒，更前呼後應，反將「精深閎茂」（暗指《文選》）的作品屏
棄，以至於將唐宋八大家這些淺薄藻飾的文章，稱爲選學。慎伯這種強力捍
衛《文選》的精神，實在令人驚歎。

　　綜觀慎伯之說，他是藉由《文選》與八家古文的相互比較中，來凸顯《文
選》的崇高與優良。而其所以如此者，正以士子受八股文考試的影響，多棄
選學而習八家古文，慎伯於是拿八家古文作爲比較的對象，藉著批判八家古
文，以反襯《選》學的地位。言及於此，筆者想對八股文的寫作，何以要取
法於八家古文？略作陳述，以免讀者對此一議題有所疑惑。八股文的寫作，
講求法度，許多文人便在唐宋古文上打主意，因爲唐宋古文極嚴「首尾、開
闔、抑揚、錯綜」〔註12〕之法，而此法正合八股文寫作之需。清方苞說：「明
人制藝，體凡屢變，……至正嘉作者始能以古文爲時文，融液經史，使題之
義蘊隱顯曲暢，爲明文之極盛。」〔註13〕時人鍾騰先生說：「其實八股文是淵
源於唐代的應制詩賦，以及唐代古文中所謂起承轉合，而把這起承轉合規律
化、刻板化。」〔註14〕由是可知，時文與古文之間，確實存在著密切的關係；
古文之法，能提供時文寫作的借鏡。也正因如此，所以明茅坤等唐宋派文家，

〔註11〕〔清〕包世臣：《安吳四種・藝舟雙楫》（臺北：文海出版社，1973年12月，
　　　　近代中國史料叢刊本），卷八，頁645～646。
〔註12〕〔明〕艾南英：《天傭子集》（清咸豐同治間楊枚臣重刊本），卷五，頁18，〈答
　　　　陳人中論文書〉。
〔註13〕〔清〕方苞：《欽定四書文》（臺北：臺灣商務印書館，1986年3月，景印文
　　　　淵閣四庫全書本），頁3。
〔註14〕鍾騰：〈八股文與起承轉合〉，《中國語文》，五三卷三期（總三一五號）（1983
　　　　年9月），頁65。

編纂有數部文集，大量地蒐羅八家古文，以應士子舉業之習。〔註15〕八家古文自然大爲騰播，《選》學也相對地受到冷落了。

　　不過儘管八家古文的勢力在此時遠勝於《選》學，但愼伯的看法卻不同於時流，他認爲《文選》才是文壇正宗。他除了批評茅坤等人編集的八家古人爲「淺薄」，爲「藻飾之詞」外，又稱讚《文選》的篇什說：

　　　夫六朝雖尚文彩，然其健者則緩急疾徐，縱送激射，同符史漢。貌離

　　　神合，精彩奪人。至於秦漢之文，莫不洞達駘宕，劇目怵心。〔註16〕

他認爲《文選》所收六朝時期的作品，能表現出「緩急疾徐」、「縱送激射」的技巧，與《史記》、《漢書》的筆法是相符合的；雖然形式上趨向駢儷產生了若干不同，但在神理上是相容的。又以爲書中所收秦漢之文，皆是「洞達駘宕，劇目怵心」之作，其盛讚之情，溢於言表。愼伯於斥責明唐宋派的八家文選本，以及讚美《文選》的優點後，又說：「以此（指八家文選本）爲師，豈爲善擇。」（同上）明白地告誡人們，當捨去八家文選本而就《選》學，才是善於擇師之人。其捍衛選學的強烈意圖，表露無遺。

　　案：對於愼伯崇尚《選》學，貶抑八家古文的作法，筆者以爲，除了他本身對《文選》的特殊喜好外，或許還有兩項原因：第一，由於反對八股文，遂連帶地反對八家古文（因八家古文學被八股文家取爲仿習的對象）；在這種情況下，遂取《文選》以替代其地位。第二，崇尚《選》學在清代是種風潮，愼伯崇尚《選》學或有受到時代之影響。清代的《選學》雖仍受制於科舉，勢力遠不如八家古文之盛，但較諸元、明二代，已不可同日而語。其勃興的原因，大陸學者屈守元以爲「清人重徵實之學，而《文選》一書，乃隋唐以上篇章之玄圃，李注敷治，尤爲古佚之鄧林。故博雅之士，莫不究心。」〔註17〕此說是基

〔註15〕唐順之編有《文編》六十四卷；茅坤編有《唐宋八大家文鈔》一百六十四卷；歸有光編有《文章指南》。其中《唐宋八大家文鈔》一書，本即八家之文，自不待言；至於《文編》與《文章指南》二書，所收雖雜有他家篇什，然大體是亦是八家之文。對於這些文集的編纂，實在很難撇清與舉業關係。時人王更生教授說：「雖然八家之文，說理不必盡醇，由於特色各具，並能適應明、清兩代制藝的需要，因此八家散文自南宋以來，已成從事舉業的文人學士，沽名弋利之工具。」（王更生：〈唐宋八大家及其散文藝術〉，《中國學術年刊》十期（1989年2月），頁352。由是可知，八家古文在明、清之時，與科舉確實關係密切。唐氏諸人之編纂八家文集，當有資助八股科試之用。

〔註16〕〔清〕包世臣：《安吳四種·藝舟雙楫》（臺北：文海出版社，1973年12月，近代中國史料叢刊本），卷八，頁645～646。

〔註17〕屈守元：《昭明文選雜述及選講》（天津：天津古籍出版社，1988年6月），上

於考據的觀點立論，雖所述不夠全面，但亦足資探信。清代治《選》學的文人，據張之洞《書目答問》的著錄，計有十五家；時人林聰明教授，復加博徵，廣爲六十三家，〔註18〕其治風之盛，洋洋可觀。慎伯崇尚選學的主張，或與當時的學術生態有關，具有時代的必然性。

第二節　基本思想態度

一、反對貴古賤今——「古今人思力應不相遠」

貴古賤今一直是大多數中國文人的習性，他們認爲在品性上，在學術上，古人都是一種典型，一種理想，是人們學習的終極目標，今人的一切是難以和古人相比的。對於這種貴古賤今的現象，歷代文人多有陳述。桓譚《新論·閔友》說：「世咸尊古卑今，貴所聞，賤所見也，故輕易之。」《文心雕龍·知音》說：「夫古來知音，多賤同而思古。」對於此種病態現象，慎伯提出了反對的看法。他說：

古今人思力應不相遠。〔註19〕

又說：

今人何遽不如古人哉？〔註20〕

這是慎伯對古今文人才學高低的看法。他認爲今人未必遜於古人，對此，他又特別舉了實例以爲證明。他說：

說者謂天地之氣日薄，故古今常不相及。然而，在物者，鄱陽之磁，端州之硯，近產則高出前代；其在人，黃、魏、施、范之奕，自昔無與比；乾隆中增試唐律，而近日工試帖者顧優於唐；邵、戴、二錢、王、段之於小學，推原古訓，博辨不支蔓，爲宋氏以來所無。〔註21〕

慎伯從物及人兩方面，去論證現代未必不如古代，甚至還超越了古代。對於

編〈文選雜述〉，頁 27。

〔註18〕林聰明：《昭明文選研究》（臺北：文史哲出版社，1986 年 11 月），第五章〈歷代昭明文選學著述考〉，頁 153。

〔註19〕〔清〕包世臣：《安吳四種·藝舟雙楫》（臺北：文海出版社，1973 年 12 月，近代中國史料叢刊本），卷八，頁 68，〈自編小倦遊閣文集總目序〉。

〔註20〕同上註，卷十，頁 803，〈樂山堂文鈔序〉。

〔註21〕同上註，〈齊物論齋文集序〉。

慎伯此一理念，筆者以爲是不錯的。畢竟歷史人物的才學各勝擅場，利弊互見，我們萬不可以時代的先後而分軒輊。孔子嘗云：「後生可畏，焉知來者之不如今也。」（《論語・子罕》）杜甫也說：「不薄今人愛古人。」〔註22〕均是體認到古今人物各有優劣，不能以時間之先後而定高下。袁宏道在〈與丘長孺〉中說得更清楚：

> 夫詩之氣，一代減一代，故古也厚，今也薄。詩之奇、之妙、之工、之無所不極，一代盛一代，故古有不盡之情，今無不寫之景。然則古何必高，今何必卑哉？〔註23〕

「古有不盡之情，今無不寫之景。然則古何必高，今何必卑哉？」正是古今各有長短，今未必絀於古的絕佳詮釋。然而事理雖是如此？但實際上卻也常常出現不尋常的現象；例如談到辭賦，人們往往醉心於屈、宋；談到史學，往往推服馬、班；談到詩歌往往翹首李、杜。如此的情形，遂產生了兩點的文化現象：第一，這些前賢往哲似乎已成爲文化的圖騰，是一首後人所無法踰越的鴻溝，如此則不免讓人感到古比今強；第二，這些圖騰性的人物，大抵產生於古代，如此則不免讓人感到古代人才多於今世。對於這兩點文化現象，是有必要加以釐清的，否則光是高喊「古今人思力應不相遠」，根本無法令人信服。對此，慎伯提出了他的看法。首先，他以天才說來解釋第一點現象。他說：

> 古人夐絕如八家，是固天宣，非人力所幾。〔註24〕

這是針對第一點而作的解釋。慎伯認爲，像唐宋八大家這般卓絕的文人，足以成爲古文的標竿，實在是受了上天的厚愛，遂有了異於常人的稟賦，這不是人力所能達到的。這是以天才說來論創作，就如同顏之推所說：「學問有利鈍，文章有巧拙。鈍學累功，不妨精熟，拙文研思，終歸蚩鄙。但成學士，自足爲人，必乏天才，勿強操筆。」〔註25〕顏氏以爲，天資魯鈍者，爲學猶可藉著工夫的積累而精熟，但對於行文一事，則質鈍者儘管極思深研，卻仍

〔註22〕仇兆鰲：《杜詩詳注》（臺北縣：漢京文化事業有限公司，1973年10月），卷一一，頁900，〈戲爲六絕句〉之五。

〔註23〕〔明〕袁宏道：《袁中郎全集》（臺北：五洲出版社，1960年5月），頁20，〈尺牘與丘長孺書〉。

〔註24〕〔清〕包世臣：《安吳四種・藝舟雙楫》（臺北：文海出版社，1973年12月，近代中國史料叢刊本），卷十，〈樂山堂文鈔序〉。

〔註25〕〔北齊〕顏之推：《顏氏家訓》（北京：中華書局，1989年3月，四部備要本），卷四，〈文章第九〉。

不免淪於鄙陋之作；是以對於不具天份者，顏氏以爲「勿強操筆」，這是色彩極爲鮮明的創作天才論。慎伯之論唐宋八大家，以爲夐絕非人力所及，表現的也正是這種強調天才的觀念。慎伯之所以提出此一天才說的論調，其實就是爲了支持他「古今人思力應不相遠」的觀點。慎伯認爲，唐宋八大家一類的圖騰人物，其實都是蒙受天助，所以尋常人才無法趕上，這是特殊的案例，一般人不須強與他們互作比較。撇開這些特殊的天才不談，慎伯認爲，只要大家能切實努力，作品絕對不會輸給古人。他說：「信古今未必不相及，而及時自力也。」﹝註26﹞正是這個道理。

　　以上是針對第一點現象所作的解釋。至於第二點現象，亦即古今人思力既不相遠，何以古之人才多於今世？對此，慎伯以力學守恆說來解釋。他說：

　　　而古人成材多者，則以其績學敦行不怠倦，閱歷久而精進深，故出於
　　　心，借於手，能以理明詞舉也。後之人稍長涉事，則頹然自放，以晉
　　　卿（董士錫）之傑出流輩，而自壯歲以後，轉側齊、豫、燕、趙之郊
　　　者十餘年，所作顧平易不能稱初志。矧余之學殖既淺薄，而數十年所
　　　遭遇又拂逆鬱勃百出者耶，則其文之無可觀采也明矣。﹝註27﹞

慎伯認爲古代人才較多，是因爲古人學行不怠倦，再配合上豐富的閱歷與持續的精進，所以才能夠成器，絕不是因爲思力較高的緣故，他文中並援引自身以及董晉卿爲例，說明二人正因習學不能守恆，所以晉卿「所作顧平易不能稱初志」；而自身「文之無可觀采也明矣」，以此來勸誡時人，習文當積極奮起，不可怠惰，只要工夫下得夠，必能與古人的作品相輝映，其文未所謂「使有志者得以及時自力爲」（同上），正是一句語重心長的勉勵語啊！

　　慎伯認爲今未必不如古，「古今人思力應不相遠」，這是一項符合歷史發展的論點，在向來以尊古爲傳統的中國學潮中，這是一種了不起的見解。不過對於古代作家何以較爲夐絕，人才何以較爲眾多等現象，慎伯所提出的解釋，分別是天才說與力學守恆說。對此，筆者以爲仍有商榷的餘地。就天才說而言，筆者質疑的是，爲何上天要獨厚古人，給予他們超絕的稟賦，而不願意將同樣的稟賦澤及於後世，此豈非違背孔子所說「天無私覆」（《禮記‧

﹝註26﹞　〔清〕包世臣：《安吳四種‧藝舟雙楫》（臺北：文海出版社，1973 年 12 月，近代中國史料叢刊本），卷十，頁 806，〈齊物論齋文集序〉。

﹝註27﹞　〔清〕包世臣：《安吳四種‧藝舟雙楫》（臺北：文海出版社，1973 年 12 月，近代中國史料叢刊本），卷八，頁 658～659，〈自編小倦閣文集三十卷總目序〉。

孔子閒居》）的道理？另就力學守恆說而言，後世學者窮畢生心力於文章者亦自不少，何以不復見有屈、宋之輩，不復聞有韓、歐之人？所以筆者以爲，愼伯所談古今人思力應不相遠的主張，是項極爲正確的看法；但對於古人如唐宋八大家者，何以絕塵於後世？以及古代人才之所以多於今世的原因，愼伯之說並未切及關鍵。這些疑問若沒有得到適切的解答，則其「古今人思力應不相遠」的論調，將無法成立。筆者以爲，造成這兩個現象的主要因素，其實是導源於中國人盲目崇古的陋習。事實上，後世的文人未必不如唐宋八大家，未必不如李、杜；後世的人才也未必不如古代的多，但是在盲目崇古的風潮中，就成了只有古代才有權威，才有圖騰的假象。所以，如果要爲文人建立起「古今人思力應不相遠」的理念，導正他們貴古賤今的觀點，就必須先打破盲目崇古的偏執才行。中國尊古崇古的風氣，自孔、孟時期便已生根發芽，孔子稱周公，孟子道堯舜，蓋已蔚爲風氣。其後的文家依法施爲，胥託古以自重。揚雄《法言‧吾整》說：「好書而不要諸仲尼，書肆也；好說而不要諸仲尼，說鈴也。」韓愈〈答劉正夫書〉說：「或問爲文宜何師？必謹對曰：宜師古聖賢人。」〔註 28〕都是尊古法古的顯例。他們認爲，古人的學術文辭必定優於今人，是以習文修身，在在均以古人爲尙。在此一陋習中，文人早已無法分辨文章的好壞，一切均以時代之先後爲評斷的標準。因此，唐宋八大家之所以絕塵於後世，古代人才之所以眾多，其實就是盲目尊古的心理所造成的。瞭解了此一文化盲點，並加以打破後，愼伯所謂「古今人思力應不相遠」的理念，才能得到有力的支持；至於愼伯所提的天才說與力學守恆說，其實是較爲次要的原因了。

二、反對空言「文以載道」——「言道自張爲前哲之病」

　　文道之說，是傳統文論中一個重要的課題。古文自韓愈之後，多喜言道，或曰：「文者貫道之器」；〔註29〕或曰：「文所以載道」；〔註30〕或曰：「即文以講道」；〔註31〕或曰「道與藝合」，〔註32〕總之，論文離不開一個道字。然而

〔註28〕〔唐〕韓愈：《昌黎先生文集》，（上海：上海書店，1989 年 3 月），卷一八。

〔註29〕同上註，李漢〈序〉。

〔註30〕〔宋〕周敦頤：《周敦頤集‧通書》（北京：中華書局，1990 年 5 月），卷二，頁 34，〈文辭〉。

〔註31〕〔宋〕朱熹：《晦庵先生朱文公文集》（上海：上海書店，1989 年 3 月，四部叢刊初編本），卷三○，頁 12，〈與汪尚書〉。

各家之道虛實不一，未必盡能裨補世道，於是產生了門面語充斥的現象，令人厭煩。對此慎伯表達了他的不滿：

> 竊謂自唐氏有爲古文之學，上者好言道，其次則言法，説者曰：「言道者，言之有物也；言法者，言之有序也。」然道附於事而統於禮，子思嘆聖道之大曰：「禮儀三百，威儀三千。」孟子明王道，而所言要不緩於民事，以養以教，至養民之制，教民之法，則亦無本於禮。其離事與禮而虛言道，以張其事者，自退之始，而子厚和之。至明允、永叔逎用力於推究世事，而子瞻尤爲達者。然門面言道之語，滌除未盡，以致近世治古文者，一若非言道則無以自尊其文，是非世臣所敢知也。〔註33〕

此處標示了三項重點：第一，古文之學，自唐以後喜言道，此風至清世而不墜。第二，是輩文人所談之道，多背離孔、孟原旨，脱卻實際的事與禮，僅是一些空泛的門面語，不具實質的內容。第三，這種將孔、孟道統帶向空泛不實的始禍者，便是韓愈，而推波助瀾者是柳宗元。

就第一點而言，慎伯之説的確是個事實。誠如前文所引「文者貫道之器」、「文以載道」、……等等的説法，便是文道論充斥的明證。此風至清世猶極盛行，清代文學的主流桐城派，對文道合一便有著高度的堅持。就第二點而言，慎伯以爲是輩所談之道，多離開實際的事與禮，放言空虛，有違孔、孟原意，此亦是事實。筆者今且援引數例，以明宋明以後文人所談之道，確實有趨於虛幻的傾向。程頤説：「有形總是氣，無形只是道。」〔註34〕王陽明説：「道即性、即命。」〔註35〕姚鼐説：「吾嘗以爲文章之原，本乎天地。天地之道，陰陽剛柔而已。」〔註36〕由於受理學影響，「道」在宋、明以後，被文人賦予形而上的意義，此風至清代仍極興盛。如此説法，自然與孔、孟之道有所不同，慎伯所力駁者，正是在此。慎伯心中的孔、孟之道，是與民生百事，以

〔註32〕 〔清〕姚鼐：《惜抱軒集》（上海：上海書店，1989年3月，四部叢刊初編本），文四，頁9，〈敦拙堂詩集序〉。

〔註33〕 〔清〕包世臣：《安吳四種・藝舟雙楫》（臺北：文海出版社，1973年12月，近代中國史料叢刊本），卷八，頁636～637，〈與楊季子論文書〉。

〔註34〕 《二程遺書》（臺北：臺灣商務印書館，1968年3月，臺一版），第六，頁90。

〔註35〕 〔明〕王陽明：《王文成公全書》（上海：上海書店，1989年3月，四部叢刊初編本），〈傳習錄〉上，卷一，頁62。

〔註36〕 〔清〕姚鼐：《惜抱軒集》（上海：上海書店，1989年3月，四部叢刊初編本），文四，頁9，〈敦拙堂詩集序〉。

及日常儀節相結合的，絕非理學家所談之道。事實上，愼伯的看法固與孔、孟之道較爲接近。《論語‧學而》說：「禮之用，和爲貴，先王之道，斯爲美。」《孟子‧梁惠王章句上》說：「不違農時，穀不可勝食也；數罟不入洿池，魚鼈不可勝食也；斧斤以時入山林，林木不可勝用也。穀與魚鼈不可勝食，材木不可勝用，是使民養生喪死無憾也。養生喪死無憾，王道之始也。」由是可知，孔、孟之道乃從日常生活入手，或談禮節，或講民生，極爲平淺樸實，與愼伯所謂「道附於事而統於禮」，相爲契合。宋、明以後文人所談的道，與此則別相逕庭。近人張君勱說：「孔、孟以討論實際生活規範始其教化；可是宋儒卻以討論道體開始。」〔註37〕是宋以後文人所談的道，確實與聖人本意有違，愼伯斥其「離事與禮而虛言道」，誠非過論。事實上，對宋、明空言道統感到不滿的文人，並非止於愼伯。清戴震說：

> 六經孔孟之書，不聞理氣之分，而宋儒創言之。又以道屬之理，實
> 失道之名義也。〔註38〕

清凌廷堪說：

> 聖人之道，本乎禮而言者也，實有所見也；異端（理學）之道，外
> 乎禮而言者，空無所依。〔註39〕

這是對宋、明文人虛化道統的強力撻伐。愼伯對此一議題的觀點，與戴、凌二氏的說法，可謂相互呼應。正由於對宋、明以來空言道統的文風極爲不滿，遂有「近世治古文者，一若非言道則無以自尊其文，是非世臣所敢知也。」的評語出現。對於近世寫作古文者，動輒以道自尊的作法，愼伯深表不然，其反對空言「文以載道」的態度，在此已見出端倪。接著他又表示：

> 足下（指楊季子）乃取文以載道之危言，致其推崇。前書方以言道
> 自張，爲前哲之病，而足下更爲此說，是重吾過也。〔註40〕

對於楊季子推崇文以載道之說，愼伯感到反感。他認爲「言道自張，爲前哲之病。」其反對空言「文以載道」的態度，至此已全盤托出。

〔註37〕　張君勱：《新儒家思想史》，（臺北：弘文館出版社，1986年2月），第二章〈理學的基本原理〉，頁45。

〔註38〕　〔清〕戴震：《緒言》（北京：中華書局，1985年，叢書集成初編本），卷上，頁2。

〔註39〕　〔清〕凌廷堪：《校禮堂文集》（上海：上海書店，叢書集成續編本），卷四，頁191，〈復禮下〉。

〔註40〕　〔清〕包世臣：《安吳四種‧藝舟雙楫》（臺北：文海出版社，1973年12月，近代中國史料叢刊本），卷八，頁644，〈再與楊季子書〉。

綜觀上述，慎伯以爲古文之學，自唐以後喜言道，流風至清世而不墜；又以爲是輩所談之道，多背離孔、孟原旨，脫卻實際的事與禮，只是些空泛的門面話，不具實質的內容，這兩項觀點，都相當正確。然而慎伯以爲將孔、孟道統帶向空虛不實的始禍者，是唐代韓愈，而推波助瀾者是柳宗元，此說卻有相當大的偏執。平心而論，古文言道之風，確實在韓愈之後方始盛行，韓愈的提倡具有決定性的影響，這其間很大的原因，當然是韓愈在文界享有崇高的地位，後世文家紛紛推尊其說所致。然而韓愈雖然重道，但其所談之道是否違反孔、孟本旨，卻是值得深思的。韓愈對道的見解，具體地表現在〈原道〉一文中。他說：

> 博愛之謂仁，行而宜之之謂義，由是而之焉之謂道。

又說：

> 古之時，人之害多矣。有聖人者立，然後教之以相生養之道，爲之君，爲之師。驅其蟲蛇禽獸，而處之中土。寒然後爲之衣；飢然後爲之食，……。

韓愈談「道」，或指「仁義」；或指教民以「相生養之道」，此與孔、孟之說並無二致，皆是從仁義出發，皆是關懷民生利病之道。故慎伯批評韓愈引空泛之道入於古文，實在失之偏頗，對韓愈並不公平。後世的文人將道帶離孔、孟本旨，是有其時代因素的，與韓愈並無直接的關係。當時整個時代的學術環境產生了巨大的變革，佛、道勢力的騰播，深深撼動了儒家的根柢。儒者爲求自保，惟有將儒學裡形而上的部份提出來宣揚（主要是《易經》、《中庸》），才能保住學術江山不被瓜分。時人吳怡先生說：

> 因爲佛、道兩家之所以風靡，而儒家之所以收拾不住，乃是由於先秦儒家重視倫理，偏於政治，較爲平實；而佛、道兩家卻喜歡談形而上的問題，極富玄理。因此新儒家爲了對抗佛、道，便在先秦儒學的經典中，發掘出形而上的問題，加以理論化，系統化。〔註41〕

這段話足以爲當時學術環境的改變作一說明。後世文人談道入於空泛，其根源當是植基於此；慎伯將這筆帳算到韓愈的頭上，是昧於整體學術的變遷，說法並不客觀。

　　雖然慎伯批評韓愈將道導入空泛的門面語，是曲枉之論；但他能看清文道

〔註41〕吳怡：《中國哲學發展史》，（臺北：三民書局，1989 年 12 月，三版）第十九章，〈新儒學的形成與宋出的三位先峰〉，頁 423。

論的過度浮濫，進而反對「文以載道」的空洞口號，對此一傳統的教條施予沈重的一擊，則是具有高度的進步思想。十九世紀末，也就是在愼伯死後約四十年的時間，文學界發生了很大的變化，梁啓超、譚嗣同、裘廷梁、嚴復等人，感到舊學的無用，紛紛提出改革的主張，所謂「文界革命」、「詩界革命」、「小說革命」等，接踵而生。其間的「文界革命」，在古文內容的改革上，已經開始對傳統的文道觀提出抨擊，希望去除腐朽而僵化的門面語。〔註42〕到了民初新文學運動時，胡適、陳獨秀等人，對文道論的批評更是波濤洶湧，終於將這座傳統的長堤徹底摧裂。陳獨秀說：「文學本非爲載道而設。而自昌黎以迄曾國藩所謂載道之文，不過鈔襲孔、孟以來極膚淺，極空泛的門面語而已。余嘗謂唐宋八家文之所謂『文以載道』，直與八股家之所謂『代聖賢立言』同一鼻孔出氣。」〔註43〕其反對文以載道，以及把責任算到韓愈頭上的作法，與愼伯如出一轍，依此而言，愼伯的文學思想，實已超越了他的時代，具有其前瞻性，甚至成爲後世的指標。

三、反對八股文──「利祿途則窮，謬種傳無竟」

八股文亦稱八比文、四書文、時文、時藝、制藝、制義等，是明，清兩代科舉的主要文體。八股文從《四書》、《五經》中命題，答題內容須以聖賢之語，及朱子的注釋爲準，考生不得別出新意，或妄加議論。其文格式極嚴，條規甚密，誠如江國霖所評「持律如詩之嚴。」〔註44〕在內容及體式皆取徑狹窄的限制下，八股文成了錮蔽學子思想，耗磨歲月的無形殺手。士子窮首

〔註42〕梁啓超說：「今之所謂儒者，八股而已，試帖而已，律賦而已，楷法而已。上非此勿取，下非此勿習，其得之者，雖八星之勿知，五洲之勿識，六經未足業，諸史未知名，而靦然自命曰儒也。……又其上者，箋注蟲魚，批抹風月，旋賈、馬、許、鄭之膀下，嚼韓、蘇、李、杜之唾餘，海內號爲達人，謬種傳爲臣子，更等而上之，則束身自好，禹行舜趨，衍誠意正心之虛論，剿攘夷尊王之迂說。綴學雖多不出三者，歷千有餘年，每下愈況，習焉不察，以爲聖人之道，如此而已。（見《飲冰室文集‧西學書目表後序》）此處分儒爲三等，而一概斥之，任公以爲，不論是八股，或是詞章、義理、考據，所奉的「聖人之道」，皆爲「虛論」，皆爲「迂說」，以此而導致謬種流傳，遺害世情，其反對文人空言聖道的立場，由此可窺端倪。
〔註43〕見陳獨秀：〈文學革命論〉。收錄於胡適：《胡適文存》（臺北：遠東圖書公司，1979年11月）第一集，卷一，頁19。
〔註44〕〔清〕江國霖〈制義叢話序〉。收錄於〔清〕梁章鉅：《制義叢話》（臺北：廣文書局，1976年3月）。

耗年地浸淫其中，卻產生不了高價值的作品，若干有識之士，遂提出了嚴正的批判，如顧炎武斥八股「成於勦襲，得於假倩，卒而問其所未讀之經，有茫然不知爲何書者。故愚以爲八股之害等於焚書。」〔註45〕對此，慎伯亦表達了高度的不滿。他說：

> 自從科目興，利祿途爭競。詩書供椑販，廉恥恣蹂躪。處爲妻妾羞，
> 出播生民病。〔註46〕

又說：

> 塵腐相攟撎，屈伸隨春蚓。利祿途則然，謬種傳無竟。豈惟文運頹，
> 實見恥維償。〔註47〕

此處指出，士子爲求利祿而浸習八股，專事於塵腐之攟撎，棄詩書之大道於不顧，以是居家，則爲妻妾羞；外出任事，則徒生民病，文運至此而頹靡不振。如此的語氣，是何等嚴厲啊！反對八股文，除了上述的原因外，慎伯又說：

> 其法首肖題，譬彼服尚稱，偉議非應有，柅然嗟如瘻。（同上）

「偉議非應有，柅然嗟如瘻。」正點出八股文缺乏生命力的致命傷。八股文由於代聖賢立言，不得妄出己意，因此少有作者的獨立思想，千篇一律都是聖賢的言語風貌。例如王陽明的「心即理說」，與朱子「理氣二元論」本自不同，但陽明於應舉「詩云鳶飛戾天」一題時，仍不得不遵照朱子《集註》的見解寫道：「夫天地間惟理氣而已矣。理御乎氣，而氣載乎理，固一機之不相離也。……」〔註48〕爲了舉業，陽明也不得不寫些違心之理，其自身的思想，在此處完全被隱蔽。這也正是慎伯文中所謂「偉議非應有，柅然嗟如瘻。」的指斥。八股文發展至此，儘管其格律再精，布局再巧，又有何生命力呢？正以八股文弊端極深，慎伯對八股文採取抵制的態度。他說：

> 八比爲近世正業，……僕少小事此，費精神於無補，分別徑途，不

〔註45〕〔清〕顧炎武：《日知錄》（臺南：平平出版社，1975年7月，三版，原抄本），卷一九，頁477，〈擬題〉。

〔註46〕〔清〕包世臣：《安吳四種・管情三義》（臺北：文海出版社，1973年12月，近代中國史料叢刊本），卷二二，頁1565，〈書鄧青雲家訓百條後〉。

〔註47〕〔清〕包世臣：《安吳四種・藝舟雙楫》（臺北：文海出版社，1973年12月，近代中國史料叢刊本），卷九，頁732，〈五言一首說八比贈登之通判即留別出都門〉。

〔註48〕收錄於方苞：《欽定四書文》（臺北：臺灣商務印書館，1986年3月，景印文淵閣四庫全書本），頁39。

貽染絲之悲。〔註49〕

又說：

> 憶昔攻時文，殫精忘膏晷。房行稿汗牛，一一究肯綮。此謂契眞脈，
> 誰知土偶耳。於今十年餘，棄斯等苷菲。〔註50〕

由這兩段文字，可以看出愼伯拒寫八股文的態度。

以上所述，大抵是針對八股文的功能，以及創作上的弊端而發的。然而愼伯對於八股文的撻伐，絕不僅止於此。他企圖從八股文的根柢，亦即應試的教科書——《四書》中去發掘問題，以徹底掏空八股文的根基，期能將之擊倒。他說：

> 乾隆辛丑，讀《大學》、《中庸》卒業，頗疑曾子述夫子之言，門人
> 記曾子之意，文勢何以與《孝經》、《論語》迥殊；子思道傳孟子，
> 孟子晚而著書，後《中庸》甚遠，而孟子愷切激蕩，不似中庸平衍。
> 及丙午讀《禮記》集說，乃知《大學》、《中庸》係小戴四十九篇之
> 二。……細繹《禮記》各篇，大都周末漢初諸儒抱殘守闕，或雜述
> 三代遺制，或散記七十子遺說。是大學殆記者傳聞周國學中略例，
> 而演以己意；《中庸》則一篇讚聖論耳，未見千聖心傳，必在此簡。
>
> 〔註51〕

愼伯認爲，《禮記》之文多是「周末漢初諸儒，抱殘守缺之作。」而《大學》、《中庸》二書，只是《小戴禮記》中的兩篇，因此絕非「千聖心傳」。愼伯此段論點，主要是想駁斥程、朱所謂《大學》爲「孔氏遺書」；《中庸》爲「孔門傳授心法」（見《四書集註》）的謬論，而還原二書的平凡面貌，藉以打破二書的神聖地位。然而，《學》，《庸》若是出身平凡，爲何能同《論》、《孟》合爲四書，以供舉業之需呢？對此，愼伯說：

> 至《學》、《庸》書，本《戴記》之二篇，文理顯暢。自仁宗御書之，
> 以賜狀頭王拱宸，時儒率援以立說，此不過射策家頌聖之技耳。及
> 南宋考亭別撰《章句》，合《論》、《孟》名爲四書，抹煞仁宗書贈一

〔註49〕〔清〕包世臣：《安吳四種・藝舟雙楫》（臺北：文海出版社，1973年12月，近代中國史料叢刊本），卷八，頁604，〈藝舟雙楫敘〉。

〔註50〕同上註，卷九，頁730，〈述學一首示十九弟季懷〉。

〔註51〕〔清〕包世臣：《安吳四種・藝舟雙楫》（臺北：文海出版社，1973年12月，近代中國史料叢刊本），卷八，頁739～740，〈族兄紀三先生鄭本大學中庸說序〉。

節，而以爲河南二程始尊信表彰之一，一若禪門所謂獨標心印者。
〔註52〕

又說：

> 考亭於淳熙末爲《學》、《庸》章句，遂以尊信表彰之功，加於河南
> 程氏兩夫子，以樹斥幟，而悉改鄭說。於大學則移補兼行：中庸雖
> 無所移補，而割裂舊次，以分章節。〔註53〕

慎伯認爲，《學》、《庸》二書，其最初竄起，只因宋仁宗御書之以賜狀元王拱宸，
時儒見此，遂援以立說，以迎合主上。此後經朱子割裂移補，巧加纂輯，卒與
《論》、《孟》合爲四書，復經後儒盲目附翼，遂成孔門聖典。如此說來，《學》、
《庸》的地位本極平凡，其所以大興，甚至成爲舉業的教科書，實因宋仁宗御
書在前，朱熹巧纂在後所致。既然八股文的教科書是如此平凡（主要是指《學》、
《庸》二書），那麼它的價值自然不高，不宜日復一日地汲汲鑽營了。

綜觀上述可知，從八股文的形式內容，到八股文的教科用書，慎伯都有
意見。他基於文人的使命感，對這種無濟世用的文體提出批判，希望能敲醒
人心。從八股文在光緒時被廢一事來看〔註54〕，慎伯的堅持是正確的，其眼
光與識見，確有他人未到之處。

四、反對桐城派——「唯不能攬歸、方之袪以求塗耳」

慎伯所處的乾、嘉、道時期，正是桐城派勢力方殷之時；桐城文以清眞
雅正爲訴求，能迎合上位者的心意，其從習者又夥，是清代文壇最重要的古
文流派。儘管桐城派勢力如此龐大，但慣於掙脫傳統，挑戰主流的慎伯，對

〔註52〕同上註，頁737，〈或問〉。
〔註53〕所謂朱子對《大學》「移補兼行」者，是指朱子於《傳》第五章「此謂知之至
也」句下注云：「此句之上，別有闕文，此特其結語耳。」由於以此處有闕語，
朱子遂採程子之意加以補苴，共補入百二十八字，其文字如下：「所謂致知在
格物者，言欲致吾之知，在即物而窮其理也。蓋人心之靈，莫不有知，而天
下之物，莫不有理，惟其理有未窮，故其知有不盡也。是以大學始教，必使
學者即凡天下之物，莫不因其已知之理而益窮之，以求至乎其極。至於用力
之久，而一旦豁然貫通焉，則眾物之表裏精粗無不到，而吾心之全體大用而
無不明矣，此謂物格。」朱子補入這百二十八字，世人名曰「格物補傳」，亦
即慎伯所謂「移補兼行」一事。至於謂朱子對《中庸》「割裂舊次以分章節」，
殆指朱子分《中庸》爲三十三章一事。
〔註54〕事見《光緒政要》（臺北：文海出版社，1973年12月，近代中國史料叢刊本），
卷三一，頁2153～5218，〈清帝諭立停科舉以廣學校〉。

此派卻是加以貶抑，揮舞著反動的大旗。

　　愼伯對桐城派的反動，主要呈現在對文學主張，以及桐城三祖的批判上。
就文學主張而言，首先是文道論的問題。桐城派的文論，主張文道合一。方苞：
「道之不聞，而其言傳，自古至今，未有一得者也。」〔註55〕姚鼐：「道與藝合」。
對於此一問題，愼伯提出反對意見，他們認爲自韓愈以來，文家所談的道，已
遠離孔孟之說，而淪爲空泛的門面語（見本節前文所論），因此須加以摒棄。其
謂「近世治古文者，一若非言道則無以自尊其文，是非世非所敢知也」文中所
批評者，顯然是針對桐城派而說的。其次，桐城派行文著重程朱義理，其學主
宋儒。方苞說：「人者，天地之心。孔孟以後，心與天地相似，而足稱斯言者，
舍程朱而誰與？」〔註56〕又說：「生乎五子之前者，其窮理之學，未有如五子者；
生乎五子之後者，推其緒而廣之，乃稍有得焉；其背而馳者，皆妄鑿牆垣，而
殖蓬蒿，乃學之蠹也。」〔註57〕所謂五子，周敦頤、程顥、程頤、張載、朱熹
也。方苞以爲，在五子之前者，窮理之學皆不及五子；在五子之後者，皆須衍
五子之緒，方始有得；至於反五子之學者，則是學術之蠹蟲，其於宋學的推崇，
可見一斑。然而愼伯對於宋學，卻是語多貶斥。他說：

> ……降至於宋，學者專事科舉之業。劉新喻博辨絕群，始以己意說
> 經，〔註58〕然其見文賅洽，于儒先助字文義，體究有素，說雖新奇，
> 而義理多所獨得，然方便門自此開矣。後人無其多聞，肆爲臆說，
> 至於漢儒說經之書，不能解其助字，明其句讀，若許鄭家法，覽之
> 尤不能終卷，專以世俗詁訓，強古經就我，反斥一字一聲之學，爲
> 無關大義。是猶菽麥不辨，而侈談授時相稽之精微；楹柣不分，而
> 意締千門萬戶之壯麗也。〔註59〕

〔註55〕〔清〕方苞：《方望溪全集》（臺北：世界書局，1960年11月），〈集外文〉，
　　　　卷五，頁331，〈與劉言潔書〉。
〔註56〕同上註，卷六，頁69，〈與李剛主書〉。
〔註57〕同上註，頁86～87，〈與與劉拙修書〉。
〔註58〕「劉新喻」，乃指宋代劉敞，以其爲新喻人，是以名之。（事見《宋史》卷三
　　　　一九本傳）。其治經喜據己意，不守先儒舊法，實開宋人疑經改經的風氣。宋
　　　　吳曾《能改齋漫錄》卷一：「國史云：慶曆以前，學者尚文辭，多守章句注疏
　　　　之學。至劉原父（敞字）爲《七經小傳》，始異諸儒之說。」愼伯云劉敞「始
　　　　以己意說經」，即此之謂也。
〔註59〕〔清〕包世臣：《安吳四種・藝舟雙楫》（臺北：文海出版社，1973年12月，
　　　　近代中國史料叢刊本），卷九，頁376，〈春秋異文考證題詞〉。

此處指出，宋學喜以己意說經，一反許、鄭詁訓之法，以至「肆爲臆說」；如此學術，乃重末輕本，「是楹杗不分，而意締千門萬戶之壯麗也。」慎伯反宋學的態度如此，於是篤守宋學的桐城派，亦不免要同遭摒棄了。其次，桐城派遠宗唐宋八大家，近取明代歸有光等唐宋派文家，是其爲文取徑於此。然而慎伯對於唐宋八大家，以及明代唐宋派的文家，卻時有貶抑之語。例如他批評韓愈說：

> 薄退之橫空起議爲習氣，且時有公家言，又間以艱澀，未覺必爲陳言務去。〔註60〕

對於韓愈喜以橫空起議的方式行文，慎伯感到不以爲然；而且認爲韓愈強調「陳言務去」，事實上只是流於艱澀罷了。又說：

> 其離事與禮，而虛言道以張其軍者，自退之始，而子厚和之。〔註61〕

這是對韓、柳強調文以載道，而所言之道又是空泛之物的不滿。又說：

> 其有尋繹前人名作，摘其微疵，抑揚生議以尊己見，所謂蠹生於木而反食其木；又或尋常小文，強推大義，二者之蔽，王、曾尤多。……
> 而熙甫、順甫乃欲指以爲法，豈不謬哉！（同上）

這是對宋王安石、曾鞏，以至於明歸有光、茅坤等人的尖銳批判。又其〈復李邁堂祖陶書〉中，告誡有心學習古文的人說：

> 八家與時文時代相接，氣體較近，非沈酣周秦子書，必不能盡去以古文爲時文之病耳。〔註62〕

慎伯認爲，八大家古文由於和時文的時代接近，所以學古文必須「沈酣周秦子書」，若是從八家入手，「必不能盡去以古文爲時文之病耳。」這是對八大家古文表達某種層面的否定。又其〈與再楊季子書〉一文中，甚至痛斥明朝唐宋派所輯的八家古文選本，乃「務爲藻飾之詞」。口氣之嚴厲，令人震憾！桐城派所祖述之唐宋八大家，以及明歸有光等唐宋派文人，在慎伯的口誅筆伐下，光環大失；其所宗尚者，正是慎伯所指斥者，這是慎伯對桐城派的另一項反動。此外，由於桐城派祖祧唐宋八大家，以及明朝唐宋派文家，故其行文主散體，斥駢偶。方苞對其門人沈廷芳說：

〔註60〕同上註，頁704，〈書韓文後上篇〉。
〔註61〕〔清〕包世臣：《安吳四種・藝舟雙楫》（臺北：文海出版社，1973年12月，近代中國史料叢刊本），卷八，頁637〈與楊季子論文書〉。
〔註62〕〔清〕包世臣：《安吳四種・藝舟雙楫》（臺北：文海出版社，1973年12月，近代中國史料叢刊本），卷十，頁814，〈復李邁堂祖陶書〉。

古文中不可入語錄中語，魏晉六朝人藻麗俳語，漢賦中板重字法，

詩歌中雋語，南北史佻巧語。」〔註63〕

然而愼伯論文，與此卻大相扞格；其謂駢散合一者，方「致爲微妙」。他說：

凝重多出於偶，流美多出於奇。體雖駢，必有奇以振其氣；勢雖散，

必有偶以植其骨，儀厥錯綜，致爲微妙。〔註64〕

如此觀點，與桐城派迥然相異，其反動之意圖至爲鮮明。

　　以上是愼伯對於桐城派文論的反面意見。接著，是愼伯對桐城三祖的批判。愼伯對於桐城三祖的評價，向來不高。其〈再與楊季子書〉：

方望溪視三子（侯朝宗、汪純翁、魏叔子）爲勝，而氣仍寒怯。……

劉才甫極力修飾，略無菁華。姚姬傳風度秀整，邊幅急促。」〔註65〕

對於方苞、劉大魁、姚鼐之文，愼伯雖提出「視三子爲勝」、「風度秀整」等佳評；但「氣仍寒怯」、「略無菁華」、「邊幅急促」等弊病，卻也是存在的。又說：

墨守（唐宋八大家）則推熙甫、望溪爲傑然者，猶不免爲嚴家餓隸

（拘束之意），汙流僵走不自耐。姚姬傳近出，輕望溪爲純淨，而彌

形局促。〔註66〕

文中指出，方苞雖能力守八家之法，但終不免爲「嚴家餓隸」，行文流於拘束，氣勢不夠綿長；至於姚鼐之文，則較方苞更形局促。除了對桐城派篤守八家文法感到不滿外，愼伯又以爲方苞之古文，有同八股文雜流的現象。他說：

然古文自南宋以來，皆爲以時文之法，繁蕪無骨勢。茅坤、歸有光

之徒，程其格式，而方苞系之，自謂眞古矣，乃與時文彌近。〔註67〕

誠如前文所述，愼伯對八股文深惡痛絕，今方苞古文既被愼伯視爲染具時文氣，則其作品在愼伯的心目中，地位之卑下可知。故其語末斥方苞之文並非眞古文，只是雜有時文氣的古文罷了。綜上所論，則愼伯對於桐城三祖的文章，皆有不滿。最後他在〈自編小倦遊閣文集三十卷總目序〉中，更直接道

〔註63〕〔清〕沈廷芳：〈書方望溪先生傳後〉。收錄於姚椿編：《清朝文錄》（臺北：大新書局，1965年2月），卷六八，頁15。

〔註64〕〔清〕包世臣：《安吳四種・藝舟雙楫》（臺北：文海出版社，1973年12月，近代中國史料叢刊本），卷八，頁608，〈文譜〉。

〔註65〕〔清〕包世臣：《安吳四種・藝舟雙楫》（臺北：文海出版社，1973年12月，近代中國史料叢刊本），卷八，頁648。

〔註66〕同上註，卷十，頁804，〈齊物論齋文集序〉。

〔註67〕同上註，頁763，〈讀大雲山房文集〉。

出對方苞、劉大魁的排斥：

> 晉卿（董士錫）甫弱冠，工爲賦及古文。……雖沿用桐城方望溪、
> 劉才甫之法，而氣力遒健能自拔。故予雅不喜望溪、才甫，而特愛
> 晉卿。〔註68〕

「予雅不喜望溪、才甫」，正指出愼伯對方、劉的反感。而其所以喜愛董士錫
者，是其雖「沿用桐城方望溪、劉才甫之法，而氣力遒健能自拔。」能自拔
於桐城派之外，乃爲愼伯所欣賞，則愼伯對於桐城派的厭惡，是十分明顯了。
他在〈復李邁堂書〉中說：「唯不能自瞇其目，攬歸（有光）、方（苞）之袪
以求塗耳。」更是對桐城派最直接的宣戰。總之，不論是就文論，或是就文
家而言，愼伯對於桐城派，是抱持反動態度的，此一情形當然與他反權威、
求進步的性格有關。他對桐城派的批判，與當時的龔自珍、蔣湘南等進步的
文家結爲一氣；〔註69〕爲後來康有爲、梁啓超、夏曾佑等人的反桐城開了先
聲。〔註70〕

〔註68〕 同上註，卷八，頁656。

〔註69〕 清蔣湘南〈與田叔子論古文第一書〉評古文流弊說：「夫古文之弊，自八家始
也；非八家之弊古文，乃學八家者之弊八家也。八家之名，起自元靜海朱氏，
其錄本不傳，傳者明茅氏。本其所標伸縮剪裁諸法，大概皆爲功令文之法。
歸震川、唐荊川、李太泌諸君子，孰非工於功令文者？諸君子以八家之法爲
功令文，故其功令文最古；諸君子遂以功令文之法爲古文，故其古文最不古。
若今代之古文家，則又揚不古之餘波而扇之者也。故曰古文之失傳，業五百
年也。」文中所謂「今代之古文家」，即是指桐城派。蔣氏以爲，明唐宋派文
家以時文之法爲古文，而桐城派又助長此一歪風，故古文之蔽錮，「業五百
也」。其說與愼伯之論，正可相互發明。

〔註70〕 梁啓超批判桐城派說：「然此派者，以文而論，因襲矯柔，無所取材；以學而
論，則獎空疏，關創獲，無益於社會。」此一思想，代表著當時改革派對桐
城文的唾棄。（見梁啓超：《清代學術概論》十九）。

第四章　文學體裁論

　　文學體裁論部份，慎伯主要討論到的是古文、詩歌、八股文以及傳奇。雖然所述文體不多，但內容卻頗多可觀之處。例如針砭古文的流弊，以為自南宋之後多雜以時文之法，遂有繁蕪無骨勢之失；又如述說八股文的本原，以為來自經、史、子、集四部，與古文的源頭無別，這都是相當新奇而引人入勝的見解。因此當我們閱讀本章時，切不可因其論述範圍較小，而忽略其價值。

第一節　古　文

　　慎伯對於古文，談到兩項議題，古文的名義與古文的流弊。對於前者，慎伯以為古文乃是相對於時文而說的，具有一種時間上相對立之意；至於後者，慎伯提出了割裂字句以求異、雜入時文之法等兩項弊端。其說法實有洞見幽微者，然亦有偏歇不足之處，今且分析如後：

一、古文名義

　　古文何以名為古文？依慎伯的看法，是文人為有別於舉業之時文而發的，以「時」、「古」具有時間上相對立之意。他說：

> 唐以前無古文之名。北宋科舉業盛，名曰時文；而文之不以應科舉
> 者，乃自目為古文。〔註1〕

〔註1〕〔清〕包世臣：《安吳四種・藝舟雙楫》（臺北：文海出版社，1973 年 12 月，近代中國史料叢刊本），卷十，頁 796，〈雩都宋月臺維駒古文鈔序〉。

又說：

> 近有謂古有文、筆之別，無古文之稱，而斥稱古文者爲陋。然漢人
> 以字體而別今古文，至宋既有時文之名，則別稱古文，亦何不可乎？
> 〔註2〕

慎伯認爲，科舉之文既稱爲時文，則不爲應試所作之文，名之曰古文，有何不可！慎伯之說，具有其道理，但也有其不足之處。古文之所以名爲古文，確實有相對於時文之意。歐陽修說：

> 于美之齒少於予，而予學古文反在其後。天聖之間，予舉進士於有
> 司，見時學者，務以言語聲偶摘裂，號爲時文，以相誇尚。而子美
> 獨與其兄才翁，及穆參軍伯長作爲古詩歌雜文，時人頗共非笑之，
> 而子美不顧也。其後天子患時文之敝，下詔書諷勉學者以近古，由
> 是其風漸息，而學者稍趨於古焉！〔註3〕

此段文字中，先述時文之盛，次述古文之起與時文之衰，是古文者，固有相對於時文之意。然古文一詞，其得名絕非如此單純，其所以名之曰古，更在重要的意義上來說，是針對古文的文字風格以及內容的思想而定的。古文家所談的古文，在文字上，具有古代文章的質樸風格；在內容上，具古人高尚的節操與義理；故古文之所以名曰「古」，是以其所作乃爲慕古之風，學古之道而來的。韓愈〈題歐陽生哀辭後〉：

> 雖然愈之爲古文，豈獨取其句讀不類於今者邪？思古人而不得見，
> 學古道則欲兼通其辭，通其辭者，本志乎古道者也。〔註4〕

此正說明古文之起，並非僅爲與今文相對，更重要的精神是在於學習古道。正因所學爲古人之道，是以名之曰古文。柳開〈應責篇〉說：「古文者，非在辭澀言苦，使人難讀誦之；在於古其理，高其意，隨言短長，同古人之行事，是謂古文也。」〔註5〕則知古文之名，有因學「古」道而得之，並非純爲與時文相對舉而來。今略作陳述，以爲慎伯說法之補充。

〔註2〕 同上註，卷八，頁603，〈藝舟雙楫敍〉。
〔註3〕 〔宋〕歐陽修：《歐陽修全集》（北京：中國書店，1991年9月，二刷），卷四一，頁288，〈蘇氏文集序〉。
〔註4〕 〔唐〕韓愈：《昌黎先生文集》（上海：上海古籍出版社，1994年9月，宋蜀刻本唐人集叢刊），卷二二，頁547。
〔註5〕 〔宋〕柳開：《河東先生集》（上海：上海書店，1989年3月，四部叢刊初編本），卷一，頁11，〈應責篇〉。

二、古文流弊

古文自唐代爲韓、柳提倡以來，歷朝文人都將之視爲寫作的主要文體。
然在流衍日久，枝蔓歧多的情況下，弊端的產生誠然無法避免。愼伯爲此，
道出了如下的感慨：

> 古文之名，以北宋而盛，其學至南宋而大衰，以迄於今，別裁雜出，
> 支離無紀，且七百年。〔註6〕

愼伯此處，僅以概括性的語調說出對古文流弊的不滿。至於古文在傳承的過
程中，究竟產生了那些確切的弊端？愼伯在〈與楊季子論文書〉及〈讀太雲
山房文集〉二文中，有極爲精彩的批判。今歸納其說，約有兩項缺失：

（一）割裂字句以求異

愼伯談古文的流弊，提割裂字句以求異的問題。他認爲許多古文家，見
韓愈造語新奇，遂爭相仿效，結果變成顛倒條理，刪節字句，卻只是爲了標
新立異的惡質文風。他說：

> 又有言爲文不可落人窠臼，託於退之尚異之旨者。夫窠臼之說，即
> 記所識之勦說雷同也。比如有人焉，五官端正，四體調均，遍視數
> 千萬人，而莫有能同之者，得不謂之眞異人乎哉？而戾者乃欲顛倒
> 條理，刪節助字，務取詰屈，以眩讀者；是何異自憾狀貌之無以過
> 人，而抉目截耳，析筋刲脅，蹣行於市，而矜許其有異於人人也耶！
> 〔註7〕

此處指出，許多文人囿於韓愈行文不落人窠臼的觀念，紛紛在字句上求奇求
怪，甚至有刲截字句，務取詰屈以眩人耳目者，而且這類文人不以此爲陋，
反而妄自矜許。

對於愼伯之說，筆者以爲不無道理。考韓愈的文學主張，確實有崇新務
奇，不襲陳跡的主張。他說：「當取其心而注於手也，惟陳言之務去，戛戛
乎其難哉！」〔註8〕又說：「惟古於詞必己出，降而不能乃剽賊。」〔註9〕

〔註6〕〔清〕包世臣：《安吳四種・藝舟雙楫》（臺北：文海出版社，1973 年 12 月，
　　　　近代中國史料叢刊本），卷八，頁 603～604，〈藝舟雙楫敍〉。

〔註7〕〔清〕包世臣：《安吳四種・藝舟雙楫》（臺北：文海出版社，1973 年 12 月，
　　　　近代中國史料叢刊本），卷八，頁 638，〈正楊季子論文書〉。

〔註8〕〔唐〕韓愈：《昌黎先生文集》（上海：上海書店，1989 年 3 月，四部叢刊初
　　　　編本），卷一六，〈答本翊書〉。

〔註9〕同上註，卷三四，〈樊紹述墓誌銘〉。

這是韓愈反模擬，求獨創的主張。身爲文人，能有革故鼎新的精神，本是好的；不過若是過度講求新奇，則不免刻意求怪，流於僻澀。韓愈也曾自述文風說：「不專一能，怪怪奇奇。」〔註 10〕慎伯認爲，韓愈此一求新奇的觀念，造成了後世追奇獵怪的風潮。此一說法並非危言聳聽，因爲詞彙的使用畢竟有限，一味地追求新鮮，勢必落入怪奇險僻的陷阱之中，韓愈才華卓絕，或許能不犯此病，但後世之軌步者，卻極易入此陷阱而無法自拔。清人林紓說：

> 蔽掩，昌黎之長技也。不善學者，往往因蔽而晦，累掩而澀。此弊
> 不惟樊宗師，即皇甫持正亦恆蹈之。〔註 11〕

此段話足以說明，追法韓文怪奇之風，稍一不慎，即可能流於晦澀。故韓愈雖非刻意以怪奇的文風來影響後世，但由於他的名氣過大，後世之人不可避免地便會取法於他，因此在這項古文的流弊上，韓愈多少是有些責任的。

（二）雜入時文之法

慎伯認爲，古文自南宋以來，多雜入時文之法，是以法式繁細而內容貧瘠，毫無骨勢，破壞了古文的原貌。他說：

> 古文自南宋以來，皆爲以時文之法，繁蕪無骨勢。〔註 12〕

因何以南宋爲界？此蓋以時文之作，是起於南宋之故。許多學者相信，時文的淵源是來自於宋代的經義。〔註 13〕慎伯認爲，時文在南宋發生時後，遂有文人以時文之法來寫作古文，而使得古文「繁蕪無骨勢。」慎伯並直接點出這批文人的名單：

> 茅坤、歸有光之徒，程其格式，而方苞繫之，自謂眞古矣，乃與時
> 文邇近。（同上）

此處指出，茅坤、歸有光、方苞之流，藉時文的格式來寫作古文，雖然他們自稱所作爲「眞古」，但其實風格是接近於時文，而非眞正的古文。又說：

〔註 10〕同上註，卷三六，〈送窮文〉。
〔註 11〕〔清〕林紓：《韓柳文研究法》，（香港：龍門書店，1969 年 10 月），1，〈蘇明允論韓〉。
〔註 12〕〔清〕包世臣：《安吳四種·藝舟雙楫》（臺北：文海出版社，1973 年 12 月，近代中國史料叢刊本），卷十，頁 763，〈讀大雲山房文集〉。
〔註 13〕〔清〕顧炎武：《日知錄》卷一九〈經義論策〉條說：「今之經義，始於宋熙寧中，王安石所立之法，命呂惠卿、王雱爲之。」時人葉國良先生說：「較爲學者接受的說法，是八股文源自宋經義。」見其所著：〈八股文的淵源又其相關問題〉，《臺大中文學報》第六期（1994 年 6 月），頁 7。

> 及荊川、震川、鹿門、遵岩諸君子出，守時文之法而行以歐、王、
> 蘇、曾之意，世人共推之曰：「以古文爲時文。」是數公者，于時文
> 爲最傑。然是數公自爲之古文，則鉤勒、提綴、呼應、唱歎，自以
> 爲極清快之意者，要仍不遠乎時文，讀者憾焉！〔註14〕

此處較上一引文講的更深入，指出唐荊川等人一方面以唐宋八大家的筆法寫
作時文；一方面又以時文之法寫作古文，因此所作的古文「要仍不遠乎時文」，
如此作品當時是朱之眞味，而使「讀者憾焉」！

　　愼伯之說並非無風起浪，在古文的發展過程中，確實曾與時文做過交流。
前文曾經談過，由於時文格律極嚴，筆法又繁，所以士子爲了舉業之便，便
取徑於唐宋八大家的古文，以八家擅於鉤勒、提綴、呼應、……等技巧，施
諸於時文之上，藉以鍛煉時文的法度。不過事物的交流經常是雙向的，其最
初以古文爲時文，而其末了卻也出現以時文爲古文的現象。如清蔣子瀟謂「歸
（有光）、唐（順之）、李大泌諸君子，以功令文（八股文）之法爲古文，故
其古文最不古。」〔註15〕清錢大昕〈與友人書〉一文中，更引王若霖的話批
評方苞說：「靈皋以古文爲時文，卻以時文爲古文，方終身病之。」〔註16〕此
正道出古文與時文之間，作法互通的關係。愼伯認爲，在古文行以時文之法
後，便走上「繁蕪無骨勢」的歧路；可見他對於古文雜染時文息氣一事，是
相當不滿的。愼伯評完此一亂象後，曾提出挽救之道。他說：

> 八家與時文時代相接，氣體較近，非沈酣周秦子書，必不能盡去時
> 文爲古文之病。〔註17〕

愼伯指出，八大家由於和時文的時代接近，其氣體亦近，時人學古文於八大
家，必不能脫去時文之習，是以必須返諸周秦子書，方能求得眞古文。觀愼
伯之說，實欲假古風以正時尚，其用心之深，亦足敬矣。正由於愼伯對古文、
時文交雜不別，甚具反感，因此每見到做古文能除去時文氣者，輒加以讚揚，
其稱美徐湘潭說：

〔註14〕　〔清〕包世臣：《包世非全集・小倦游閣集》（合肥：黃山書社，卷四，頁45，
　　　　〈瞿默卿奎光古文序〉）。

〔註15〕　王葆心：《古文辭通義》引。（臺北：臺灣中華書店，1984年4月，臺二版），
　　　　卷二，頁28。

〔註16〕　〔清〕錢大昕：《潛研堂集》（上海：上海古籍出版社，1989年11月），卷三
　　　　三，頁608，〈與友人書〉。

〔註17〕　〔清〕包世臣：《安吳四種・藝舟雙楫》（臺北：文海出版社，1973年12月，
　　　　近代中國史料叢刊本），卷十，頁814，〈復李邁堂祖陶書〉。

古文當得手時，饒有黯然以長，油然以幽之致，且無時文氣息字句，
間雜其中。〔註18〕

慎伯如此嚴明古文、時文之界，在當時確實很難能可貴。明清以來的文家，
為了舉業而行古文之法於時文，相互融和的結果，竟使所作古文難以褪去時
文面目；而此亂象流衍日久，文人竟也習以為常，甚至將古文、時文之區隔
打破。茅坤說：「妄謂舉子業，今文也，然苟得其至，即謂之古文，亦可也。」
〔註19〕姚鼐說：「使為經義（時文）者，能如唐應德、歸熙甫之才，則其文即
古文。」〔註20〕茅、姚二人分別是明、清時期的古文大師，二人的意見在當
時文壇上具有高度的指標作用。由此可見，古文與時文的界限在當時實在是
相當模糊。在如此的時代思潮下，慎伯能表達另類的意見，將浸染時文氣的
古文，斥為「繁蕪無骨勢」，希望嚴定出古文與時文的分別，其勇於突破時勢，
挑戰潮流的精神，在此又得到另一次的呈現。

第二節　八股文

一、八股文的本原

對於八股文此一科試文體，慎伯作了本原與特徵兩方面的探討。首先是
本原的問題。慎伯說：

八比取士，歷年五百。忠良英俊，類出其中。義醇詞淨本於經；議
鴻識壯釀於史；描摹精切依於子；波瀾洪遠源於集，與古文固不殊
也。唯其結體褊小，風裁矜整，故用法為尤嚴，取勢為尤緊。〔註21〕

慎伯以為，八股文的本原與古文無別，都是來自經、史、子、集四部。然而
他也提出兩者間的差別，亦即八股文的體製短小，故遣詞用字相當斟酌，法
度較古文為嚴苛。慎伯之說，極具見地。大部份文家，每提到八股文總直覺
地感到不齒，事實上八股文的內涵以及法度，在某種層次上，確實和古文一

〔註18〕同上註，頁 816，〈答陳伯游方海書〉。
〔註19〕〔明〕茅坤：《茅坤集》（杭州：浙江古籍出版社，1993 年 10 月），卷六，頁
　　　321，〈復王進士書〉。
〔註20〕〔清〕姚鼐：《惜抱軒詩文集》（上海：上海古籍出版社，1992 年 11 月），卷
　　　一，頁 270，〈文集後集·陶山四書義序〉。
〔註21〕〔清〕包世臣：《安吳四種·藝舟雙楫》（臺北：文海出版社，1973 年 12 月，
　　　近代中國史料叢刊本），卷九，頁 733，〈或問〉。

樣，與經、史、子、集脫離不了關係。八股文的命題取諸四書、五經，〔註22〕
其血統本就源出經典，謂其「義醇詞淨本於經」。良是實情。又經典本即古代
史料，經、史二部原是一家，章學誠有「六經皆史」之語，因此八股文與史
書的淵源，自是有其必然性。焦循謂「（八股文）議論得失似於談史。」〔註
23〕正可與慎伯之說相發明。其次八股文是文人闡述經義的一種論說文體，既
是論說文體，則其邏輯理路與論述技巧，必有取法於子書之處，因爲子書向
來以說理高妙稱勝。時人葉國良先生甚至直指八股文的源頭，可遠溯於《荀
子》一書。〔註24〕因此慎伯以爲八股文「描摹精切依於子」，殆可相信。最後
我們再來看八股文與集部（文學作品）的關係。對於八股文的淵源，古人嘗
提出各種不同的看法，其中有一派學者便以爲八股文與文學作品間，有深厚
的因果關係。清焦循說：「（樂府雜劇）又一變而爲八股，舍小說而用經書，
屏幽怪而談理道，變曲牌而爲排比，此文亦可備眾體史才詩筆議論。其破題
開講，即引子也；提比、中比、後比，即曲之套數也；夾入領題出題段落，
即賓白也。」〔註25〕這基本上已經將八股文的格式與戲曲的格式相互比附，
以爲二者同出一脈了。清毛奇齡說：「世亦知試文八比之何所昉乎？……惟唐
制試士，改漢魏散詩而限以比語，有破題，有承題，有領比、頸比、腹比、
後比，而然後以結收之。六韻之首尾，即起結也；其中四韻，即八比也。然
則試文之八比視此矣。」〔註26〕這是說明八股文與詩歌的關係。除了與戲曲、
詩歌具有淵源外，八股文的寫作技巧與古文更是互融互通。（詳見本書第三章
第六節所述）慎伯在回答時人詢問八股文作法時甚至表示，學八股文要依個

〔註22〕《清史稿・志・選舉一》：「古者取士之法，……自唐以後，廢選舉之制，改
　　　　用科目，歷代相沿。而明則專取四子書及《易》、《書》、《詩》、《春秋》、《禮
　　　　記》五經命題試士，謂之制義。有清一代沿明制，二百餘年，雖有以他途進
　　　　者，終不得與科第出身者相比。」是知八股科試，乃以四書、五經命題之。
〔註23〕〔清〕焦循：《里堂家訓》（清光緒十一年儀徵吳氏屛守山莊藏板本），卷下，
　　　　頁14。
〔註24〕葉國良先生說：「評斷八股文在學術上的意義，當從探討其淵源入手。在檢討
　　　　其寫作宗旨及技巧後，筆者認爲八股文祖宋代經義而祧《荀子》。」見其所著：
　　　　〈八股文的淵源及其相關問題〉，《臺大中文學報》六期，（1994年6月），頁
　　　　1（總頁39）。
〔註25〕〔清〕焦循：《易餘籥錄》（臺北：文海出版社，1968年2月，國學集要初編
　　　　十種本），卷一七，頁403。
〔註26〕〔清〕毛奇齡：《西河文集》（臺北：臺灣商務印書館，1968年12月，國學基
　　　　本叢書本），序二十九，頁578，〈唐人試帖序〉。

人習氣來選擇古文家的作品以爲範式，他說：

> 習八比者，……成篇之後，看出其筆，筆力峭拔者，則使讀子厚明
> 允，介甫之文，而以陶石簣、項水心鑿其思路；筆勢縱橫者則使讀
> 長沙、東坡、同甫之文，而以陳大士、黃陶庵蕩其胸懷；筆情幽雋
> 者，則使讀傅季友、任彥昇、陸敬輿、歐陽永叔之文，而以董思白、
> 鄭崇陽和其韻調；……」〔註27〕

由此可見，在慎伯的觀念中，時文的寫作誠有取徑於古文之處。要之，八股文的格式結構及筆法技巧，與古文、詩歌、戲曲等文學作品，都有多寡不一的實質關係，是以慎伯謂八股文「波瀾洪遠源於集」，固有其立論的實際根據。

綜上所述，慎伯以爲八股文的本原來自經、史、子、集四部，與古文無別。此一說法，對八股文的評價顯然是正面的。這樣一來，與他前面反八股文的理念（見第三章第二節），實在是相互矛盾。在此，筆者以爲，慎伯之所以反對八股文，主要是反對文人借助八股文爲仕途的敲門磚，使八股文的創作失去了純正的動機；再者，八股文的創作有著種種形式上的桎梏，它強調守經遵注〔註28〕、代聖立言，以及破題承題、……等等的撰作格式，造成它寫作上的諸多限制，慎伯謂其「結體褊小，風裁矜整，故用法爲尤嚴，取勢爲尤緊。」正是這個道理。在形構如此嚴明之下，作品的風格幾乎千篇一律，陳陳相因的結果，讓這種文體失去了原有的生命力。因此，慎伯所非議八股者，主要在於它缺乏純正的創作動機，以及創作形式過於僵化，而不是本原上有所問題。依此看來，慎伯以爲八股文的本原同於古文，皆是來自經、史、子、集，此一正面的評價，與其前面的反八股文理念，矛盾性就大大降低了。

二、八股文的特徵

慎伯談論八股文體，除了本原之外，又談到特徵一事。慎伯以爲，時文的特徵在於「代聖賢立言」。他說：

> 立言代聖賢，托體縱高迥，於中若無我，得毋俳優並。〔註29〕

〔註27〕〔清〕包世臣：《安吳四種‧藝舟雙楫》（臺北：文海出版社，1973 年 12 月，近代中國史料叢刊本），卷九，頁 736，〈或問〉。

〔註28〕所謂守經遵注，即命題依四書五經；答題遵朱熹集註。

〔註29〕〔清〕包世臣：《安吳四種‧藝舟雙楫》（臺北：文海出版社，1973 年 12 月，近代中國史料叢刊本），卷九，頁 731，〈五言一首說八比贈陳登之通判即留別出都門〉。

又說：

> 古文言皆己意，八比則代人立言。〔註30〕

「代聖賢立言」是八股文寫作的基本精神。清雍正四十三年論：「制義一道，代聖賢立言，務在折衷傳註，理明辭達爲尙。」〔註31〕即表達政府對於士子寫作八股文，須以「代聖賢立言」爲本務的明確宣示。所謂「代聖賢立言」，就是代聖賢之口吻以說理，在一篇八股文中，常指「起講」至「後股」這個部份，鄭師邦鎭稱之爲「入口氣」（入聖賢之口氣）。對於「代聖賢立言」，鄭師詳釋說：

> 凡題面爲「論語子曰題」者，則須先說破此人物爲孔子，而通常以「聖人」稱之，然後由作者代孔子口吻立說；凡「孟子曰題」者，則人物爲孟子，稱之曰「大賢」，而後代孟子口吻立說；其題面涉及孔門弟子者，則稱「大賢」、「賢者」；出自《中庸》三十三章者，稱「子思」或「大賢」；出自《大學》經一章，稱「聖經」或「曾子」「大賢」；出自《大學》傳十章者，稱「傳者」；凡涉及禹湯文武等者，則稱「先聖」或「群聖」；涉及其他人者，則稱「時人」或「時君」等等。〔註32〕

由是段文字可以明白，所謂「代聖賢立言」，是先由題面識出說話者的身份，再依其身份選擇適當的稱謂（如聖人、大賢、子思……等等），然後借此稱謂以說話，說話時須依此一聖賢的口吻發之。當然，除了口吻要符合聖賢語氣外，其說理的內容也必須合於聖賢之旨，不得妄出己意。在「代聖賢之言」的條件下，愼伯推衍出寫作八股文應注意的兩件事，一是肖題；一是導虛。就肖題而言，愼伯說：

> 立言代聖賢，托體縱高迥。于中若無我，得無俳優並。其法首肖題，譬彼服尚稱。偉議非應有，枵然嗟如癭。〔註33〕

又說：

〔註30〕同上註，頁733，〈或問〉。
〔註31〕《欽定大清會典事例》（臺北：啓文出版社，1963年1月，據清光緒二十五年刻本印），卷三三二，頁9518。
〔註32〕鄭邦鎭：《明代前期八股文形構研究》（臺北：臺灣大學中國文學研究所博士論文，1987年7月），第二章〈八股文形構研究之要點〉，頁67。
〔註33〕〔清〕包世臣：《安吳四種・藝舟雙楫》（臺北：文海出版社，1973年12月，近代中國史料叢刊本），卷九，頁731，〈五言一首說八比贈陳登之通判即留別出都門〉。

古文言皆己意，八比則代人立言，故其要首在肖題。〔註34〕

愼伯認爲，由於八股文的寫作講求代聖立言，所以其法首重「肖題」；所謂肖題，就是謹守題意，不偏離聖賢立論的本旨，使行文內容能相稱於題目的理趣，亦即愼伯所謂「譬彼服尙稱」之意。清焦循說：「時文之法與古文異，古文不必如題，時文必如題也。」〔註35〕文中所謂如題，即是肖題之意。愼伯接著又提出肖題之法，以爲：

> 肖題之機，決於審脈。脈有來有去，其長章巨節以中間一二間語命題者，文中詞意俱不得出本題之外。而眼光手法，注射操縱，必使牽全身以一法，現全神於一顧，然意則全身全神，而筆仍一髮一顧，乃爲能事。其單句爲章者，發此言也有由，便是來脈。如其言則得，不如其言則失，便是去脈。故八比尤以單題爲緊要關隘，以其題未具間架樑柱，皆須意造故也。〔註36〕

愼伯以爲肖題的關鍵在於審脈。所謂審脈，就是掌握題旨的來龍去脈，是以愼伯又謂脈有來、去。首先他談到來脈。所謂來脈，是指題目的思想背景，亦即指題目的前意而言，愼伯謂「發此言也有由」，這個「言」即是指題目；「由」即是指前意，亦即所謂來脈。來脈的掌握有難有易；易者，即愼伯所說「其長章巨節以中間一二間語命題者」，這類題目由於是從一個大的章節中截取一二句爲題，所以題目的前頭猶有若干文句可推尋前意，所以來脈易得；至於難者，則是指單題的文章。所謂單題，是指題目只有單獨的一兩句，而此一兩句即是獨立的一章。例如《論語・述而》：「子釣而不綱，弋不射宿。」這兩句自成一章，當它被用爲八股文題時，即稱爲單題。愼伯認爲這類單題最難掌握來脈，因爲它的前頭已無文句，難以推得前旨，於是寫作時就得自行推斷，正是愼伯所謂「以其題未具間架樑柱，皆須意造故也。」的意思。

來脈之義，蓋如上述。至於去脈，則是指下頭文意的開展。去脈的掌握，是建立在來脈的基礎上而進行的。如果前頭的文意沒有抓住，則後頭的文意當然也會離題。是以愼伯說：「如其言則得，不如其言則失，便是去脈。」「如其言」是指能掌握來脈，「則得」是指得去脈；「不如其言」是指未掌握來脈，

〔註34〕 同上註，頁733，〈或問〉。

〔註35〕 〔清〕焦循：《里堂家訓》（清光緒十一年儀徵吳氏辟守山莊藏板本），卷下，頁14。

〔註36〕 〔清〕包世臣：《安吳四種・藝舟雙楫》（臺北：文海出版社，1973年12月，近代中國史料叢刊本），卷九，頁739，〈或問〉。

「則失」是指失去脈。因此，脈得來、去是必須先掌握來脈，再進一步衍出去脈。當脈的來、去皆得以掌握時，則八股文的寫作便能達到肖題的工夫。

談完「肖題」，接著要看「導虛」一事。慎伯認為，八股文「代聖賢立言」的結果，令其寫作偏於導虛。他說：

> 然古文言皆己意，故貴能蹈實；八比代人立言，故貴能導虛。古文雖短章，取盡己意，故轉換多變態，其牆壁寬而峻；八比雖長篇，取協題情，故推堪少迴互，其牆壁隘而夷。自有八比以來，果其能者，未有不外嚴牆壁之守，而內專導虛以求制勝者也。〔註37〕

依慎伯之意，八股文的寫作與古文有別，古文立論「言皆己意」，所以作法重在「蹈實」。所謂「實」，就寫作而言，本是指正面的直接描寫，但在此處，由於它是接續「言皆己意」而說的，所以當是指文章中具有作者自身的思想一事；而八股文由於是「代人立言」，所以重在「導虛」。所謂「虛」，就寫作而言，本是指側面的間接描寫，但在此處，由於是與古文的「實」相對，而且是接續「代人立言」而說的，所以當是指文章中須隱去自身思想一事。慎伯以為八股文「偉議非應有」，所指也是在此。事實上，八股文的寫作由於要依聖賢口吻立論，且內容須依循朱子《集註》，因此文章中鮮有作者自身思想是很正常的。後人之所以抨擊八股文，這也是很重要的原因之一。〔註38〕談完導虛，慎伯接著又說：「古文雖短章，取盡己意，故轉換多變態，其牆壁寬而峻；八比雖長篇，取協題情，故推堪少迴互，其牆壁隘而夷。」慎伯認為古文由於能盡情地發揮己意，所以它的文氣轉折充滿變化，它的規則格式（即牆壁）是寬廣的，是高傑的；而八股文由於代人立言，為了忠於題情，所以運筆多所限制，難達曲折迴環之妙，它的規則格式是狹窄的，是平夷無變化的。〔註39〕在這種情況下，要將八股文寫好，慎伯以為必須「外嚴牆壁之守，

〔註37〕同上註，頁 734～735。

〔註38〕梁啟超《中國近三百年學術史》：「清初幾位大師——實即殘明遺老——黃梨洲、顧亭林、朱舜水、王船山……之流，……他們曾痛論八股科學之汩沒人才，到這時後讀起來覺得句句親切有味，引起一般人要和這種束縛思想、錮蝕人心的惡制度拼命。」文中所謂「束縛思想」，指的正是八股文缺乏作者獨立思想的弊端。

〔註39〕八股文的寫作規則以及格式，極為繁多，使人難以隨興發揮，故謂「隘而夷」，洵非過論。以下筆者就略舉數例，以明八股文格式之繁瑣與嚴苛。據清梁章鉅《制義叢話》卷一所載：「順治二年，定四書文每篇不得過五百五十字；康熙二十年，議五百五十字恐詞意不盡，若不限字，恐又相沿冗長，嗣後限六

而內專導虛以求制勝者也。」

綜上可知，慎伯談論八股文，是以「代聖賢立言」爲其特徵，再由此而衍出肖題與導虛二事。當然，就「代聖賢立言」而言，慎伯之說並沒有特殊之處，不過就審脈以及導虛二事而言，慎伯之說確有其獨到之秘，也爲後人之研究八股文，提供了寶貴的素材。

案：前文所提慎伯的文學基本思想，其中有反對八股文一項。然而，此處慎伯對八股文的特徵以及創作手法作出討論，這豈非示人以創作八股文之法，而與他反對八股文的理念相左？其實這是可以加以理解的，因爲慎伯談論八股文的特徵以及作法，大抵見於〈或問〉一文，由〈或問〉之題，便能了解這一篇答覆性的文章，有人詢問八股文的作法於慎伯，慎伯基於禮貌而回覆之。因此，慎伯之作是文，乃應酬之作，非主動而爲之，他反對八股文的理念，實在不因此文而有所改變。

第三節　其他文體

一、詩、詞、賦同源而異流

詩、詞、賦三類文體，慎伯以爲乃同源而異流。他說：

> 蓋常論詞無今古，概爲三則。詩文賦頌，異流同源。〔註40〕

又說：

> 賦者，詩之流；詞者，詩之餘，皆詩也。〔註41〕

慎伯論詩、詞、賦三者，以爲皆詩也，此說固推演前人之意而成。漢班固〈兩

百五十字：乾隆四十三年，始定鄉會兩試，及學臣取士，每篇俱以七百字爲率，違者不錄。」這是對八股文字數的限制。清唐彪《讀書作文譜》卷九：「（八股）文之所以要避下文者，以下文未經聖賢說出，我若先說，便是顛倒聖賢口吻，故謂之犯下。」這是對八股文發揮語意的限制。清顧炎武《日知錄・試文格式》：「……發端二句或三四句，謂之破題，大抵對句爲多，此宋人相傳之格。下申其意，作四五句，謂之承題。……」這是對八股文體裁格式的限制。以上所舉的規定，只是八股文寫作上的一小撮限制，其餘大大小小的規則還很多，不勝枚舉。慎伯謂「牆壁隘而夷」，道理就在這裡。

〔註40〕〔清〕包世臣：《安吳四種・藝舟雙楫》（臺北：文海出版社，1973年12月，近代中國史料叢刊本），卷八，頁631，〈揚州府志藝文類〉。

〔註41〕〔清〕包世臣：《安吳四種・管情三義》（臺北：文海出版社，1973年12月，近代中國史料叢刊本），卷一七，頁1328。

都賦序〉：「賦者，古詩之流也。」〔註42〕明徐師曾說：「詩餘謂之塡詞。」
〔註43〕正表達了詩、詞、賦三者的深厚淵源。賦爲詩之流裔；詞又爲詩的
餘緒，愼伯以是而斷定三者爲同源之體，謂其「皆詩也」。此三類文體既然
同源，則其間必有共同的特質以爲連繫的基礎。此一共同的特質爲何？愼伯
說：

> 詩、詞、賦三者，同源而異流。故先民之說詩也，曰：微言相感以
> 諭其志；其說詞則曰：意內而言外；而說賦既曰：古詩之流，……。
> 〔註44〕

不論是「微言相感以諭其志」，或是「意內而言外」，強調的都是作品的寄託。
可見在愼伯的認定中，詩、詞二體同源，是因同主興寄的緣故。至於辭賦一
體，則因爲是「古詩之流」，故當同以興寄爲聯繫。

愼伯以興寄論來貫串詩、詞、賦三體，事實上是對錯兼有。對於詩、賦
二體而言，以興寄的精神來串起二者的血緣，是可以被接受的。班固〈兩都
賦序〉說賦「或以抒下情而通諷諭，或以宣上德而盡忠孝，……亦雅頌之亞
也。」〔註45〕可見兩者之間，正以同具諷諫之旨而存在著傳承的關係。但
是對於詩、詞二體，則不能以爲兩者間的傳承關係，是來自興寄的精神。事
實上，文人之所以視詩與詞有所淵源，是因爲二者皆具有音樂成份，詩之所
以改體爲詞，也是爲了配合音樂所致。因此詩與詞的血緣關係，是建立在音
樂上，而非興寄之上。汪森〈詞綜序〉說：「自古詩變而爲近體，而五七言
絕句傳於伶官，樂部長短句無所依，不得不變爲詞。」〔註46〕方成培說：「自
五言變爲近體，樂府之學幾絕。唐人所歌多五七言絕，必雜以散聲，然後可
被之莞弦。如陽關必至三疊，而後成音，此自然之理也。後來遂譜其散聲，
以字句實之，而長短句興焉。故詞者所以濟近體之窮，而上承樂府之變也。」

〔註42〕　〔漢〕班固：〈兩都賦序〉。收錄於《昭明文選》（上海：上海書店，1989 年 3
　　　　月，四部叢刊初編本），卷一，頁 1。
〔註43〕　〔明〕徐師增：《文體明辨》（臺北：長安出版社，1978 年 12 月），〈詩餘〉，
　　　　頁 164。
〔註44〕　〔清〕包世臣：《安吳四種・藝舟雙楫》（臺北：文海出版社，1973 年 12 月，
　　　　近代中國史料叢刊本），卷十，頁 795，〈金筬伯竹所詞序〉。
〔註45〕　〔漢〕班固：〈兩都賦序〉。收錄於《昭明文選》（上海：上海書店，1989 年 3
　　　　月，四部叢刊初編本），卷一，頁 3。
〔註46〕　收錄於〔清〕朱彝尊：《詞綜》（北京：中華書局，1989 年 3 月，四部備要本），
　　　　頁 1。

〔註 47〕觀汪、方二氏所言，詞乃承樂府及近體詩而來，這就是爲什麼說詞爲詩之餘了。而文人之所以變詩爲詞，乃因近體詩的句式整齊，不合音樂長短之調，故添入散聲而成長短句（詞體成立），藉以配合音樂。可見詩與詞之所以同源，乃是爲了配合音樂，遂有改詩爲詞之舉，兩者間的淵源關係，在於音樂，而非興寄之旨，慎伯之說有離題之失。

　　觀慎伯之所以將詩與詞的淵源，定位在興寄一事上，主要的癥結當是肇端於「意內而言外」一語之故。慎伯釋詞體，採取了常州派「意內言外謂之」的說法，〔註 48〕所謂意內言外，是指文章具有寄託之意，在此一狀況下，於是「詞」成了以興寄爲本原的文體，事實上，此一說法是錯誤的。以「意內而言外」說詞，原出於漢代許慎《說文解字》，〔註 49〕許氏所謂「詞」，而非詞的詞，此事葉嘉瑩先生於〈常州派比興寄託的新檢討〉，一文中，已詳爲論述，今不贅敘。〔註 50〕常州派之所以採用許慎說法以論詞，無非是想強調詞體的興寄作用。當然慎伯如今也是犯了此種錯誤，他以「意內而言外」來解釋詞體，於是詞體成了深具興寄的文學，而與「微言相感以論其志」的詩歌，成了以興寄爲共同特質的同源文體。事實上詩、詞之所以同源，正如前文所說，其關鍵在於音樂上，與興寄一事並不相干。所以慎伯以爲詩、詞、賦三者同源，或有其若干的正確性，但若是以興寄論爲三者的同源基礎。

二、傳　奇

　　慎伯論傳奇之體，以爲「傳奇體雖晚出，然其流出於樂。」（〈書桃花扇傳奇後〉）傳奇是中國戲曲的一支，通常是指元代南戲與明代戲曲。其源出於樂歌，與音樂確實有密切的關係。王易說：「曲主可歌。……而曲之源，實起於漢，樂府鐃歌、鼓吹之類是也。」〔註 51〕曲之主歌，正宣示其與音樂並生的臍帶關係。慎伯認爲，傳奇由於根源音樂，是以其發展必以宣揚樂教爲主，

〔註47〕〔清〕方成培：《香研居詞麈》（北京：中華書局，1985 年，叢書集成初編本），〈自序〉。

〔註48〕〔清〕張惠言：《詞選》（北京：中華書局，1989 年 3 月，四部備要本），〈自序〉。

〔註49〕〔漢〕許慎：《說文解字》，段玉裁注（臺北：黎明文化事業股份有限公司，1991 年 4 月，增訂七版），頁 434。

〔註50〕詳見葉嘉瑩：《迦陵論詞叢稿》（臺北：明文書局，1981 年 9 月），頁 417～352，〈常州派比興寄託的新檢討〉。

〔註51〕見王易：《詞曲史》（臺北：廣文書局，1971 年 7 月，三版），〈明義第一〉，頁 14。

不然，若徒務聲之工，則不啻俳優末技而已。他說：

> 樂之爲教也，廣博易良。〔註52〕廣博則取類也遠；易良則興起也切，
> 故傳奇之至者，必有深有得於古文隱顯、回互、激射之法，以屬思
> 鑄局。若徒於聲容求工，離合見巧，則俳優之技而已。〔註53〕

此處指出，樂教具有「廣博易良」的教化作用，傳奇既根源於樂，則好的傳
奇作品，必然要發揚樂教，以充實其內容。在此一前提下，傳奇必須深求「古
文隱顯、回互、激射之法，以屬思鑄局。」從此處看來，愼伯是在教化的基
礎上，將詩歌、古文、傳奇等一干文體的筆法給貫串起來。因爲在愼伯的心
目中，隱顯、回互、激射等筆法，是能達到教化功能的創作技巧。隱顯、回
互、激射三法，除了此篇外，又出現於〈文譜〉、及〈王海樓勃詩序〉二文之
中。〈文譜〉一篇，對三法並未作出說明。至於〈王海樓勃詩序〉一篇，則對
三法有如下的詮釋：

> 蓋詩義六，而用在於風與興。一氣相感謂之風，微言諭志謂之興，
> 而所以妙風與興之用者，則曰離合，曰隱顯。顯則與人以可見，隱
> 則與人以可思，可思故無罪，可見故足戒；離合者，又所以妙隱顯
> 之用者也。隱顯、離合之用彰，故其詞溫柔，溫柔故無罪，其詞敦
> 厚，敦厚故足戒。〔註54〕

在愼伯心中，隱顯、離合是風刺比興等手法的高度運用，足以表現出詩教溫
柔敦厚之風。至於回互、激射之法，愼伯雖未加說明，但以此諸法每爲其所
連用的情況來看，則同屬表現詩教的一種委婉筆法，當無所疑議。尤其激射
之法，乃言在此而意在彼；〔註55〕回互之法乃文意上的前後呼應，皆屬於一
種含蓄內斂的寫作技巧，更加深了此一推論的可能性。愼伯在崇尙教化的理
念上，將古文、詩歌與傳奇統合起來，主張傳奇應同古文、詩歌一樣，行以
隱顯、回互、激射等手法，以達到比興美刺的教化作用，其於孔門文教觀的
堅貞信仰，眞是無可移易。也正因力持文學教化之功，故於不合樂教，專務

〔註52〕同上註，頁 14。
〔註53〕語出《禮記·經解》：「廣博易良，樂教也。」孔疏：「樂以和通爲體，無所不
用，是廣博。簡易良善，使人從化，是易良。」是樂教之義，乃以中和之音
施諸教化，以移人性。
〔註54〕〔清〕包世臣：《安吳四種·藝舟雙楫》（臺北：文海出版社，1973 年 12 月，
近代中國史料叢刊本），卷九，頁 718，〈書桃花扇傳奇後〉。
〔註55〕〔清〕包世臣：《安吳四種·藝舟雙楫》（臺北：文海出版社，1973 年 12 月，
近代中國史料叢刊本），卷十，頁 789～790。

聲色的傳奇作品，慎伯輒斥爲「俳優之技」。

　　爲了證明傳奇合於樂教之義，慎伯又特別援引了《桃花扇》一劇爲例，以說明好的傳奇作品，必出之以教化。他說：

> 近世傳奇，以《桃花扇》爲最。淺者謂爲佳人才子之章句，而賞其文辭清麗，結構奇縱；深者則謂其指在明季興亡，侯李乃是點染，顚倒主賓，以眩耳目。〔註56〕

慎伯認爲，近世的傳奇以桃花扇最佳。淺薄的人看此劇，則徒重聲色；識深的人看此劇，則明其興亡之旨。慎伯之說，能得此劇之肯綮。孔氏的《桃》劇與洪昇的《長生殿》，並享盛名於清初曲壇，世稱「南洪北孔」。如此佳構自是深具宏旨，絕非苟事於朵繪之功。香港中文大學張春樹教授：「《桃花扇》以侯方域、李香君的兒女私情爲名，實在是寫南明亡國的始末。」〔註57〕此與慎伯所謂「其指在明季興亡，侯李乃是點染，顚倒主賓，以眩耳目。」正可相互發明。藉由慎伯對此劇的解析，我們可以更明確地看出，他談論傳奇時，是同詩歌等其他文體一般，力主教化之功，對於徒務形式的作品，輒嗤之以鼻。

〔註56〕大陸學者周振甫先生說：「講的是這件事，用意在指別一件事，這便是激射。」見其所著：《文章例話‧寫作編》（臺北：五南圖書出版有限公司，1994 年 5 月），〈激射〉，頁 132。

〔註57〕〔清〕包世臣：《安吳四種‧藝舟雙楫》（臺北：文海出版社，1973 年 12 月，近代中國史料叢刊本），卷九，頁 717～719，〈書桃花扇傳奇後〉。張春樹、駱雪倫：〈孔尚任與《桃花扇》──一個戲曲家對明清朝代轉換的歷史教訓的探討〉，《香港中文大學中國文化研究所學報》，九卷二期（1978 年），頁 337。

第五章 文學創作論（上）——創作的基本認識

　　所謂文學創作論，一言以蔽之，即探討有關於文學創作的問題者稱之。它通常包含創作的基本認識、創作的進行，以及創作的實際手法等三大部份。第一部份是認識創作的前置作業，這些前置作業包括創作的準備工夫（生活經驗的累績積、淵博的知識、修養品德、……等等）、創作的原則、創作的正確觀念、創作的禁忌等等；第二部份包含創作的思維過程，以及創作的表達過程；第三部份是創作手法的介紹。在這三大部份裏，慎伯主要是針對一、三部份提出探討。由於篇幅較巨，故筆者將之分爲上、下兩章介紹。本章所介紹者是第一部份。慎伯在此所提的養氣工夫，以及寫作難兼眾體的觀念，都是相當可貴的意見，對於我們寫作文章有實質的幫助。

第一節　創作的準備工夫

一、養氣、守氣

　　爲文養氣之說，較早見於劉勰的《文心雕龍》中。《文心雕龍·養氣》：「是以吐納文藝，務在節宣，清和其心，調暢其氣。」此處指出，想作好文章，就必須調節內心，使氣息平和通暢。在劉勰之後，養氣說陸續爲文人所提出。宋濂《文原》說：「爲文必在養氣，氣與天地同，苟能充之，則可配三靈，管攝萬彙。」〔註 1〕方苞〈欽定四書文·凡例〉：「文之古雅者，惟其詞之是而已，即

〔註 1〕〔明〕宋濂：《文原》，（北京：中華書局，1985 年，叢書集成初編本），頁 2。

翱所謂造言也；而依於理以達其詞者，則存乎氣。」〔註2〕這些說法都是強調氣對行文的重要。由於重要，故須涵養。慎伯對此一問題，亦有其獨特之說：

> 是故士無銳氣者，平居事襲績剽竊，以求悅於有司。幸弋獲而與人民社，齷齪昏瞀，播惡釀亂，不可爬梳。其有銳氣者，又以未閱歷而少成，以及閱歷稍久，乃卒歸於庸容，是天下事卒無有能理之者也。君子則不然，守氣以恆，而養氣以善悔，易曰：「君子以言有物，而行有恆。」又曰：「無咎者，善補過也。……震無咎者，存乎悔。」有物有恆，未能遽言無過也。見過而震悔以補之，所以能遠於不恆之羞，則東坡其人也。東坡少年銳意天下事，及其晚年，立論與少壯如出兩人，然其心乎濟世利物，百折而不回者，終始如一，而晚乃彌摯。觀其前後論議之殊，蓋悔者屢矣。然其用悔也，在勘酌事理之當否，而一身之崎嶇顛躓，不以介於其間，此東坡所為深契周孔無咎之旨，善用其悔，而可為百世才人師法者也。〔註3〕

這段文字標示了三項重點：第一，慎伯強調文人要有「銳氣」，否則將會「襲績剽竊」，以致所作文章「播惡釀亂，不可爬梳。」第二，慎伯以為文人的銳氣，常會隨著閱歷的增長而消失（意指逐漸與世俗同流合污），是以必須守氣、養氣。守氣之法，在於以恆心持之，故言「守氣以恆。」養氣之法，在於善悔，善悔則能補過，補過則志節高尚，志節高尚則文氣得以存養，故言「養氣以善悔。」能守氣、養氣，則文章得以提升，可遠離剽竊釀亂的惡習。第三，慎伯認為東坡「深契周孔無咎之旨，善用其悔。」可知在慎伯眼中，東坡正是志節高尚，能存養文氣之人。而東坡的志節，依文中所言，乃是「心乎濟世利物」，故知慎伯的養氣之法，正是要文人具備「濟世利物」的胸懷。

要之，慎伯以為文人須能養氣、守氣，方能作出好文章，所謂養氣，即是時時反省自己，是否具備濟世利物的仁心，具此仁心，則氣得涵養；所謂守氣，即是持守此一志節，令其恆久不失。如此的養氣方法，與前人相較之下，固頗具特色。歷代談養氣者，劉勰主張「清和其心，調暢其氣。」（〈養

〔註2〕〔清〕方苞：《欽定四書文》（臺北：臺灣商務印書館，1986年3月，景印文淵閣四庫全書本），頁4。

〔註3〕〔清〕包世臣：《安吳四種・藝舟雙楫》（臺北：文海出版社，1973年12月，近代中國史料叢刊本），卷十，頁770～771，〈贈余鐵香序〉。

氣〉）此深具老莊清靜自然的意蘊；韓愈主張「行乎仁義之途，游之乎詩書之源。」〔註4〕仁義是儒家之道，故韓愈是以行儒、觀詩書爲養氣之法；蘇轍主張以正義及閱歷養氣，他說：「孟子曰：『我善養吾浩然之氣。』今觀其文章寬厚宏博，充乎天地之間，稱其氣之大小。太史公行天下，周覽四海名山大川，與燕、趙間豪傑交游。故其文疏蕩頗有奇氣，此二子者，豈嘗執筆學爲如此之文哉？其氣充乎其中而溢乎其貌，動乎其言而見乎其文，而不自知也。」〔註5〕蘇轍認爲，孟子與太史公二人，前者以正義養氣；後者以閱歷養氣，而均能成就好文章，是以正義、閱歷二者，同是養氣之法。章學誠則主張以集義來養氣。〔註6〕以上各家的養氣論，不論是「清和其心」，或是「行乎仁義之途」，或是閱歷以養氣，或是集義以養氣，都是各家習學的心得，都有它值得參考之處。不過慎伯的養氣說，在與諸家相較之下，卻更有一份特殊之處。慎伯主張養氣當從「濟世利物」做起，如此論調，無疑地更強調了文學經世致用的宗旨。他期待文人都能眞正地關懷社會，而不是終日空言仁義，埋首案頭的酸書匠。如此的養氣觀，當然與他重視經世致用的學術態度有關，這是慎伯論學的一貫旨趣，也是他質樸踏實的地方。

二、讀書、涉事、明理

　　歷代文人談到爲文的基本工夫，總不忘讀書、閱世、窮理諸事。《文心雕龍‧神思》：

> 是以陶鈞文思，……積學以儲寶，酌理以富才，研閱以窮照，馴致以懌辭。然後使玄解之宰，尋聲律而定墨；獨照之匠，窺意象而運斤，此蓋御文之首術。

劉勰將積學儲寶，酌理富才視爲御文之首術，則讀書、窮理的重要性，不言可喻。王驥德〈論須讀書〉說：

> 詞曲雖小道哉，然非多讀書以博其見聞，發其旨趣，終非大雅。〔註7〕

〔註4〕〔唐〕韓愈：《昌黎先生文集》（上海：上海書局，1989 年 3 月，四部叢刊初編本），卷一六，〈答李翊書〉。

〔註5〕〔宋〕蘇轍：《欒城集》（上海：上海書局，1989 年 3 月，四部叢刊初編本），卷二二，頁 1，〈上樞密韓太尉書〉。

〔註6〕〔清〕章學誠〈跋香泉讀書記〉：「顧文者，氣之所形，古之能文者必先養氣，養氣之功在於集義。」是實齋之行文養氣，乃在於集義一事。

〔註7〕〔明〕王驥德：《曲律》（臺北縣：藝文印書館，1964 年 9 月，百部叢書集成

這是強調讀書對寫作的重要。王士禎《然鐙記聞》說：

> 爲詩須要多讀書，以養其氣；多歷名山大川，以擴其眼界；宜多親
> 名師益友，以充其識見。〔註8〕

這是強調閱世對寫作的重要。讀書、閱世、窮理三者，在慎伯的創作理念中，同樣是十分重要的基本工夫。他說：

> 讀書多，涉事（閱世）久，精心求人情世故得失之原（明人世之理），
> 反之一心而皆當，推之人人之心而無不適焉。於是乎言之，而出之
> 以有序，此間世之英，古所謂立言之選也。〔註9〕

觀其文意，乃以讀書、涉事、求人情世故得失之原三者，爲立言的根本。三者之中，讀書居首，其重要性不言可喻。讀書之法，慎伯以爲當先從識字審聲開始，於義才能有所領悟。他說：

> 讀書必先識字，字之不識，於義何有？制字有事、意、形、聲之別，
> 四者無所屬，而後有轉注假借，以盡其變。事之爲字無幾，意則兩
> 文合而後得，故形聲之爲字也多，而聲爲尤。轉注屬形，假借屬聲，
> 故聲之於字居大半，而假借之爲用於字也，又復半之，是識字固莫
> 要於審聲也。〔註10〕

慎伯認爲，形聲與假借字，居文字的多數，而這兩類文字的制作，皆與聲韻有關，故識字求義，須從審聲開始。此一說法，與顧炎武所謂「讀九經自考文始，考文自知音始。」〔註11〕實有異曲同工之妙。慎伯對讀書、閱世的看法，基本上與前人說法並無二致，不過慎伯對於推求人情事理一項，卻有特殊的觀點。他認爲能明白人情事理，則能消除行文的依傍，這無疑是個相當新穎的見解。他說：

> ……自是始專以一心求人情事理之原，有所得而達於詞，盡意則止，
> 依傍之陋，漸就澌除矣。〔註12〕

本），卷二，頁27。

〔註8〕　〔清〕王士禎口授：何世璂述：《然鐙記聞》（臺北：西南書局，1979 年 11 月，清詩話本），條十六，頁102。

〔註9〕　〔清〕包世臣：《安吳四種・藝舟雙楫》（臺北：文海出版社，1973 年 12 月，近代中國史料叢刊本），卷十，頁799，〈雩都宋月臺維駒古文鈔序〉。

〔註10〕同上註，卷九，頁672，〈春秋異文考證題詞〉。

〔註11〕〔清〕顧炎武：《顧亭林詩文集》（臺北縣：漢京文化事業有限公司，1984 年 3 月），卷四，頁69，〈答李子德書〉。

〔註12〕〔清〕包世臣：《安吳四種・藝舟雙楫》（臺北：文海出版社，1973 年 12 月，

愼伯並沒有說明為何明白人情事理，就能洗去為文依傍的陋習？依筆者的推
測，或許是明白人情事理後，會有一套自己的人生哲學，不必人云亦云，以
這樣的精神表現於文章之中，自然不著依傍之氣。

　　總結愼伯之說，其以創作前的準備工夫，乃養氣、守氣、讀書、涉事、
明理。這些說法與前人相較之下，並無明顯出入。不過其間養氣一項，主張
以「濟世利物」之心來養氣；明理一項，主張明「人情事理之原」，則是充分
顯示他重視實際，強調創作須與民生百事相結合的理念。其說法較諸前人，
更存在著一份關懷社會的情操，更符合現實之用。

第二節　創作應有的觀念

一、內容重於形式

　　對文章的寫作，愼伯以為內容重於形式。他在〈文譜〉中說：

> 易曰：「觀乎人文以化成天下。」士君子能深思天下所以化成者，求
> 諸古，驗諸事，發諸文，則庶乎言有物，而不囿於藻采雕繪之末技
> 也矣。〔註13〕

又〈揚州府志藝文類〉中說：

> 蓋嘗論詞無今古，概為三則，詩文賦頌，異流同源，懿彼發倫類之
> 淳漓，諷政治之得失，閭閻疾苦，由以上聞；雲霄膏澤，於焉下究，
> 言必有物，斯其上也。〔註14〕

又說：

> 氣以柔厚而盛，勢以壯密而健，風裁既明，興會攸暢，故其所作，
> 直攄胸臆，遂感心脾。……至若以形聲求工，倍犯為巧，此則屬對
> 之餘，酬酢之技。又或排比故實，以多為貴，搜羅隱僻，以異為高，
> 聊充筐篚之需，比於角觝之尚，雖臻綺麗，風斯下矣。（同上）

三處引文皆指出文章之佳者，必須「言有物」，能「直攄胸臆」；至於「藻采
雕繪」、「倍犯為巧」、「排比故實」等追求形聲之工者，只是文章的「末技」

　　近代中國史料叢刊本），卷八，頁656，〈自編小倦遊閣文集三十卷總目序〉。
〔註13〕同上註，頁622，〈文譜〉。
〔註14〕同上註，頁631，〈揚州府志藝文類序〉。

罷了。其重內容，輕形式的態度，可見一斑。慎伯重視文章的內容，以爲應當言有物。那麼他所指的「物」，又是什麼呢？〈揚州府志藝文類〉說：

> 觀其文以知俗，推其俗以知治，況夫碩畫爲經，巷議可誦，則已行者舊章不怨；未行者美意若師，展卷而得，斯民不易。後之君子誠有取於此，則勸懲之方，補救之術，庶乎列國陳風，無媿致書之訓也矣。（同上）

〈贈方彥聞序〉說：

> 是故舍理義忠孝、是非成敗，則無所言文矣。〔註15〕

由是可知，慎伯所謂言有物，蓋指文章的內容，當有益於世情教化，有利於國計民命。其立論的依據，是純以經世致用爲基礎的。

對於創作，慎伯重內容，輕形式，此說當是受其時代因素所影響。慎伯所處的時代，內憂外患不斷。面對此一滄海橫流的世代，慎伯不願再爲無病呻吟之作。他說：「天下之所爲貴士，與士之所以自貴者，亦曰：志於利濟斯人而已。」〔註16〕既是心懷濟世之志，則於文章之撰述，必然求其實用，對於風花雪月，采麗藻繪之作，遂棄如敝屣了。然而過度重視內容，輕忽形式，畢竟也不合於文學的要求。從純文藝的角度來看，形式與內容同樣重要，失卻形式美的文章，不足以稱爲好作品。大陸學者羅伯良說：「完美的藝術形式，能夠充分表現作品的內容，傳達作品的思想信息，強化作品的藝術感染力；否則藝術形式的粗糙，既防礙了內容的正確表達，又損傷了作品的藝術價值，對內容產生消極的影響。」〔註17〕因此從時代的因素來考量，我們可以體會慎伯力主內容的用心；但若從文學的角度來看，慎伯是有所偏差了。

二、忌剽竊模仿

獨出己意，造語新巧，是歷代許多文人的創作準則。對於以模擬爲工，剽竊是尚的俗儒，總是極力地加以撻伐。明袁宏道說：

> 蓋詩文至近代而卑極矣！文則必欲準於秦漢，詩則必欲準於盛唐，勦襲摹擬，影響步趨。見人有一語不相肖者，則共指以爲野狐外道，

〔註15〕同上註，卷十，頁767。
〔註16〕同上註，頁764，〈舊業堂文鈔序〉。
〔註17〕張懷瑾主編：《文學導論》（天津：天津教育出版社，1987年5月），第一編〈作品論〉，第二章〈文學作品的構成〉，頁110。

曾不知文準秦漢矣，秦漢人曷嘗字字學六經歟？詩準盛唐矣，盛唐

人曷嘗字字學漢魏歟？〔註18〕

清顧炎武說：

近代文章之病全在摹倣。即使逼肖古文，已非極詣，況遺其神理而

得其皮毛者乎？〔註19〕

這樣的觀念，也出現在慎伯的文論中。他說：

然而世遠道喪，以剽字爲學，勦聲爲文。其上者乃能鉤稽名物，刻

縷風雲，正己則失要，治人則無功，師友謬說，聰明錮蔽。〔註20〕

慎伯認爲，近代的文風喜於剽竊抄襲，造成學問無法正己治人，令人聰明錮

蔽。又說：

規撫形模於長短疾徐之間，蓋亦有庶乎維肖者已，而常不足當有識

之觀采。〔註21〕

這是諷刺摹擬者的文章，所工者唯在形式的逼肖，難爲有識者所觀采。又說：

是故士無銳氣者，平素事襲績剽竊，以求悅於有司。幸弋獲而與人

民社，齷齪昏瞀，播惡釀亂，不可爬梳。〔註22〕

平素爲文喜歡剽竊者，是沒有大志氣的讀書人，專作應酬文章以求悅於有司，

所以文章「齷齪昏瞀」、「不可爬梳」。在批判了剽竊模擬的弊端後，慎伯提出

了正面的見解。他說：

爲詩文必達其意，絕去依傍，自成體勢。〔註23〕

慎伯希望文人下筆要能褪去依傍，表現出自己的精神意涵，進而成就文章的

體勢，這是在批判後的實質建議。

綜觀上述，慎伯反因襲、反模擬的態度，十分堅決。喜歡剽竊因襲者，

在慎伯的眼中，是沒有志氣的讀書人，這樣的文章乃昏瞀而不可爬梳。筆者

以爲，慎伯反因襲的主張，有很大的成份是針對桐城派而說的。此派在清代

〔註18〕 〔明〕袁宏道：《袁中郎全集》（臺北：五洲出版社，1960 年 5 月），頁 5～6，
〈文鈔‧序小修詩〉。

〔註19〕 〔清〕顧炎武：《日知錄》（臺南：平平出版社，1975 年 7 月，三版），卷二一，
頁 554，〈文人摹倣之病〉。

〔註20〕 〔清〕包世臣：《安吳四種‧藝舟雙楫》（臺北：文海出版社，1973 年 12 月，
近代中國史料叢刊本），卷十，頁 767，〈贈方彥聞序〉。

〔註21〕 同上註，頁 775，〈湯賓鶿先生文集序〉。

〔註22〕 同上註，頁 770，〈贈余鐵香序〉。

〔註23〕 同上註，卷一一，頁 849，〈清故翰林院編修崇祀鄉賢姚君墓碑〉。

是文壇霸主，其行文之法主張取徑唐宋八大家，以及明代的唐宋派，因此其模古的傾向相當明顯。近人劉大杰先生評桐城古文說：「至於在散文中限制各種語言，設立各種清規戒律，更違反了文學發展的規律，而成爲落後的復古思想。」〔註24〕對於桐城派如此的文風，愼伯身爲一位思想進步的文人，他提出反模擬、反因襲的主張是很自然的。其用意無非是想激濁揚清，不願天下文章同是一幅身影，而能賦予文章鮮活的生命。

三、寫作難兼衆體

中國文體較早的分類，大致是曹丕《典論‧論文》中所分奏議、書論、銘誄、詩賦四類。其後滋乳漸生，文體日夥。劉勰《文心雕龍》時，已成長爲三十四類。宋初敕選的《文苑英華》，又增爲三十七類。明吳訥的《文章辨體》中，更擴充爲五十類。其後的文人，又陸續有所編定增減。在這些琳瑯滿目的文體中，有合樂而歌的「樂府」；有鋪陳物事的「辭賦」；有歌功頌德的「贊頌」；有悲傷悼亡的「哀祭」……，各類文體，有其獨自的特色。愼伯認爲，面對這衆多文體，文人在創作上想要各體兼備，是極爲困難的。他說：

> 至於兼備衆體，古人所難，上下百世，唯有子瞻，而賦仍冗疢。
>
> 〔註25〕

兼備衆體，是古來文人所難成者，百世之間，惟有東坡一人得以達成。但是愼伯接著又說：「而賦仍冗疢」，表示東坡的賦並不高明，所以終究還是沒有完人。這樣的觀念，他在〈書贈南匯俞萬祿〉一文中，亦有類似的陳述。他說：

> 至於草勢飛動，一筆可以數草，筆健捷，一字常至數轉。折搭不清，
> 則拖沓傷勢；抽換太露，則怒張傷韻，是故兼善衆體，自古爲難。
>
> 〔註26〕

這段文字是愼伯於嘉慶丙子年夏天，小住於川沙時對俞萬祿所講的書法理論。文中以爲下筆之法，若有差失，則或拖沓傷勢，或怒張傷韻，是以兼善

〔註24〕 劉大杰：《中國文學發展史》（臺北：華正書局，1995 年 7 月），第二十八章〈清代文學的特質與文風的轉變〉，頁 1173。

〔註25〕 〔清〕包世臣：《安吳四種‧藝舟雙楫》（臺北：文海出版社，1973 年 12 月，近代中國史料叢刊本），卷八，頁 604，〈藝舟雙楫敍〉。

〔註26〕 〔清〕包世臣：《包世臣全集‧小倦游閣集》（合肥：黃山書社，1991 年 10 月），卷三，頁 27。

眾體，自古爲難。這裏講的雖然是書法，但文學的寫作又何嘗不是如此呢？
愼伯在〈答董晉卿書〉一文中，甚至舉李白、杜甫、韓愈等大家爲例，來說
明文人難備眾體的情形。他說：

> 且通人有所蔽，鳴者求其聲。以李、杜之材力，耽爲古賦，而所作
> 率散緩樸樕；至以其法入雜言爲歌行，尤橫潰不可理。退之四言碑
> 志，質道可誦，而詩則怒張無意興，僞裁自誤，以誑將來。〔註27〕

愼伯以爲，即便是博通的文人，在各類文體的寫作上仍是有其盲點的。例如
李、杜兩位詩宗，雖然材力高厚，但古賦作來卻是「散緩樸樕」；雜言歌行卻
是「橫潰不可理」。至於韓愈，其詩則「怒張無意興，僞裁自誤，以誑將來。」
我們姑且不論愼伯對於李、杜、韓三位文豪的評語是否正確，但這段話確實
凸顯了愼伯「兼備眾體，古人所難」的創作觀。

　　平心以論，中國文體的紛陳，作家以有限的生命與才力，確實難以兼融
並具。尤其文學的創作，受到許多內在及外在因素的影響，這些因素的存在，
對於文人想要兼備眾體，都產生了負面的作用。所謂內在因素，指的就是作
家的個性。時人郭有遹先生，提到有礙於文家創作的負面個性有三項：一是
從眾性；二是偏狹性；三是刻板性。〔註28〕從眾性又稱盲從性，這使得作家
的自主性降低，連帶地創造力也受到戕害；偏狹性令作家產生偏執，容易親
近某一文學而排斥其他文學；刻板性令作家固守傳統，抗拒新文藝。這三種
個性都會造成文體創作的局限性，只要作家染有其中一項。便無法融通眾體。
此外，所謂外在因素，指的就是環境因素。文所所處的家庭環境、教育環境、
社會環境，都足以影響他的創作。其中任何一項環境的突出或是不足，都將
影響文人創作的走向。例如身處太平盛世的司馬相如及揚雄，便長於歌詠功
德的辭賦；家學淵源的史遷、班固，便長於史書。這都是外在環境對文人創
作所產生的影響，在此一影響下，文人往往獨擅於某一類，或某幾類的文體，
而對於其他的文類有所疏薄。這是文人在環境各異之下，所產生的必然結果。
因此文人在內、外因素的交互影響下，其無法融通眾體，是可以理解的。愼
伯「兼備眾體，古人所難」的理念，固符合文學創作的實際情形。

〔註27〕〔清〕包世臣：《安吳四種·藝舟雙楫》（臺北：文海出版社，1973 年 12 月，
　　　　近代中國史料叢刊本），卷八，頁 629，〈答董晉卿書〉。

〔註28〕郭有遹：《創造心理學》，（臺北：正中書局，1991 年 11 月，初版四印），第五
　　　　章《創造的人格》，頁 158～168。

第六章　文學創作論（下）——創作的實際手法

　　寫作文章如同謀就百事，必須有法。有法則有規矩，有規矩則有途徑，如此才能謀字定篇，制勝於文苑。劉勰說：「是以執術馭篇，似善奕之窮數，棄術任心，如博塞之邀遇。」（《文心雕龍‧總術》）術是指方法，寫作文章若能講求方法，那就如善於下棋的高手一般，精通其中的竅門而制敵機先，否則，將如賭博一般，光靠運氣取勝，終非寫作的正途。愼伯在〈與楊季子論文書〉中，對寫作的方法的方法也表達了極爲重視的態度。他說：「天下之事莫不有法，法之於文也，尤精而嚴。夫具五官、備四體而後成爲人，其形質配合乖互，則貴賤妍醜分焉。」愼伯認爲，文章講求作法，是極爲精深而嚴謹的。方法使用的好壞，將影響文章的貴賤與美醜。在此一原則之下，愼伯對於古文、記事文、辭賦等文體的創作，皆提出了具體的方法，以提供士子習文之依。

第一節　古文作法

　　對於古文的創作，愼伯提出了八類筆法。他說：

　　　　余嘗以隱顯、回互、激射說古文。然行文之法，又有奇偶、疾徐、墊
　　　　拽、繁複、順逆、集散，不明此六者，則於古人之文，無以測其意之
　　　　所至，而第其詣之所極。墊拽、繁複者，回互之事；順逆、集散者，
　　　　激射之事，奇偶、疾徐則行於墊拽、繁複、順逆、疾散之中，而所以

爲回互、激射者也。回互、激射之法備，而後隱顯之義見矣。〔註1〕
就文中所言，慎伯以爲古文的創作，有意旨上的隱顯，以及回互、激射等方
法。除此之外，又有奇偶、疾徐、墊拽、繁複、順逆、集散等六法。而在這
六法之中，奇偶、疾徐是最基本的技巧，可以說每篇古文的寫作，都會有所
運用。也正因爲它們是寫作最基本的技巧，所以又涵括於其餘四法之中，當
其餘四法被運用時，奇偶和疾徐便也隨之出現。此外，慎伯又以爲墊拽、繁
複、順逆、集散四法，是統攝於回互、激射之中，最後再總歸於隱顯一事。
依此看來，慎伯所談古文的寫作手法，應當有八類。（隱顯是指義旨的隱晦或
明暢而言，與作法無關，故不予列入。）而這八類手法，彼此相互獨立又相
互從屬，其從屬關係如下——「墊拽、繁複者，回互之事。」；「順逆、集散
者，激射之事。」；「奇偶、疾徐則行於墊拽、繁複、順逆、集散之中，而所
以互爲回互、激射也。」；「回互、激射之法備，而後隱顯之義見矣。」依此
數段文字，則此八類手法可排列爲三層的從屬關係，最後再總歸於隱顯之義，
則總計有四層。今列表如下：

觀此一排列圖可知，古文寫作的最終結果，是歸於隱顯之義，而寫作最
基本的手法，則是奇偶、疾徐之法；意思也就是說，不論那篇古文的寫作，
最後都將歸於隱義或顯義，而其最基本的寫作手法，就是奇偶與疾徐。此外，
在奇偶、疾徐之上，又有墊拽、繁複、順逆、集散、回互、激射等法以供選
用，藉以成隱義或顯義之旨。這是一套頗爲精要的古文作法，值得我們細細
觀賞。對於這八類手法的含義，慎伯在〈文譜〉一文中，僅說明了六類，即
墊拽、繁複、順逆、集散、奇偶、疾徐；至於回互、激射二法，則未曾說明。
今筆者之陳述，僅就慎伯有所說解的六項加以介紹，至於回互、激射二法、
則略去不談，以免臆測之論混淆了原作的眞實性。

〔註1〕〔清〕包世臣：《安吳四種‧藝舟雙楫》，（臺北：文海出版社，1973 年 12 月，
近代中國史料叢刊本），卷八，頁 607～608，〈文譜〉。

一、奇　偶

奇偶之法，愼伯說：

> 是故討論體勢，奇偶為先，凝重多出於偶；流美多出於奇。體雖駢，
> 必有奇以振其氣；勢雖散，必有偶以植其骨，儀厥錯綜，致為微妙。
> 《尚書》欽明文思，一字為偶；安安，疊字為偶；允恭克讓，二字
> 為偶，偶勢變而生三，奇意行而若一；光被四表，格於上下，語奇
> 也而意偶；克明峻德四字一句奇；以親九族十六字四句偶；協和萬
> 邦十字三句奇，而萬邦與九族百姓語偶；時雍與黎民於變意偶，是
> 奇也而偶寓焉；乃命羲和節奇；若天授時隔句為偶，中十六字鋼目
> 為偶；分命申命四節，體全偶而詞悉奇；帝曰咨節奇，期三百十七
> 字參差為偶；允釐八字，顛倒為偶而意皆奇。故雙意必偶，欽明允
> 恭等句是也；單意可奇可偶，光被允釐等句是也。雖文字之始基，
> 實奇偶之極軌，批根為說而其類從，慧業所存，斯為隅舉。〔註2〕

這一段話揭示了三個要點：第一：「奇」是指散行句；「偶」是指對偶句。散
行句中，也有句散而意偶的。第二：古文體勢首重奇、偶，用奇則體勢輕盈
流美；用偶則厚實凝重。第三：好文章應當奇偶並用，以得其妙。

就第一點而言，愼伯說：「故雙意必偶，欽明允恭等句是也；單意可奇可
偶，光被允釐等句是也。」所謂「雙意」指的就是對偶，也就是「奇偶」的
「偶」。愼伯且舉了「欽明文思」與「允恭克讓」為例，以說明對偶的情況。
他說：「欽明文思，一字為偶」、「允恭克讓，二字為偶」。「欽」與「明」都是
動詞，它們僅是一字而成雙為對，故云「一字為偶」；「允恭」、「克讓」都是
助動詞加動詞的型態、它們各有兩字而成雙為對，故云「二字為偶」。所以，
「雙意」指的是對偶，也就是愼伯所說「奇偶」的「偶」。再來看「單意」。「單
意」是指散行，也就是愼伯所談「奇偶」的「奇」。它是單線式的敘述，與對
偶的並列型態有別，是古文中最常見的筆法。綜合上述，則「奇」是指散行
句；「偶」是指對偶句，意義已十分清楚。

在解釋完「奇」、「偶」之後，愼伯又提出一個論點，那就是「單意可奇
可偶，光被允釐等句是也。」這意思是說，散行句雖然體式是散行，但就其
文字意義而言，可以是散行，也可以是對偶的。他並且舉了《尚書》「光被」

〔註2〕同上註，頁608～609。

句與「允釐」句以為說明。他說:「光被四表,格於上下,語奇也而意偶。」「允釐八字,顛倒為偶,而意皆奇。」後一個例子基本上說的是一個對偶句,並不適合用在此處以為說明,故此處將之略去,僅就前一例子以為說解。前一例說:「光被四表,格於上下,語奇也而意偶」,所謂「語奇」,表示「光被四表,格於上下」二句,在語式上是屬於散行,彼此並無對偶關係;所謂「意偶」,表示兩句雖是散行,但若就文字意義上來說,則兩句實在呈現了對偶之勢。因為上句是「光輝照耀到四方」之意,下句是「光輝達於天地上下」之意,這在文意上是相互對偶的。從此一例子可以看出,散行句雖然是直線式的敘述(照理說不能對偶),但若從文義上來看,是可以相互對偶的,這就是所謂「單意可奇可偶」之意。

就第二點而言,慎伯說:「是故討論體勢,奇偶為先,凝重多出於偶,流美多出於奇。」這表示文章的體勢要好、則首先須掌握奇偶之法。欲令體勢輕盈流美,則奇筆為之;欲使之厚實凝重,則偶筆為之。此一說法,能得行文之妙。因為奇筆為散行句,屬於單行之語,其下筆充滿著變化,不論在創作或閱讀上,都具有輕盈靈巧之勢;偶筆屬駢偶句,偶則整齊,則厚實,所以凝鍊而板重。此一奇筆、偶筆之別,以及各自的特色,錢基博評論《史記》及《漢書》的寫作筆法時,便有相當貼切的論述。他說:

> 《史記》積健為雄,疏縱而奇,以為唐宋八大家散行之禰;《漢書》
> 植骨以偶,密栗而整,以開魏晉六朝駢儷之風。文章變化,不出二
> 途,故曰文章之大宗也。〔註3〕

錢氏認為《史記》用奇筆之法,故文章「雄健」、「疏縱」。雄健與疏縱代表著陽動與變化,正是慎伯所說「流美多出於奇」;又說「《漢書》植骨以偶」(偶筆之法),故「密栗以整」。密栗以整代表著厚實與整鍊,正是慎伯所說「凝重多出於偶。」錢氏之說與慎伯的論調相互輝映,都是對奇、偶筆法的切要分析。至於慎伯所謂「討論體勢,奇偶為先。」這般地抬高奇、偶筆法的地位,我們由錢基博文末所說:「文章變化,不出二途(奇、偶)。」亦可得到一個絕佳的證明與支持。

就第三點而言,慎伯說:「體雖駢,必有奇以振其氣;勢雖散,必有偶以植其骨,儀厥錯綜,致為微妙。」此處揭櫫了奇偶互用的寫作原理。奇是輕靈變化,偏於陽剛;偶是板重厚實,屬於陰柔,兩者各有優劣,也各具特色。在講

〔註 3〕錢基博:《古籍舉要》(台北縣:華世出版社,1975 年 4 月),頁 80。

求陰陽調和的中國學術中，兩者的互融互用，是可以相見的。〔註4〕慎伯以爲「體雖駢，必有奇以振其氣。」這表示在駢偶句中，也要加入奇筆以提振文章的氣勢；「勢雖散，必有偶以植其骨。」表示在散行句中，也要加入偶筆以防止體勢過度散漫，文章的寫作正是要這般奇、偶互用，才能「致爲微妙」。這種奇、偶筆法互用的寫作原理，無疑地，是使文章體勢活潑多變的一大法門。

　　案：慎伯提倡奇偶並用的筆法，極可能是受李兆洛的影響。（前文討論慎伯的學術淵源時，李兆洛便是源頭之一。）李氏論文，即是駢散兼重。他說：「陰陽相並俱生，故奇偶不能相離。」〔註5〕慎伯之兼重奇偶，與此顯然不無關係。

　　慎伯之主張駢散合一，筆者以爲，有相當程度是爲了反對桐城派而發的。方苞桐城一派，祖述唐宋八家與明代歸有光，力主散行，於儷偶有所不取。事實上，好的古文應當是奇偶並用的。正如力斥六朝文風的韓愈，其行文其實亦多儷偶之句。清蔣湘南說得好：「（韓文）雖偏重於筆，而其造端必從事於文，故往往有六朝字句流露行間，淺儒但震其起八代之衰，而不知其吸六朝之髓也。」〔註6〕今桐城派宗尚八大家，卻囿於散體之見，是未得八家之眞髓。慎伯在此以駢散互用爲說，實有矯正桐城派的作用。而經過事實的証明，也驗證了慎伯的理念是正確的。桐城派中興大將曾國藩論文說：「天地之數，以奇而生，以偶而成。一則生兩，兩則歸於一，一奇一偶，互爲其用，是以無息焉。……文字之道，何獨不然。」〔註7〕此一奇偶兼重的主張，顯然是針對桐城派專主散行所做的改革。由此可見，慎伯提出奇偶迭用的說法，實較合乎古文創作的精神，對於矯正桐城派專主散行之失，有一定之助益。

二、疾　徐

　　所謂疾徐，慎伯解釋說：

〔註4〕　王禮卿氏《文心雕龍通解·麗辭篇·題義》說：「中國以獨體爲文，形生相益爲字，文字皆音義獨立，故可奇可偶，與天奇地偶之數同體，陰陽剛柔之理同致。自有文字以來，即兩體互見，奇偶迭用，群經諸子可徵。」（臺北：黎明文化事業股份有限公司，1986年6月，頁665。）案：此處說明了奇爲天，爲陽剛；偶爲地，爲陰柔，並強調了奇偶相用的歷史必然性。

〔註5〕　見其所編：《駢體文鈔》（清合河康氏家塾刊本），〈自序〉。

〔註6〕　〔清〕蔣湘南：《七經樓文鈔》（鄭州：中州古籍出版社，1991年2月），卷四，頁135，〈與田叔子論古文第二書〉。

〔註7〕　〔清〕曾國藩：《曾國藩全集·詩文》（湖南省：岳麓書社出版，1995年2月，二刷），〈送周荇農南歸序〉。

次論氣格，莫如疾徐。文之盛在沉鬱，文之妙在頓宕，而沉鬱頓宕
之機操於疾徐，此之不可不察也。〔註8〕

由上文可知，疾、徐是一組重要的寫作手法，它可使古文達到沉鬱頓宕之美，進而造就文章的氣格。但就慎伯所說的內容來看，其實只說出了疾、徐的功用，並未點出二者的含義。爲了使此一主題能更爲明確，筆者以爲應對疾、徐的含義作一說解，才能眞正掌握疾徐的精髓。

首先，我們先檢索古代的文論家，有無對疾、徐一詞提出說明。據筆者的查考，明王文祿《文脈》一書，曾提到疾、徐之法。他說：

韓昌黎本奇才，得節奏疾徐，參伍錯綜，迴旋照顧，八面受敵之妙。

故曰：「爲文必使透入紙背，如是則文厚而圓矣。」〔註9〕

王氏以節奏「疾徐」、參伍錯綜來稱讚韓文的美妙，不過他並沒有對疾、徐的含義作出解釋，所以我們無法從中得到線索。既然如此，我們仍舊得從慎伯的說法加以分析，才能解決問題。最直接的辦法，就是從慎伯所舉疾、徐二法的範例中去推尋。找到其特徵以進行分析，再藉此而歸納出疾、徐二法的含義。其所舉例句如下：

《論語》觚不觚句，疾也；觚哉！觚哉句，徐也；其然句，徐也；
豈其然乎句，疾也；此兩句爲疾徐也。《大學》一家仁，一國興仁節，
疾也；堯舜帥天下以仁節，徐也；《孟子》王曰何以利吾國節，徐也；
未有仁而遺其親節，疾也，此兩節爲疾徐也；天子士諸侯曰巡守一
百四十九字，徐；先王無流連之樂十六字，疾；國君進賢一百二十
二字，徐；故曰國人殺之十七字，疾；尊賢使能俊傑在位五節，徐；
信能行此五者一節，疾，此通篇爲疾徐也。〔註10〕

據上述文例，我們發現所謂疾法，是一種接近於歸鉤勒的手法，此法能使讀者迅速地領悟文意；所謂徐法，則接近於演繹分析的手法，此法常引領讀者細細地思索文意，進而求得眞解。現在我們來看看這些範例的原文，便能得到確切的說明。慎伯文中舉了三本書——《論語》、《孟子》、《大學》的文句

〔註8〕 〔清〕包世臣：《安吳四種・藝舟雙楫》，（臺北：文海出版社，1973年12月，近代中國史料叢刊本），卷八，頁69，〈文譜〉。

〔註9〕 〔明〕王文祿：《文脈》，（北京：中華書局，1985，叢書集成初編本），卷二，頁28，〈雜論〉。

〔註10〕 〔清〕包世臣：《安吳四種・藝舟雙楫》，（臺北：文海出版社，1973年12月，近代中國史料叢刊本），卷八，頁609～610，〈文譜〉。

為例，其中《論語》、《大學》二書的例證，由於較為簡短，審視不易，故筆者只援引《孟子》書中的兩段例證為說，舉一反三，當亦足矣。愼伯舉《孟子》之例如下：

> 《孟子》王曰何以利吾國節，徐也；未有仁而遺其親節，疾也；天
> 子適諸侯曰巡守一百四十九字，徐；先王無流連之樂十六字，疾。

〔註11〕

我們先來看第一個例證，它的原文如下：

> 王曰：何以利吾國；大夫曰：何以利吾家；庶人曰：何以利吾身，
> 上下交征利而國危矣。萬乘之國，弑其君者必千乘之家；千乘之國，
> 弑其君者必百乘之家，萬取千焉，千取百焉，不為不多矣。苟為後
> 義而先利，不奪不饜。未有仁而遺其親者也，未有義而後其君者也，
> 王亦曰仁義而已矣，何必曰利。（《孟子·梁惠王章句上》）

在這段話中，愼伯認為從「王曰」到「不奪不饜」，是徐，以下則為疾。這段被視為「徐」的文字，明顯的是採取演繹分析的手法。它主要的意旨只有一個，那就是重利會帶來禍患。但是，它並沒有直接地標出此一意旨，而是採取演繹的手法，層層地推闡，引人細細地尋思。首先它點出一國之人（王、大夫、庶人）如果都重利，則相互爭奪的結果，將使國家蒙難；再來又說重利會造成臣弑君的亂事；最後又直指好利者不奪不饜。這樣層層地推闡，令讀者慢慢地思索而了解文意。再來看那段被視為「疾」的文字。它採取的是一種歸納鉤勒的手法，它承接了上頭（好利將帶來災殃）的文意，將話鋒一轉，變成仁義能帶來祥和，希望梁惠王能捨利而取義。這時整段內容的主旨（包含前頭徐法的部份），在這短短二十多字的敘述中，便被提挈出來，使讀者能迅速地掌握其中的要義。所以疾法的寫作，就是一種文意上的歸納與鉤勒。我們再來看另外一個例子：

> 天子適諸侯曰巡狩。巡狩者，巡所守也。諸侯朝於天子曰述職。述
> 職者，述所職也。無非事者，春省耕而補不足，秋省斂而助不給。
> 夏諺曰：吾王不遊，吾何以休；吾王不豫，吾何以助，一遊一豫，
> 為諸侯度。今也不然，師行而糧食，饑者弗食，勞者弗息，睊睊胥
> 讒，民乃作慝。方命虐民，飲食若流，流連荒亡，為諸侯憂。從流
> 下而忘反謂之流；從流上而忘反謂之連；從獸無厭謂之荒；樂酒無

〔註11〕同上註。

> 厭謂之亡，先王無流連之樂，荒亡之行，惟君所行也。(《孟子・梁
> 惠王章句下》)

據上述所言，愼伯以爲「天子適諸侯曰巡狩」至「樂酒無厭謂之亡」是徐，在此以下爲疾。在這段被視爲徐的文字中，主旨其實只有一個，那就追逐享樂的國君，是荒亡之者。主旨雖然只有一個，但文中卻不直接標出，而是使用演繹的筆法，層層地推闡，引人慢慢地尋思。它首先提出古代領導者的出遊（君王的巡狩與諸侯的述職），都是爲了政事，都能爲百姓帶來恩澤；其次回到今世，說明當今君王的出遊，都是爲了個人的享樂，而不顧百姓的生活；最後才標出主旨，亦即重享樂，輕政事的君王，是荒亡之君。這種逐層地推演分出，引人細細尋思的手法，就是「徐」法。再來看那段被視爲疾的文字。它承接了上頭（重享樂，輕政事的國君，是荒亡之君）的文意，將話鋒一轉，變成古代沒有荒王之君，希望齊景公能師法古代賢君，照顧百姓。這時，整段內容的主旨（包含前頭徐法的部份），在這短短十六字的敘述中，便被鉤勒出來，使讀者能迅速地掌握其間的要義，這樣的寫作技巧就是「疾」法。

愼伯疾、徐二法的含義，便如上述。這種筆法其實與金聖嘆所說的「悍筆」、「慢筆」的內容極爲近似；尤其「疾」與「悍」、「徐」與「慢」的字義十分相近，更讓筆者肯定它們彼此之間的共容性。金聖嘆說：

> 文章家有慢筆，有悍筆。欲人徐思，貴用慢筆；欲人疾悟，貴用悍
> 筆。〔註12〕

依金氏的說法，「慢筆」欲人徐思，則與「徐」法演繹分析，欲人細細尋思的方式相類；「悍筆」欲人急悟，則與「疾」法歸納鉤勒，欲人迅速領悟的方式相侔。

疾、徐二法的含義，經過我們的抽絲剝繭，從愼伯所舉的範例中加以推得，結果應當是可信的。不過爲了學術的眞實度，筆者打算再進行另外一項工作，以確保此一結果的正確性。這項工作就是將所推論出來疾、徐的含義，帶入愼伯所說「沉鬱頓宕之機，操於疾徐」的公式中，看看是否眞與「沉鬱頓挫」有密切的互動關係。如果是，那表示疾、徐的含義果眞如此；否則，便應重新分析。在進行這項工作之前，宜先就沉鬱頓宕的含義作一了解，以利於我們的分析判斷。何謂沉鬱？何謂頓宕？所謂沉鬱，蓋指文意或文思的

〔註12〕金聖嘆選評《天下才子必讀書》（安徽省：安徽文藝出版社出版，1991 年 1月），卷一六〈補遺〉，頁 991，〈追訟奉世疏〉。

沉潛蘊積，它能使文章的義涵更見紮實與緊密。例如劉歆〈與揚雄書〉：「非子雲澹雅之才，沉鬱之思，不能經年銳精，以成此書。」〔註13〕指的就是揚雄具有沉潛蘊蓄的文思，有這樣的文思，就會使文章充滿著豐富的義涵。所以沉鬱，指的就是文章或文思的沉蓄蘊積，它能使文章的義涵更見密實與深刻。再來看頓宕，所謂頓宕就是頓挫之意。它的意思如何？我們且看清唐彪的一段話，他說：

> 頓挫，文章無一氣直行之理，一氣直行則不但無飛動之致，而且難
> 生發，故必用一二語頓之，以作起勢，或用一二語挫之，以作止勢，
> 而後可施開拓轉折之意，此文章所以貴乎頓挫也。〔註14〕

由此可知，頓挫（頓宕）是指行文的時候，作一含蓄關鎖，或一小小停頓的筆法。它往往含有對上文作結，以轉入另一層文意的意味。這樣的手法，能使文章呈現曲折搖曳之美。頓宕與沉鬱之間，存在著密切的關係，因為在文章頓宕的時候，由於產生一轉折停頓，文章或文思便藉此而得到蓄積，沉鬱之妙遂由此而生。正由於沉鬱與頓宕的關係如此緊密，故歷來文人每將兩者並提。例如《唐書・杜甫傳》：「臣之述作，雖不足鼓吹六經，至沉鬱頓挫，隨時敏給，揚雄、枚皋可企及也。」〔註15〕這裏將沉鬱、頓宕並舉而成一詞，其關連之密切，亦從而可知。

　　沉鬱與頓宕的含義，便如上述。接下來，我們要將它與前頭所推論的疾、徐二義相串連，看看是否存在著密切的關係，以驗證我們的推論是否正確。經由上述兩個範例可知，疾法與徐法常是交互運用的，在徐法的演繹分析後，常施予疾法，去作一歸納提挈，使整段文字的義旨迅速地浮現出來。而在這個徐法與疾法的轉換之間，其實已經形成一種文意上的轉折停頓，亦即所謂的「頓宕」；徐法的部份，其文意在此暫且打住，並逐漸地蓄積，達到了所謂「沉鬱」之妙，等到疾法的鉤勒字眼一出來，這蓄積的文意也就一股腦兒地被牽引出來，與疾法的文意相互映襯，使讀者對全篇的意旨有猛然地領悟。由此看來，疾、徐之法與沉鬱頓宕，確實有極為密切的關連；甚至我們可以

〔註13〕〔漢〕劉歆：《劉子駿集》，收錄於明張溥輯《漢魏六朝百三名家集》（臺北：文津出版社，1979年8月），頁369，〈與揚雄求方言書〉。

〔註14〕〔清〕唐彪：《讀書作文譜》（台北：偉文圖書出版社，1977年8月再版），卷七，頁90。

〔註15〕《新唐書》（北京：中華書局，1989年3月，《四庫備要》本，卷二〇一，頁1529，〈杜甫傳〉。

說，當疾、徐二法運用之時，沉鬱頓宕便隨之而生，兩者是相衍相成的。綜合上述，疾徐與沉鬱頓宕之間，的確有緊密的互動關係，合於慎伯所說「沉鬱頓宕之機，操於疾徐」的論點，也證明了我們對疾、徐二義的推論，是正確而可信的。

最後，慎伯又提出一個觀念，那就是疾、徐必須交互運用，才會產生好文章。他說：

> 有徐而疾不爲激，有疾而徐不爲紆，夫是以峻緩交得而調和奏膚也。
> 〔註16〕

這表示疾、徐二法，必須錯綜運用，才能使作品的文理得到調和。因爲疾法爲峻，徐法爲緩，若專用疾法則激，專用徐法則紆，故應疾徐並用，峻緩交得，方是行文之法。這其實與陰陽、奇偶一樣，都是相反而又相成的兩件物事，兩者相互地交錯運用，才不致過於單調及偏狹，能使文章更具生動變化之美。

三、墊拽

墊拽之說，慎伯說：

> 墊拽者，爲其立說之不足聳聽也，故墊之使高；爲其抒議之未能折
> 服也，故拽之使滿。高則其落也峻，滿則其發也疾。〔註17〕

觀慎伯之說，則墊、拽之用，是爲使文章內容能聳人聽聞，並且折服人心。照此看來，墊、拽二法當是用於議論文的寫作，所以才特別強調這方面的作用。至於慎伯所說「墊之使高」、「拽之使滿」，何謂高？何謂滿？聽來令人感覺抽象。就整體觀之，墊、拽二法究竟是什麼？還是令人感到模糊。慎伯對於墊、拽的解釋，似乎也同疾、徐一般，只道出了功用而未說出含義。現在，我們試著參考慎伯所舉的範例，看看是否能找出一些蛛絲馬跡。首先來看墊法，慎伯說：

> 墊之法有上有下。《孟子》：「知而使之，是不仁也；不知而使之，是
> 不知也。仁智，周公未之盡也。」又曰：「且以文王之德，百年而後
> 崩，猶未洽於天下，武王、周公繼之，然後大行。韓非：「今有不才

〔註16〕〔清〕包世臣：《安吳四種‧藝舟雙楫》（臺北：文海出版社，1973 年 12 月，
　　　　近代中國史料叢刊本），卷八，頁 610，〈文譜〉。
〔註17〕同上註。

之子，父母怒之弗爲改；鄉人譙之弗爲勸；師長教之弗爲變。」又
云：「禹利天下，子產存鄭，皆以得謗。」又云：「視鍛錫，察青黃，
區冶不能以必劍，發齒吻形容，伯樂不能以必馬。」又云：「侈而惰
者貧；力而儉者富。今徵斂於富人以施布於貧家。」《史記》：「嘗以
十倍之地，百萬之眾叩關而攻秦，秦人開關延敵，九國之師逡巡逃
遁而不敢進。」又云：「非有仲尼、墨翟之賢，陶朱、猗頓之富者。」
皆上墊也。《孟子》：「管仲、曾西之所不爲也。」又云：「非所以納
交於孺子之父母也；非所以要譽於鄉黨朋友也；非惡其聲而然也。」
《韓非子》：「磐石千里不可謂富；象人百萬不可謂強。」《史記》：「藉
使子嬰有庸主之才，僅得中佐。」又云：「向使二世有庸主之行而任
忠賢，臣主一心而憂海內之患。」又云：「是所重者在於色樂珠玉，
而所輕者在於人民者。」皆下墊也。〔註18〕

依愼伯所舉文例來推敲，則所謂墊法，就是一種文意的加強說明。這就是愼
伯所說：「爲其立說之不足聳聽也，故墊之使高。」的含意，藉由對文意的加
強說明，使其立說足以聳動人心。周振甫評墊法說：「墊高好比提高水位，使
水落下去時更爲有力。」〔註19〕強調的也就是這種文意加強後所帶來的力量。
這種加強說明具有一個鮮明的特徵，那就是它本身是屬於一種附加品。所謂
附加品，也就是說如果沒有這個加強說明，其實文意便已經完整了，但是文
人爲了文意的精彩，往往額外地使用墊法，以增強文意的力道，是以說它是
一種附加的性質。

　　墊法就愼伯所說，又分上墊與下墊，這其實是針對所墊文句的位置而言
的。如果所墊的文句，位置是在被加強說明的文句的上方，那便是上墊；反
之則是下墊。現在，我們就從愼伯所舉上墊、下墊的範例中，各引一、二例
子以爲代表，藉以了解此法的特色。在援引之前，有一點要先向讀者作一說
明：那就是愼伯所引的範例，其內容只有墊法的部份；而筆者在援引這些範
例時，將一併把上下的相關文句也同時引出。這當然是爲了說解方便所作的
權宜措施，因爲墊法的部份，只是文意上加強說明的部份，所以我們在探討
時，應當連同被加強說明的部份（即原本書意的部份）也一起觀察，如此才

〔註18〕同上註，頁 610～612。
〔註19〕見周振甫：《文章例話‧修辭篇》，（臺北：五南圖書出版有限公司，1994 年 5
　　　　月），〈墊高拽滿〉，頁 82。

易於掌握和了解。（以下拽法的説解，亦同乎此。）現在來看上塾的範例：《孟子‧公孫丑上》：

> （孟子）曰：「以齊王，由反手也。」曰：「若是，則弟子之惑滋甚。且以文王之德，百年而後崩，猶未洽於天下；武王、周公繼之，然後大行。今言王若易然，則文王不足法與？」

這段話我們可以把它分成兩部份：第一部份是原來文意的部份，其內容是「（孟子）曰：『以齊王，由反手也。』曰：『若是，則弟子之惑滋甚。』下接『今言王若易然，則文王不足法歟？』」；第二部份是加強文意的部份（即塾法的部份、亦即慎伯所舉的例句），其內容是「且以文王之德，百年而後崩，猶未洽於天下武王、周公繼之，然後大行。」

由第一部份來看，孟子說：「以齊國來統治天下是極爲容易的。」公孫丑回答說：「這樣的說法讓我感到非常疑惑」，因爲「照您說的，齊國王天下好像非常容易，那麼，未嘗王天下的文王，豈非不值得效法？」文意至此，可說已相當完備，足以說明王天下是非常困難的。但是，這樣的敘述手法難免過於平弱，不足以撼動人心，所以必須運用塾法，以加強文意，亦即第二部份的內容。它說：「以文王的德行，活了百歲尚且無法統治天下，直到武王、周公加以繼承，才實現了統一。」寫上這段話，更能證明王天下的困難，對底下「今言王若易然，則文王不足法歟？」一句，達到了強化文意的作用。由於其位置是在上方，故稱之爲上塾（塾在上頭之意）。

再看範例二：《韓非子‧顯學》：

> 今不知治者，必曰：「得民之心。」得民之心而可以爲治，則是伊尹、管仲無所用也，將聽民而已矣。民智之不可用，猶嬰兒之心也。夫嬰兒不剔首則腹痛，不副痤則寖益。剔首副痤，必一人抱之，慈母治之，然猶啼呼不止，嬰兒不知犯其所小苦，致其所大利也。今上急耕田墾草，以厚民產也，而以上爲酷；修刑重罰，以爲禁邪也，而以上爲嚴；徵賦錢粟，以實倉庫，且以救饑饉，備軍旅也，而以上爲貪；境內必知介而無私解，并力疾鬥，所以禽虜也，而以上爲暴。此四者所以治安也，而民不知悦也。夫求聖通之士者，爲民知之不足師用。昔禹決江濬河，而民聚瓦石；子產開畝樹桑，鄭人謗訾。禹利天下，子產存鄭，皆以受謗，夫民智之不足用亦明矣。

這段話可分爲兩部份：第一部份是原來文意的部份，其內容是「今不知治者，

必曰：『得民之心。』……，鄭人謗訾。」下接「夫民智之不足用亦明矣。」；第二部份是加強文意的部份（即墊法的部份、亦即慎伯所舉的例句），其內容是「禹利天下，子產存鄭，皆以受謗。」

就第一部份而言，他說到治國不能純粹仰賴民心，因為民智是不可用的。例如「急耕田墾草，以厚民產也。」而民「以上為酷」；「修刑重罰，以為禁邪。」而民「以上為嚴」；「昔禹決江濬河，而民聚瓦石」；「子產開畝樹桑，鄭人謗訾。」對人民有利的措施，人民卻視之為畏途，所以「民智不足用亦明矣。」文意至此，已堪稱完備，對民智不可用的主旨，已闡發甚詳。但是作者為了加強文意，又運用了墊法，加入了「禹利天下，子產存鄭，皆以受謗。」一句，指出民眾毫無判斷是非的能力，所以對禹及子產這般的賢人，也加以毀謗。墊上這一句，便能加深下句「夫民智之不足用亦明矣」的強度。由於其位置是在上方，故稱之為上墊。

以上所引是上墊之法，現在我們來看看下墊的範例。《孟子‧公孫丑上》：

> 所以謂人皆有不忍人之心者，今人乍見孺子將入於井，皆有怵惕惻隱之心，非所以納交於孺子父母也；非所以要譽於鄉黨朋友也；非惡其聲而然也。

這段話可分為兩部份：第一部份是原來文意的部份，其內容是「所以謂人皆有不忍人之心者，今人乍見孺子將入於井，皆有怵惕惻隱之心。」第二部份是加強文意的部份（即墊法的部份、亦即慎伯所舉的例句），其內容是「非所以納交於孺子父母也；非所以要譽於鄉黨朋友也；非惡其聲而然也。」

就第一部份而言，孟子講，人都有同情的善心，例如看到小孩將掉落井中，都會興起惻隱之心。話說到這裏，意思已相當完備，但是文人為求文章的深刻，便又使用墊法以加強文意。於是又接著說，發出這樣的同情心「非所以納交於孺子父母也；非所以要譽於鄉黨朋友也；非惡其聲而然也。」表示同情心是人的天性，乃人類與生所具有，不是因為外在因素的影響而刻意發出的。這樣一加，意思就更鮮活了，這就是墊法的妙用。由於它的位置，是在被加強的文句的下方，所以又稱為下墊。

綜上可知，所謂墊法，就是加深、強化文意的手法。它本身對文章而言，並不是絕對必要的，沒有它，文章的意思仍足以表達清楚，但是若懂得善用此法，卻能加強文意的深度，使其立說更足以打動人心，因此銳意於寫作的文人，對此是不可輕忽的。

接下來我們要介紹拽法。所謂拽法，慎伯說：

> 拽之法，有正有反。《孟子》：「萬取千焉，千取百焉，不爲不多矣，苟爲後義而先利。」又云：「文王以民力爲臺爲沼，而民歡樂之，予及汝偕亡，民欲與之偕亡。又云：「此惟救死而恐不贍。」《荀子》：「蚓無爪牙之利、筋骨之強，上食槁壤，下飲黃泉，用心一也：蟹六跪而二螯，非蛇蟺之穴，無可託足者，用心躁也。是故無冥冥之志者，無昭昭之明；無惛惛之用者，無赫赫之功。」又云：「今之學者，入乎耳，出乎口，口耳之間，則四寸耳，安能美七尺之軀。」韓非：「今有搆木鑽燧於夏后之世者，必爲鯀禹笑矣；有決瀆於殷周之世者，必爲湯武笑矣。」又云：「人主之左右，不必智也，人主於人有所智而聽之，因與左右論其言，是與愚人論智也；人主之左右，不必賢也，人主於人有所賢而禮之，因與左右論其行，是與不肖論賢也。」《呂覽》：「民農則樸，樸則易用，易用則邊境安，主位尊；民農則重，重則少私義，少私義則公法立，力專一；民農則其產複，其產複則重徙，重徙則死其處而無二慮。」又云：「馬者，伯樂相之，造父御之，賢主乘之。一日千里，無御相之勞而有其功。」《史記》：「天下以定，秦王之心自以爲關中之固，金城千里，子孫帝王萬世之業也。秦王既沒，餘威振於殊俗。」又云：「二世不行此術而重之以無道。」者，皆正拽也。《孟子》：「天子能薦人於天，不能使天與之天下；諸侯能薦人於天子，不能使天子與之諸侯；大夫能薦人於諸侯，不能使諸侯與之大夫。」又云：「而居堯之宮，逼堯之子，是篡也。」又云：「將戕賊，杞柳而後以爲桮棬（曲木做成的盂），如將戕賊，杞柳以爲桮棬。」又云：「金重於羽者，豈謂一鉤金。」又云：「是君臣、父子、兄弟終去仁義，懷利以相接。」《荀子》：「樂姚冶以險，則民流僈鄙賤矣。流僈則亂，鄙賤則爭，爭亂則兵弱城犯，敵國危之。」又云：「且夫暴國之君，誰與至哉。彼其所與至者，必其民也，而其民之親我歡若父母，其好我芬若椒蘭，彼反顧其上則若灼黥、若仇讎，人之情雖桀跖，又豈肯爲其所惡，賊其所好。」韓非：「法術之士，操五不勝勢之以歲數，而又不得見當涂之人，乘五勝之資而旦暮獨說於前。」又云：「智士者，遠見而畏於死亡，必不重人矣；廉士者，修而羞與佞臣欺其主，必不從重人矣。是當涂

之徒屬，非愚而不知患，即汙而不避姦者也。大臣扶愚汙之人，上
與之欺主，下與之收利侵漁。」《史記》：「秦并海內，兼諸侯，南面
稱帝，以四海養，天下斐然向風。」又云：「今秦二世立，天下莫不
引領而觀其政，夫寒者利短褐；饑者甘糟糠，民之嗷嗷，新主之資
也。」者，皆反拽也。〔註20〕

由慎伯所舉拽法的範例來看，其實拽法和墊法的含義及用途大致一樣，都是
用來加強文意，增添說服力的手法。所不同的是，墊法分上、下，強調的是
放置的位置，當所加強的文句，在被加強的文句的上方，就是上墊；反之，
則爲下墊。拽法分正、反，強調的是敘述的正、反面角度，當加強的文句是
以正面的論點來作敘述，那就是正拽；反之，則爲反拽。現在我們實際援引
慎伯所舉的範例，來說明所謂的拽法。首先看正拽。《荀子・勸學》：

鍥而舍之，朽木不折；鍥而不舍，金石可鏤。蚓無爪牙之利、筋骨
之強，上食槁壤，下飲黃泉，用心一也；蟹六跪而二螯，非蛇蚓之
穴，無可託足者，用心躁也。是故無冥冥之志者，無昭昭之明；無
惛惛之用者，無赫赫之功。行衢道者不至；事兩君者不容。

這段話可分成兩部份：第一部份是原來文意的部份，其內容是「鍥而舍之，
朽木不折；鍥而不舍，金石可鏤。」下接「行衢道者不至；事兩君者不容。」
第二部份是加強文意的部份（即拽法的部份、亦即慎伯所舉的例句），其內容
是「蚓無爪牙之利，……無赫赫之功。」

　　就第一部份而言，它所表達的義旨是勸人用心要專一。它說，用心不專
一持久，那麼連朽木都刻不斷；用心若能專一持久，那麼就算金石也能加以
雕成。又說，走歧路者無法到達目的地；事奉二君者不容於世俗。這樣的說
法，對於勸人要用心專一來說，實際上已經表達得很明白了。但是作者爲了
加強說服力，便運用了拽法以增加文意的深度。他加進「無爪牙之利」等十
二句，意思是說，蚯蚓因爲專一，所以儘管它無爪牙之利，筋骨之強，卻能
在泥中穿梭；蟹因爲爲不專一，所以雖有八足二螯，卻不會打洞，只能寄住
於蛇及鱔魚的洞穴中，因此沒有默默堅實的用心，是不可能有顯赫功績的。
加上了這十二句，力道就更強了。這是對原來文意作一種正面觀點的加強，
所以是正拽。

〔註20〕〔清〕包世臣：《安吳四種・藝舟雙楫》（臺北：文海出版社，1973年12月，
　　　　近代中國史料叢刊本），卷八，頁612～615，〈文譜〉。

再來看反拽。《孟子‧萬章上》：

> 然則舜有天下也，孰與之？曰：天與之。天與之者，諄諄然命之乎？
> 曰：天不言，以行與事示之而已矣。以行與事示之者，如之何？曰
> 天子能荐人於天，不能使天與之天下；諸侯能荐人於天下，不能使
> 天子與之諸侯；大夫能荐人於諸侯，不能使諸侯與之大夫。

這段話可分成兩部份：第一部份是原來文意的部份，其內容是「然則舜有天下也，孰與之？……，以行與事示之而已矣。」第二部份是加強文意的部份（即拽法的部份、亦即愼伯所舉的例句），其內容是「以行與事示之者，如之何？……不能使諸侯與之大夫。」

就第一部份而言，它說出了這段話的主旨，那就是想擁有天下，不是靠天的賞賜，而是要靠自己的德行與事功。文意至此已相當得完整，但是爲求文意的深刻，作者又運用了拽法，即加入第二部份「以行與事示之者，如之何？」等八句。這八句強調天子的地位不是天給的；諸侯的地位不是天子給的；大夫的地位不是諸侯給的，這一連串反面的說法，就是用來加強文意，使讀者能更加了解，想得天下必須靠德行與事功，而不是靠上位者的賞賜。這是運用拽法來加強文意，而由於使用的是反面的論點，所以稱之爲反拽。

綜觀上述可知，其實墊法與拽法是同一件事，都是用來加強文意的力道與深度。只是因爲墊法的放置有上方、下方之別；拽法的論述有正面、反面之殊，所以才區分出墊與拽來。在說明了墊法與拽法的含義後，愼伯又說出了二法在使用上的效果與源流。他說：

> 《孟子》知虞公不可諫而去之秦一百二十二字；《荀子》凡生於天地
> 之間者，有血氣之屬必有知一百八十一字，旋墊旋拽，備上下（指
> 墊法）反正（指拽法）之致，文心之巧，於斯爲極。是故墊拽者，
> 先覺之鴻寶，後進之梯航，未悟者既望洋而不知，聞聲者復震驚而
> 不信，然得之則爲蹈屬風發，失之則爲樸樕邊落。姬嬴之際，至工
> 斯業，降至東京，遺文具在，能者僅可十數，論者竟無片言。千里
> 比肩，百世接踵，不其諒矣。〔註21〕

愼伯文中，各舉了《孟子》與《荀子》的一段文句，指出文句中交互運用了墊、拽的手法，是文心巧思的極致表現。從此處可以看出，愼伯將墊、拽看成與奇偶、疾徐一般，都需要交互運用才能達到文章的生動與變化，絕不能

〔註21〕同上註，頁 615～616。

只墊不拽，或是只拽不墊。再者，慎伯認爲墊、拽之法在先秦以前被文人巧妙地運用，到了東漢時期能善用此法的人已大爲減少，所謂「能者僅可十數」，至於對此法的談論，更是不見隻字片語，這是對墊、拽的源流提出說明。藉是段的說明可以得知，此法在先秦時爲文人所熟悉，此後便逐漸失去了舞臺，甚至無人提及。慎伯如今重提此法，實有接續前業之功，對於我們了解先人的古文筆法，以及增進我們的寫作能力，皆有裨益。

四、繁　複

所謂繁複，慎伯說：

> 至於繁複者，與墊拽相需而成，而爲用尤廣，比之詩人，則長言詠歎之流也，文家之所以極情盡意，茂豫發越也。孫武子聲不過五，五聲之變，不可勝聽也；色不過五，五色之變，不可勝觀也；味不過五，五味之變，不可勝嘗也；戰勝（案：爲勢字之誤）不過奇正，奇正之變，不可勝窮也者，繁也。奇正相生，如循環之無端，孰能窮之者，複也。《孟子》：穀與魚鱉不可勝食，材木不可勝用，七十者衣帛食肉，黎民不饑不寒。又云：天下之欲疾其君者，皆欲赴愬於王者，繁也；然則一羽之不舉，爲不用力焉；又曰：昔者禹抑洪水而天下平；又曰：口之於味也，有同嗜焉；又曰：鄉爲身死而不受，今爲宮室之美爲之者，複也。離婁之明節，繁也；聖人既竭目力節，複也。樂民之樂者，民亦樂其樂；憂民之憂者，民亦憂其憂，樂以天下，憂以天下。又云：君子以仁存心，以禮存心，仁者愛人，有禮者敬人，愛人者人恆愛之，敬人者人恆敬之，繁而兼複也；得道者多助，失道者寡助，寡助之至，親戚畔之，多助之至，天下順之，以天下之所順，攻親戚之所畔，複而兼繁也。《荀子》之〈議兵〉、〈禮論〉、〈樂論〉、〈性惡〉篇，《呂覽》之〈開春〉、〈愼行〉、〈貴直〉、〈不苟〉、〈似順〉、〈士容〉論，《韓非》之〈說難〉、〈孤憤〉、〈五蠹〉、〈顯學〉篇，無不繁以助瀾，複以呈趣。複如鼓風之浪，繁如捲風之雲，浪厚而盪，萬石比一葉之輕，雲深而釀，零雨有千里之遠，斯誠文陣之雄師，詞圍之家法矣。〔註22〕

〔註22〕同上註，頁616～618。

觀愼伯之說，並沒有對繁複作出明確的定義，只是籠統地說出繁複的功用，即「文家之所以極情盡意，茂豫發越也。」不過我們由愼伯所舉的文例中，可以爲繁、複歸納出一個適切的含義。首先來看繁。所謂繁，即是運用兩個（含）以上同句式的不同句子，去解釋同一主旨，藉以達到闡發文意效果者稱之。例如愼伯文中所舉《孫子·勢篇》之例，句中所謂「聲不過五，五聲之變，不可勝聽也。」「色不過五，五色之變，不可勝觀也。」「味不過五，五味之變，不可勝嘗也。」「戰勢不過奇正，奇正之變，不可勝窮也。」這是四組同句式的不同句子，而這四組句子的使用，所闡發的是同一個意旨，亦即強調事物交替變化的巧妙與無窮。這種以若干同一句式的不同句子，來闡述同一主旨的筆法，即是繁法。再如所謂「離婁之明節，繁也。」一例，其全文如下：

> 孟子曰：離婁之明，公輸子之巧，不以規矩，不能成方圓；師曠之聰，不以六律，不能正五音；堯舜之道，不以仁政，不能平治天下。
>
> （《孟子·離婁章句上》）

此段文字中，共有三組同一句式的不句同子——「離婁之明，公輸子之巧，不以規矩，不能成方圓。」「師曠之聰，不以六律，不能正五音。」「堯舜之道，不以仁政，不能平治天下。」這三組句子所闡發的是同一個道理，亦即強調君子行事必須持一準繩。這種以若干同一句式的不同句子，來闡述同一主旨的筆法，即是繁法。

再來看複法。所謂複法，是必須配合繁法而成立的，它是針對繁法所闡發的主旨，另外使用不同句式的句子，作再一次的解說與強調者稱之。例如愼伯所舉《孫子·勢篇》一例。他指出「奇正相生，如循環之無端，孰能窮之者。」這段是複法。此一句式與前頭繁法「戰勢不過奇正，奇正之變，不可勝窮也。」的句式完全不同；但它所表達的意旨，仍然同於繁法，目的在強調事物交替變化的巧妙與無窮。這種針對繁法所闡述的主旨，另外使用不同句式的句子，做再一次的解說與強調者，即是複法。又如「聖人既竭目力節，複也。」一例，其全文如下：

> 聖人既竭目力焉，繼之以規矩準繩，以爲方圓平正，不可勝用也；既竭耳力焉，繼之以六律正五音，不可勝用也；既竭心思焉，繼之以不忍人之政，而仁覆天下矣。（《孟子·離婁章句上》）

文中「聖人既竭目力焉，繼之以規矩準繩，以爲方圓平正，不可勝用也。」「既

竭耳力焉，繼之以六律正五音，不可勝用也。」、「既竭心思焉，繼之以不忍
人之政，而仁覆天下矣。」等三組句子，句式與前頭繁法「堯舜之道，不以
仁政，不能平治天下。」的句式完全不同，但其旨意仍然相同，目的在強調
君子行事須持守準繩一事。這種針對繁法所闡述的主旨，另外使用不同句式
的句子，作再一次的解說與強調者，即是複法。

　　以上所述，乃繁、複二法的內涵與義旨。在繁、複之外，愼伯又提出「繁
而兼複」及「複而兼繁」等二類筆法。這當然是繁、複二法的延伸，在此亦
有加以說解的必要。所謂「繁而兼複」，亦即一段文字中，先以繁法開頭，再
以複法收尾者稱之。例如愼伯所舉「樂民之樂者，民亦樂其樂；憂民之憂者，
民亦憂其憂。樂以天下，憂以天下。」（《孟子·梁惠王章句下》）一例。文中
「樂民之樂者，民亦樂其樂。」、「憂民之憂者，民亦憂其憂。」是兩組同樣
句式的不同句子，用來闡發君子宜與天下同憂樂的意旨，這是繁法，而後頭
「樂以天下，憂以天下。」一句，其句式與前頭繁法的句式不同，但表達的
意旨卻是相同的，都是宣揚君子宜與天下同憂樂的意旨，這是複法。這種在
一段文字中，先以繁法開頭，再以複法收尾者，就是「繁而兼複」。此外所謂
「複而兼繁」，其實就是「繁而兼複」的顚倒。它是先以複法開頭，再以繁法
收尾，其情形讀者由「繁而兼複」的說解中，當可循例意推，此處不再贅述。

　　縱觀上述，可知繁、複之法是一種文意上的加強說明，與墊、拽二法的
功用類似，故愼伯有「至於繁複者，與墊拽相需而成。」的說法。對於古代
善用繁、複筆法的作品，愼伯舉出了《荀子》〈議兵〉、〈禮論〉、〈樂論〉、〈性
惡〉；《呂覽》〈開春〉、〈愼行〉、〈貴直〉、〈不苟〉、〈似順〉、〈士容〉；《韓非子》
〈說難〉、〈孤憤〉、〈五蠹〉、〈顯學〉等篇，以爲這些作品「無不繁以助瀾，
複以鬯趣。複如鼓風之浪，繁如捲風之雲，浪厚而盪，萬石比一葉之輕，雲
深而釀，零雨有千里之遠，斯誠文陣之雄師，詞圃之家法矣。」藉由愼伯對
這些作品的褒語，我們可以從中領略到繁複筆法對古文寫作的重要，同時也
可以見出愼伯對古文文法的深厚工力。大陸學者鄭東平先生在《漢語修辭藝
術大辭典》中，對繁複一詞下了定義說：「繁複又稱作複語、重說、疊寫。是
將兩個或兩個以上的同義的詞語或句子選用在一起，重複描寫或者述說同一
意思，以收到某種特有的表達效果的一種修辭方式。」〔註23〕這種看法當然

〔註23〕楊春霖、劉帆主編：《漢語修辭藝術大辭典》（西安：陝西人民出版社，1995
　　　　年1月），頁563，〈繁複〉。

與慎伯的說法極爲近似；不過最重要的一項差異，是慎伯對於繁、複是分開來講的，而鄭氏是將繁複合在一起說的。就筆者的觀察，鄭氏所謂的繁複，與慎伯的「繁」是同一件事，但是對於「複」，則沒有將之獨立出來以另作說明。就此點看來，慎伯之說顯然更爲精細。

五、順　逆

所謂順逆，慎伯說：

> 然而文勢之振，在於用逆；文氣之厚，在於用順，順逆之於文，如陰陽之於五行，奇正於攻守也。〔註24〕

慎伯認爲，順法能厚實文氣，逆法能振奮文勢，這是指二法的功用。至於「順逆之於文，如陰陽之於五行，奇正於攻守也。」說明了順、逆二法在文章中的角色，猶如陰陽之於五行；奇正之於攻守，都是掌握整體事物的關鍵。〔註25〕這樣的解釋，也是針對其功用而言的，順、逆二法的含義，在此一沒有作出明確界定，筆者以爲仍舊得從慎伯所舉順、逆二法的範例入手，將各範例共有的特徵加以歸納分析，才能對二法的本義作一釐清。現在我們來看慎伯所舉的範例：

> 天下大悅而將歸己章；桀紂之失天下章，全用逆。君子之所以異於人者章，全用順。深求童習之編，自得伐柯之則，略舉數端，以需善擇。〔註26〕

由這兩個例子來判斷，所謂順、逆，是指一種文意敘述上的技巧，順是順承文意的陳述，亦即由因而果、或由主而賓地論述；逆是反承文意的敘述，亦即由果而因、或由賓而主地論述。現在來看這兩個範例的全文。先看「順」例，慎伯說：「（《孟子》）君子之所以異於人者章，全用順。」此一章節的文字如下：

> 孟子曰：「君子所以異於人者，以其存心也。君子以仁存心，以禮存心。仁者愛人，有禮者敬人。愛人者人恆愛之，敬人者人恆敬之。有

〔註24〕〔清〕包世臣：《安吳四種・藝舟雙楫》（臺北：文海出版社，1973年12月，近代中國史料叢刊本），卷八，頁618，〈文譜〉。
〔註25〕《禮記・禮運》：「天秉陽，垂日象；地秉陰，竅於山川。播五行於四時，和而後月生也。」陰陽能「播五行於四時」，是陰陽爲掌控五行之關鍵；《孫子・勢篇》：「戰勝不過奇正，奇正之變，不可勝窮也。」是奇正爲掌控攻守之關鍵。
〔註26〕〔清〕包世臣：《安吳四種・藝舟雙楫》（臺北：文海出版社，1973年12月，近代中國史料叢刊本），卷八，頁619，〈文譜〉。

人於此，其待我以橫逆，則君子必自反也：『我必不仁也，必無禮也，
此物奚宜至哉？』其自反而仁矣，自反而有禮矣，其橫逆由是也，君
子必自反也：『我必不忠。』自反而忠矣，其橫逆由是也，君子曰：『此
亦妄人也已矣，如此則與禽獸奚擇哉？於禽獸又何難焉？』是故君子
有終身之憂，無一朝之患也。乃若所憂則有之：舜，人也，我亦人也，
舜爲法於天下，可傳於後世，我由未免爲鄉人也，是則可憂也。憂之
如何？如舜而已矣。若夫君子所患則亡矣，非仁無爲也，非禮無行也，
如有一朝之患，則君子不患矣。」（《孟子·離婁下》）

這是「順」例。它的文意，是由因而果地順著敘述。第一段說明君子能以仁禮
存心；第二段承續上段文意，爲君子能以仁禮存心一事舉例；第三段承續上兩
段文意，說明「君子有終身之憂，無一朝之患也。」「有終身之憂」，那是擔心
自己不能如舜般成就大業；「無一朝之患」，那是因爲君子的行事，皆以仁禮存
心，所以就算遇到禍害，也不會放在心上。這是承續第一段文意（君子能以仁
禮存心）而推得的結論，第一段是「因」，第三段是「果」，由因而果地順著論
述，此即是「順」法，它在段落與段落的文意銜接上，具有一種因果性。

　　接著是逆法的例子，惲伯說：「桀紂之失天下章，全用逆。」這段章節的
文字如下：

孟子曰：桀紂之失天下也，失其民也；失其民者，失其心也；得天
下有道，得其民，斯得天下矣；得其民有道，得其心，斯得民矣；
得其心有道，所欲與之聚之，所惡勿施爾也。（《孟子·離婁章句上》）

此是「逆」例，其文意乃由果而因地逆著論述。先說「桀紂失天下」一句，「失
天下」是一個結果，而造成這個結果的原因，就是下句──「失其民也」；「失
其民」是一個結果，而造成這個結果的原因，就是下句──「失其心也」。這
是由果而因地反向論述，亦即所謂的逆法。再者，它說：「得天下有道，得其
民斯得天下矣。」這表示想得天下，就必須先得人民。至於得人民的方法到
底如何？下句說：「得其心，斯得民矣。」這表示得民心，就能得人民。然而，
得民心之法又是如何呢？下句說：「所欲與之聚之，所惡勿施爾也。」如此便
能得到民心。今簡論其說法，就是想「得天下」，必須「得其民」；想「得其
民」，必須「得其心」；想「得其心」，必須「所欲與之聚之，所惡勿施爾也。」
這樣的敘述手法，正是由果而因地逆著論述，一層又一層地往前推闡，亦即
所謂的「逆」法。

順、逆筆法的義涵，便如上述。兩者都是文意敘述的技法，順法是由因而果地順向陳述；逆法是由果而因地逆向論述。兩者在文章的寫作上，都能達到層層推闡的作用，故能振起文勢，厚實文氣。

在順、逆之外，慎伯又提出「逆而順」、「順而逆」、「逆之逆」的說法。他說：

> 論語：公叔文子之臣大夫僎，逆而順也。君取於吳爲同姓，謂之吳孟子，順而逆也。孟子：無恆產而有恆心者，惟士爲能。本言當制民產，先言取民有制，又言先民之陷罪，由於無恆心，而無恆心，本於無恆產，并先言惟士之恆心，不係於恆產，則逆之逆心。〔註27〕

所謂「逆而順」、「順而逆」、「逆之逆」，其實也就是順、逆二法的交叉運用，以促使文章更具變化。「逆而順」是指文章的寫作，其整體而言是採取逆法，而其間有若干小段，是採取順法者稱之。「順而逆」是指文章的寫作，其整體而言是採取順法，而其間有若干小段是採取逆法稱之。「逆之逆」，是指文章的寫作，其整體而言是採取逆法，而且在其中的若干小段又重複出現逆法者稱之。這三類筆法，其中「逆而順」一類，因慎伯所舉範例並不適當，是以在此不作說解，僅對其餘二類提出說明。所謂「順而逆」，慎伯說：「君取於吳爲同姓，謂之吳孟子，順而逆也。」此文例全文如下：

> 陳司敗問昭公知禮乎？孔子曰：「知禮。」孔子退。揖巫馬期而進之，曰：「吾聞君子不黨。君子亦黨乎？君取於吳爲同姓，謂之吳孟子，君而知禮，孰不知禮？」巫馬期以告。子曰：「丘也幸！苟有過，人必知之。」（《論語·述而》）

這段文章可分爲三個小段落。第一小段，陳司敗問孔子：「昭公知禮嗎？」孔子答：「知禮。」第二小段，承上段文意而發揮。陳司敗認爲，孔子說昭公知禮，是有所偏袒，並將此法告訴巫馬期。第三小段：承上段文意而發揮。在陳司敗向巫馬期表達對孔子的看法後，巫馬期便以此事告知孔子，孔子遂以過錯有人提醒而感到欣喜。綜觀這三段文字的敘述，第二段接續第一段文意而發揮，第三段又接續第二段文意而發揮，這是由因而果地順向敘述，因此整體而言是「順」法的運用。至於所謂「順而逆」，這個順中的逆法，就是出現在第二小段本身的文字陳述。第二小段的內容可分爲兩部份，第一部份是「吾聞君子不黨。君子亦黨乎？」第二部份是「君取於吳爲同姓，謂之吳孟

〔註27〕同上註，頁618～619。

子，君而知禮，孰不知禮？」第一部份是陳司敗對孔子的批評；第二部份是引起陳司敗批評的事物內容。此時如果是順法，則應當由因而果地敘述，宜先說明被批判的事物內容（即第二部份），然後再下評語（即第一部份）；然而今卻反此，是以屬於逆法。因此就整體而言，其爲順法，但其間的第二小段，其敘述是逆法，故名曰「順而逆」，以示其順中有逆也。再來看「逆之逆」。所謂「逆之逆」，慎伯說：「孟子：無恆產而有恆心者，惟士爲能。本言當制民產，先言取民有制，又言先民之陷罪，由於無恆心，而無恆心，本於無恆產，并先言惟士之恆心，不係於恆產，則逆之逆也。」此文例全文如下：

> 王曰：「吾惛，不能進於是矣，願夫子輔吾志，明以教我，我雖不
> 敏，請嘗試之。」曰：「無恆產而有恆心者，惟士爲能，若民則無
> 恆產，因無恆心，苟無恆心，放辟邪侈，無不爲已。及陷於罪，
> 然後從而刑之，是罔民也。焉有仁人在位，罔民而可爲也？是故
> 明君制民之產，必使仰足以事父母，俯足以畜妻子，樂歲終身飽，
> 凶年免於死亡，然後驅而之善，故民之從之也輕。」（《孟子・梁
> 惠王章句上》）

此文是梁惠王請教孟子行仁政的方法，孟子的回答是──應當爲民制產。全文可分爲兩小段：第一小段是「無恆產而有恆心者……罔民而可爲也？」第二小段是「是故明君制民之產，……故民之從之也輕。」第一小段說明人民沒有恆產，則將會作亂，以致刑罰及身。第二小段說明爲民制產的方法及用意。在一般的敘述習慣中，人們經常會先說明一件事物的用意和作法（即第二小段），然後再說明其疏忽所導致的弊端（即第一小段）。現在這兩段文字的敘述正好反此，所以就整體而言是爲逆法。至於「逆之逆」，這個逆中的二度逆法，就出現在第一小段的文字敘述中。這段文字一開頭說：「無恆產而有恆心者，惟士爲能。」然後再說：「若民則無恆產，因無恆心，苟無恆心，放辟邪侈，無不爲已。」這樣的敘述順序就是逆法，因爲本篇文章的主旨，是爲民制產，是以在角色的扮演上，「若民則無恆產」五句，所述對象是「民」，應爲本段的主要內容：「無恆產而有恆心者」兩句，所述對象是「士」，應爲本段次要內容。今其敘述乃次要先於主要，亦即賓先主後，故爲逆法。綜合言之，其全文各段落間的文意銜接，是採取逆法，而其中第一小段的文字敘述，又重複採用逆法，故名曰：「逆之逆」，以示其逆中有逆也。

　　順、逆之法，概如上述。其說頗切於行文的要領，是爲文者所須深思體

會之事。在慎伯之前，宋李耆卿《文章精義》中，亦嘗提及順、逆二法。他說：

> 《論語》氣平；《孟子》氣激；《莊子》氣樂；屈子氣怨；《史記》氣涌；《漢書》氣怯，文字順易而逆難，《六經》都順，惟《莊子》、《戰國策》逆。〔註28〕

清章學誠亦有所論述：

> 敘事之文，其變無窮。……蓋其爲法，則有以順敘者、以逆敘者、以類敘者、以次敘者、……。〔註29〕

李、章之說，皆語及順、逆之法，但二人說之甚簡，實無由得知其間的要義。蓋二人所述，僅是粗略的介紹，在深度與廣度上，皆遠遜於慎伯；而且慎伯不但區分出順、逆這兩種基本型態，甚至又提出「順而逆」、「逆而順」、「逆之逆」等週邊類型，細分了順、逆二法的名目；在這些名目中，又能分別援引實際的範例以爲說解，這對於問題的釐清與掌握，確實有更爲直接而迅速的功效，這是慎伯在順、逆二法的討論上，超越前人的地方。

六、集　散

所謂集、散，慎伯說：

> 集、散者，或以振綱領，或以爭關紐，或奇特形於比附，或指歸於牽連，或錯出以表全神，或補述以完風裁。是故集則有勢有事，而散則有縱有橫。《左傳》：「將修先君之怨於鄭，而求寵於諸侯，以和其民。」《韓非子》：「故明主之國，無書簡之文，以法爲教；無先王之語，以吏爲師；無私劍之捍，以斬首爲勇。」是集勢者也。《孟子》引「經始靈臺」、「時日曷喪」，徵古以明意；《史記》載祠石墜履，而西楚遂以遷鼎，是集事者也。二帝同典，止記都俞；五臣共謨，乃書陳告，是縱散者也。《史記》廉將軍矜功爭列，與避車連文，以美震悔之忠；長平侯（衛青）重揖客，諱擊傷，於本傳不詳，以嘆尊容之廣，是橫散者也。然而六法備具，其於文也，猶魚兔之筌蹄，

〔註28〕〔宋〕李耆卿：《文章精義》（臺北：臺灣商務印書館，景印文淵閣四庫全書本，1986 年 3 月），頁 809。

〔註29〕〔清〕章學誠：《章氏遺書》（臺北：漢聲出版社，1973 年 1 月），〈補遺‧論課蒙學文法〉，頁 1358。

膚發之脂澤也。《易》曰：「觀乎人文，以化成天下。」士君子能深
思天下所以化成者，求諸古，驗諸事，發諸文，則庶乎言有物，而
不囿於藻采雕繪之末技也夫！」〔註30〕

綜觀上述，所謂集、散，集是集中；散是分散，這兩者都是針對文章的主旨
而說的。「集」，是將文章的主旨集中起來說，集中在若干的文句中稱爲集勢；
集中在若干事件中稱爲集事，而這些文句與事件，都屬於同一篇章。「散」
則是把主旨分散開來說，分散在不同時間的章篇裏，稱爲縱散；分散在不同
空間的篇章裏，稱爲橫散。現在來看集法的範例，首先是集勢例。慎伯說：

《左傳》：「將修先君之怨於鄭，而求寵於諸侯，以和其民。」（隱公
四年）

《左傳》隱公四年，衛公子州吁殺其兄桓公，自立爲君。由於擔心國人不服，
遂聯合宋、陳、蔡去攻打鄭國。名義上是爲了報仇（鄭曾攻打衛），而實際上
是想藉著對外的戰爭，來沖淡國內的矛盾。這整個事件的主旨，都集中在這
幾句的話裏表現出來，尤其「以和其民」一句，更是全文的關鍵所在。這種
將文章主旨集中在若干文句上的筆法，就是集勢。再看集勢例二：

《韓非子》：「故明主之國，無書簡之文，以法爲教；無先王之語，
以吏爲師；無私劍之捍，以斬首爲勇。」（〈五蠹〉）

這是韓非反對儒與俠而提出的措施。韓非認爲儒以文亂法，所以要取消儒
文，民間想習文，就只能學法律，以吏爲師；又以爲俠以武犯禁，所以要取
締私劍，民間想要發揮武力，就只能聽命於官府，在戰爭中斬首立功。〈五
蠹〉篇的主要論點，就是反對儒、俠，倡導吏法以及戰功。而此一主旨，在
這簡短的幾句文字中，便被凸顯出來，這就是集勢的筆法。集勢能將文章的
主旨標立出來，使文章的敘述更見清晰，論點更爲突出，這是它的功用所在。

再來是集事的範例，慎伯說：

《孟子》引「經始靈臺」、「時日曷喪」，微古以明意。

《孟子・梁惠王章句上》引《詩・大雅・靈臺》的「經始靈臺」，寫人民樂
於替文王築靈臺；此外，又引《尚書・湯誓》「時日曷喪」，寫人民詛咒夏、
桀，說這個酷陽何時滅亡？把這兩個典故集中起來，就可以看出這篇文章的
主旨，那就是：民心是趨向仁政而唾棄暴政的。這種將文章的主旨，集中在

〔註30〕〔清〕包世臣：《安吳四種・藝舟雙楫》（臺北：文海出版社，1973 年 12 月，
近代中國史料叢刊本），卷八，頁 619～622，〈文譜〉。

若干事件中以表達出來的筆法，便稱之爲集事。集事之功，主要亦是將文章的主旨標立出來，使論點更爲清楚，此與集勢乃異曲同工。不過兩者間實際上有所分別：前者是將文章的主旨集中在若干文句上托出；後者則是集中在若干事件上托出。當然，在閱讀的理解上，集勢法的主旨由於直接灌注在文句上，所以理解較易；而集事法的主旨由於表達在若干事件上，必須將這些事件相互比對參看，才能悟出旨意之所在，是以理解較難，這是兩者大致的差異。

　　以上是集法，現在介紹散法。散法是將文章的主旨分散開來，分散在不同時間的篇章中，稱爲縱散（時間爲縱向）；分散在不同空間的篇章中，稱爲橫散（空間爲橫向）。現在我們來看縱散。慎伯說：

> 二帝同典，止記都俞；五臣共謨，乃書陳告，是縱散者也。

這是說堯、舜二帝的事，在《古文尚書》中是記載於〈堯典〉裏；但是想了解堯、舜二代的事，光看〈堯典〉是不夠的，還須結合禹、皋、陶、益、稷、夔等五位大臣的共同謀議以觀之，方能看得明白。而這五位大臣的共同謀議，並未集中在同一篇章裏，而是分別記載在〈大禹謨〉、〈皋陶謨〉、〈益稷〉之中，所以想了解這個主題——堯、舜兩代的事蹟，實際上無法在單一篇章中獲得，而是必須合看〈堯典〉、〈大禹謨〉、〈皋陶謨〉、〈益稷〉等四篇文章方可。這種將主題分散在不同篇章裏寫作筆法，就是散法；而由於這四篇在時間上有先後，所以稱爲縱散。至於「橫散」，慎伯說：

> 《史記》廉將軍矜功爭列，與避車連文，以美震悔之忠；長平侯（衛青）重揖客，諱擊傷，於本傳不詳，以嘆尊容之廣，是橫散者也。

此處慎伯舉了兩個範例，第一個例子是廉頗、藺相如相爭相讓之事。其全文如下：

> （藺相如）拜爲上卿，位在廉頗之右。廉頗曰：「我爲趙將，有攻城野戰之大功；而藺相如徒以口舌爲勞，而位居我上，且相如素賤人，吾羞，不忍爲之下。」宣言曰：「我見相如，必辱之。」相如聞，不肯與會。相如每朝時，常稱病，不欲與廉頗爭列。已而相如出，望見廉頗，相如引車避匿。〔註31〕

此文將廉頗爭位的事，與藺相如引車躲避的事合寫，以凸顯藺相如謙讓的美

〔註31〕《史記》（臺北：鼎文書局，1992 年 7 月，十二版），卷八一，頁 2443，〈廉頗藺相如列傳〉。

德。這個例子，筆者以爲當是集事而不是橫散。因爲集事與橫散最大的差異，即前者是將主旨分散在同一篇章的若干事件中；後者則是將主旨分散在若干不同空間的篇章中。依照這項規則，則此一文例當是集事而非橫散；因廉頗、藺相如之事，就合寫在〈廉頗藺相如列傳〉裏，並無分述於其他篇章，既是如此，則當爲集事才是。今再看第二個文例。此例全文如下：

> 大將軍青既益尊，姊爲皇后，然黯與亢禮。人或說黯曰：「自天子欲群臣下大將軍，大將軍尊重兼貴，君不可以拜。」黯曰：「夫以大將軍有揖客，反不重耶？」大將軍聞，愈賢黯。〔註32〕

除此篇所載外，〈李將軍列傳〉一文中，又寫到李廣隨衛青擊匈奴，奉命出東道，無緣與匈奴主力對陣，且又迷路。衛青就迷路事責問李廣，李廣因此自殺。李廣子李敢「怨大將軍之恨其父，乃擊傷大將軍，大將軍諱匿之。」〔註33〕

綜觀〈汲〉、〈李〉二篇之述衛青：一件是汲黯託詞不願拜他，他反而稱賢汲黯；一件是李敢爲父仇而擊傷他，他不但不怪李敢，反而爲他隱匿過失。合看這兩件事，可以看出衛青的寬宏氣度，這就是主旨的所在。而這兩件事，皆非記載於〈衛青傳〉中，而是分散於〈汲黯傳〉與〈李將軍傳〉裏，所以是散法；又汲、李二傳，是不同空間的兩篇文章，所以是散法中的橫散。

案：以上是愼伯所提古文寫作的幾類筆法。在這些筆法中，有些是前人已經提過的，有些則是愼伯獨家之秘。前者如隱顯、奇偶、疾徐、順逆；後者如墊拽、繁複、集散。綜觀這幾類筆法，可以見出愼伯對古文理論的用心。墊拽、繁複、集散等法，是愼伯的孤明獨發，其價值自是不菲；而對於前人已提過的奇偶、順逆、疾徐等法，愼伯也能別出新意，不但解說更爲詳贍，而且對各法的型態也類分得更爲精密，例如順、逆二法，就別立了「順而逆」、「逆而順」、「逆之逆」等類型，分類如此之細，這在古代的文論中，是極爲難得的。愼伯對於古文作法所提出的理論，對於我們研究古代文法而言，提供了絕佳的教材。近人馮書耕先生稱許愼伯的古文筆法論「頗有獨得之處，學文者不可不知。」〔註34〕正道出箇中的價值。

〔註32〕同前註，卷一二〇，頁3180，〈汲鄭列傳〉。

〔註33〕同前註，卷一九〇，頁2876。

〔註34〕馮書耕、金仞千：《古文通論》（臺北：國立編譯館中華叢書編審委員會，1979年4月，三版），下冊，第十六章，〈古文作法〉，頁605。

第二節　言事文與記事文作法

　　文學體裁繁多，作法各異。慎伯認爲，其中又以言事文與記事文的作法
最難。他說：

　　　文類既殊，體裁各別，然惟言事與記事爲最難。〔註35〕

所謂言事之文，是指議論文。言者，議也。《戰國策‧秦策》：「使天下之士不
敢言。」注曰：「言，議。」〔註36〕言訓爲議，故言事文即議論文也。至於記
事之文，即一般所謂敘事文、記事文也。

　　議論文的寫作方法，慎伯以爲：

　　　言事之文，必先洞悉所事之條理原委，抉明正義，然後述現事之所

　　　以失，而條畫其補救之方。〔註37〕

觀其意思，則議論文的寫作重點，是在條明事理的原委，並且述其得失補救
之法。這樣的說法，當然是符合此一文體的寫作要領。議論者，所論必在事
物的得失及其箇中義理。歸有光說：「古人事跡，大率相類，特有得失之異耳。
故議古之得，須援失者以證之；議古之失，須引得者以證之。」〔註38〕即明
示議論之重點，乃在得失間的去取，及是非義理的辨析。慎伯所談「言事之
文」的作法，旨趣與此相同。

　　慎伯對「言事之文」的說明，概如上述。接下來是「記事之文」的作法
說明。記事文難寫，不僅慎伯有所感受，歷代文人亦多所提及。宋陳騤說：

　　　文之作也，以載事爲難。〔註39〕

清章學誠說：

　　　文章以敘事爲最難，文章至敘事而能事始盡。〔註40〕

〔註35〕〔清〕包世臣：《安吳四種‧藝舟雙楫》（臺北：文海出版社，1973 年 12 月，
　　　　近代中國史料叢刊本），卷八，頁 639，〈與楊季子論文書〉。

〔註36〕《戰國策》（臺北：里仁書局，1990 年 9 月），上冊，卷七，頁 268～269，〈秦
　　　　五‧謂秦王〉。

〔註37〕〔清〕包世臣：《安吳四種‧藝舟雙楫》（臺北：文海出版社，1973 年 12 月，
　　　　近代中國史料叢刊本），卷八，頁 639，〈與楊季子論文書〉。

〔註38〕〔明〕歸有光：《文章指南》（臺北：廣文書局，1972 年 4 月），頁 9，〈文章
　　　　體則〉。

〔註39〕〔宋〕陳騤：《文則》（北京：中華書局，1985 年，叢書集成初編本），卷上，
　　　　頁 3。

〔註40〕〔清〕章學誠：《章氏遺書》（臺北：漢聲出版社，1973 年 1 月），下冊，〈補
　　　　遺‧論課蒙學文法〉，頁 1358。

對於此一難作之體，慎伯以為訣竅在於：

> 記事之文，必先表明緣圯，而深究得失之故，然後述其本末，則是
> 非明白，不惑將來。〔註41〕

此處標出寫作記事文的大端，即應注重所載事物之源流本末，深究其得失之故，以不惑將來。此一精神，與太史公所謂「別嫌疑，明是非。」、「述往事，思來者。」〔註42〕可謂相互呼應。慎伯接著又說：

> 至紀事而敘入其人之文則為尤難。《史記》點竄內外傳、《戰國策》
> 諸書，遂如己出。班氏襲用前文，微有增損，而截然為兩家。斯如
> 制藥冶金，隨其熔範，形依手變，性與物從，非具神奇，徒嫌依傍。
>
> 〔註43〕

此處指出，記事文的諸多筆法中，又以「敘入其人之文」為最難。所謂敘入其人之文，就是在記載某人事蹟時，取用此人文章以代入，而成為行文的一部份。梁啓超談到史料的組織方法時說：「即將前人記載，聯絡鎔鑄，套入自己的話裏。」〔註44〕意思也大致是如此。那為何記事之文要使用此一筆法呢？原因就在於使用某人的文章去說明他自身的事蹟，最能傳達他個人獨特的氣息以及事實的原貌，能讓讀者最直接地感受到某人的性格與事蹟，所以歷來的史書隨處可見此一筆法。就以〈韓愈傳〉為例，《舊唐書》在說完「愈自以才高，累被擯黜。」一句後，便引韓愈〈進學解〉篇入於文中，藉韓愈自己的口來述說他受黜的心境。又如《新唐書》在說完憲宗迎佛骨一事後，便引韓愈〈論佛骨表〉篇入於文中，藉韓愈自己的口來述說他諫迎佛骨之志。如此的寫作方式，確實能使讀者與所載之事物作最直接的接觸。不過想妥善地運用此法並不容易，慎伯稱此法為記事文中之「尤難」者，諒非虛言。此蓋以文家行文，重在一人之筆，若引前人文章入於己之文章中，其口吻神氣，輒有殊異，若非上等文才，足以巧加熔鑄而不見痕跡，往往便畫然為兩家之言，而流於窳劣之作。慎伯謂此法「如制藥冶金，隨其熔範，形依手變，性

〔註41〕〔清〕包世臣：《安吳四種‧藝舟雙楫》（臺北：文海出版社，1973年12月，近代中國史料叢刊本），卷八，頁639，〈與楊季子論文書〉。

〔註42〕《史記》（臺北：鼎文書局，1992年7月，十二版），頁3297、3301，卷一三〇，〈太史公自序〉。

〔註43〕〔清〕包世臣：《安吳四種‧藝舟雙楫》（臺北：文海出版社，1973年12月，近代中國史料叢刊本），卷八，頁639～640，〈與楊季子論文書〉。

〔註44〕梁啓超：《中國歷史研究法五種》（臺北：里仁書局，1982年1月），〈中國歷史研究法補編‧組織〉。頁206。

與物從，非具神奇，徒嫌依傍。」意即在此。他文中又舉《史記》、《漢書》爲例，來說明運用此法的優劣情形，他說：「《史記》點竄內外傳、《戰國策》諸書，遂如己出。班氏襲用前文，微有增損，而截然爲兩家。」在慎伯看來，《史記》是善用此法者，故行文「遂如己出」；《漢書》則拙於應用，故「截然爲兩家」。

以上是慎伯對言事文與記事文作法的說明。平心以論，慎伯的說法並不全面。就拿記事文來說，比他稍早的章學誠，在〈論課蒙學文法〉中便提出了順敍、逆敍、類敍、……等二十三種的敍事文作法，這樣多元的論述，遠非慎伯可比。不過慎伯的論述仍有其珍貴之處，他於論述此二類文體的作法時，皆能以提綱挈領的方式，將關鍵直接披露出來。如談「言事之文」，則云：「先洞悉所事之條理原委，……，而條畫其補救之方。」；談「記事之文」，則云：「敍入其人之文則爲尤難。」如此鉤玄提要的方式，能引人迅速地進入寫作的正軌，正所謂「本幹立而後枝葉生」，確定了寫作的根本大法，則其他細則便易於水到渠成了，是以慎伯之說雖至爲簡要，然其價值誠不容抹滅。

第三節　辭賦作法

清代文學，是幾千年來各種舊體文學的總結。許多本已寖息的文體，在清代又重新發芽成長。辭賦一體，由漢代發展至宋，便已到達瓶頸，難再拓展，往後之金、元、明三代，已不復昔日的光采。但清代由於以八股取士，股賦呈現殘陽返照之勢，爲清代賦體激起陣陣漣漪。當時毛奇齡、杭世駿、洪亮吉等人，都是相當出色的辭賦好手。慎伯雖然不是專業的賦家，但對辭賦的創作也極有心得。他的辭賦作品，今可考見者，大致收羅於《管情三義》及《小倦遊閣集》中，計有〈行宮賦〉等二十二首。數量雖然不多，但體勢閎廓，矞矞然有古人遺風。慎伯在創作之餘，也提出對賦的見解，他認爲賦的寫作，必須立足在四項基礎之上。他說：

> 源於風、騷，以端其旨，以息其氣；播於子、史，以廣其趣，以飾
> 其勢；通於小學，以狀其情，以壯其澤；匯於古集，以練其神，以
> 達其變。〔註45〕

〔註45〕〔清〕包世臣：《安吳四種‧藝舟雙楫》（臺北：文海出版社，1973年12月，近代中國史料叢刊本），卷八，頁628，〈答董晉卿書〉。

這是探討辭賦作法，「取原」與「旁參」的問題。愼伯以爲，作賦當取原於「風騷」，旁參於「子史」、「小學」與「古集」。此一論述方式，與唐柳宗元論爲文當取原五經，旁參子史百家的味道相近。〔註46〕所不同的，是一者論賦；一者論文罷了。首先，來看「源於風騷」的部份。愼伯說：「源於風、騷，以端其旨，以息其氣。」辭賦之所以「源於風騷」，蓋以三者之間，有一脈相承的諷諭觀。王逸〈楚辭章句序〉說：

> 離騷之文，依詩取興，引類譬諭。故善鳥香草，以配忠貞；惡禽臭物，以比讒佞。〔註47〕

此明騷承詩之諷諭。又班固〈兩都賦序〉說：

> 賦者，古詩之流也。……或以抒下情而通諷諭，或以宣上德而盡忠孝。〔註48〕

此明賦承詩之諷諭。由是可知，詩、騷、賦三者，有一脈相承的諷諭傳統，皆爲王道教化之所需。《文心雕龍‧詮賦》：「然賦也者，受命於詩人，拓宇於《楚辭》也。」即明白地標示出三者間的傳承關係。愼伯於〈東三陵賦序〉一文中，自述作該賦乃爲「通諷喻以盡忠孝。」〔註49〕可見其論賦之旨，亦不離諷諭教化。正因辭賦傳承了詩騷的諷諭精神，所以愼伯才提出作賦必須「源於風騷，以端其旨，以息其氣。」所謂「以端其旨」，即是以詩、騷的諷諭精神，來端正辭賦的義旨，此說至爲平易，不難理解。至於「以息其氣」，則持論較深。首先是息字，息是長養之意。《孟子‧告子上》：「其日夜之所息。」注：「息，長也。」則其意乃欲以詩、騷長養辭賦之氣。氣是作文章所不可或缺的要素，辭賦之體亦然。曾國藩評司馬相如、揚雄賦說：

> 行氣爲文章第一義，卿、雲之跌宕，昌黎之倔強，尤爲行氣不易之

〔註46〕〔唐〕柳宗元〈答韋中立論師道書〉：「本之書，以求其質：本之詩，以求其恆：本之禮，以求其宜：本之春秋，以求其斷：本之易，以求其動，吾所以取道之原也。」按：此是取原五經之說。又云：「參之穀梁氏，以屬其氣：參之孟荀，以暢其支：參之莊老，以肆其端：參之國語，以博其趣：參之離騷，以致其幽：參之太史，以著其潔，此吾所以旁推交通，而以爲文也。」按：此是旁參子史百家之說。
〔註47〕〔漢〕王逸：《楚辭章句》（北京：中華書局，1985年，叢書集成初編本），頁1，〈序〉。
〔註48〕〔梁〕蕭統編：《昭明文選》（上海：上海書店，1989年3月，四部叢刊初編本），卷一，頁1～3。
〔註49〕〔清〕包世臣：《安吳四種‧小倦游閣集》（合肥：黃山書社，1991年10月）卷一，頁14。

法。〔註50〕

是知氣乃作賦之大法。而辭賦之氣，何以須取源於風騷？此蓋以風騷得教化之正，義理歸乎純良所致。慎伯〈七辨賦序〉說：

　　蓋文以情遷，則興會標舉；辭以理勝，則體氣高妙。〔註51〕

由是可知，慎伯對氣的要求，是以合乎義理爲評斷標準的。在這種條件之下，取風、騷醇正之「理」，以長辭賦溫良之「氣」，是可以理解的。

　　其次，是「播於子、史，以廣其趣，以飭其勢。」所謂「以廣其趣」，是以子、史之學來增益辭賦的義旨。這當然是接續上頭「源於風騷，以端其旨。」而說的。慎伯以爲，辭賦之旨可經由風、騷而端正之，但如此還不夠，仍須藉助子、史之學以廣益之。其所以如此者，蓋子學本爲「六經之支與流裔。」；〔註52〕而史學與經學本是一體，均屬因事以見理，故云「六經皆史。」〔註53〕子、史二者，義理皆正，故佐風、騷以廣辭賦之旨趣。「以飭其勢」，是以子、史之學，來約治辭賦的體勢。勢者，時人王更生說：「勢爲體勢的省稱，亦可稱爲文勢或語勢。居今而言，乃指作品所表現的語言姿態，即語調辭氣。」〔註54〕可知勢者，乃指作品的辭調語氣。文勢的走向，受體裁的影響，而體裁又受情感的影響；亦即某類情感會產生某類文體，某類文體會產生某類文勢。故《文心雕龍・定勢》說：「因情立體，即體成勢。」就賦體而言，其情感主要表現於兩方面：一是體物（描寫事物）；一是寫志（抒發情志）。《文心雕龍・詮賦》篇說賦乃「體物寫志也。」意即在此。我們剛才說過，文勢會受到情感的影響，既然如此，則賦體的文勢發展必然取決於體物、寫志二者。就體物而言，其描寫近於史家之敘事，故其勢可取徑於史；就寫志而言，其立說近於諸子之述志，故其勢可取徑於子。正以子、史之學有功於辭賦之文勢，故慎伯有「播於子史，⋯⋯以飭其勢。」的論調。

〔註50〕〔清〕曾國藩：《曾國藩全集・家書》（長沙：嶽麓書社，1995 年 2 月，三刷），頁 853，同治元年八月初四書。

〔註51〕〔清〕包世臣：《安吳四種・管情三義》（臺北：文海出版社，1973 年 12 月，近代中國史料叢刊本），卷一八，頁 1365。

〔註52〕〔漢〕班固：《漢書》（臺北：鼎文書局，1976 年 10 月，再版），卷三○，頁 1746，〈漢書藝文志諸子略序〉。

〔註53〕〔清〕章學誠：《章氏遺書・文史通義》（臺北：漢書出版社，1973 年 1 月），內篇一，卷一，頁 1，〈易教上〉。

〔註54〕王更生：《文心雕龍讀本》（臺北：文史哲出版社，1997 年 10 月，六刷），〈定勢第三十〉，頁 61。

　　其次是「通於小學，以狀其情，以壯其澤。」辭賦與小學關係密切，為歷來文家所肯定。清阮元說：

　　　　兩京文賦諸家，莫不洞穴經史，鑽研六書，耀采騰文，駢音儷字，

　　　　故雕蟲繡帨。〔註55〕

章太炎說：

　　　　其道與故訓相儷，故小學亡而賦不作。〔註56〕

如此看來，辭賦與小學的關係，確實是千絲萬縷的。漢代諸多賦家，亦同時具有小學家的身份，如司馬相如撰有《凡將篇》；揚雄撰有《訓纂篇》、《方言》；班固撰有《續訓纂篇》等。而他們之所以引小學入於辭賦，原因很多，其中很重要的兩點因素，是為了使事物的情狀描摹，更加逼肖，此其一也；為了鋪排辭賦宏偉富麗的形式，此其二也。就前者而言，辭賦的寫作，經常是以外界事物為對象以進行描繪，就這項工作而言，有能力使用大量語彙者，往往佔盡優勢。因為使用的語彙愈多愈細，其意義指涉的範圍將愈廣愈深，從而使事物的情韻神態描摹得更加神似。就以相如賦為例，他形容躊躇游移的動作，便有推移、徘徊、翱翔、宛潬、彷徨、容與、安翔、襄羊、搖蕩、消搖、徐回……等等；形容糾結錯亂，便有參差、交錯、糾紛、葳蕤、繆繞、披靡、雜襲、縈輯、軋芴、陸離、扶疏、紛溶、倚傾、葪參……等等。〔註57〕語意相近，而可資運用的語彙如此豐富，則能依事物之情狀幽微，而擇取最適意者以形容之，故摹聲揣形，易於肖真。基於此一道理，慎伯遂提出通小學「以狀其情」的理念。再就後者（「以壯其澤」）而言，司馬相如論作賦說：「其綦組以成文，列錦繡而為質。」〔註58〕《文心雕龍・詮賦》說：「賦者，鋪也。鋪采摛文，體物寫志也。」不論是「綦組以成文」，或是「錦繡而為質」，或是「鋪采摛文」，指的均是辭藻的富贍與形式的靡麗。作賦欲能如此，若非熟諳詞彙，焉能致之？袁枚說：「〈三都〉、〈兩京〉賦，言木則若干，言鳥則若干，必待搜輯群書，廣採風土，然後成文。果能才藻富

〔註55〕見阮元：〈四六叢話後序〉。收錄於〔清〕孫梅：《四六叢話》（臺北：臺灣商務印書館，1968 年 9 月，國學基本叢書本）。

〔註56〕章太炎：《章氏叢書・國故論衡》（臺北：世界書局，1958 年 7 月），中卷，頁471，〈辨詩〉。

〔註57〕見簡宗梧：《漢賦源流與價值之商榷》（臺北：文史哲出版社，1980 年 12 月），第二篇，〈漢賦瑋字源流考〉，頁 81。

〔註58〕〔漢〕劉歆：《西京雜記》引。（臺北縣：藝文印書館，1964 年 9 月，百部叢書集成本），卷上，頁 11。

豔，便傾動一時。」〔註59〕此處說明賦家爲了辭藻的富麗，而遍尋文籍以蒐羅字彙的現象。在這種情形之下，精通小學以作賦，似乎就成了理所當然的事。慎伯認爲，通於小學，「以壯其澤」，意即在此，澤是豐潤之意，意即藉由小學來豐潤辭藻，以采麗其形式。

最後，是「匯於古集，以練其神，以達其變。」古集者，筆者以爲當是指前人的辭賦集。這些辭賦集或散置於各家的文集中；或統編於辭賦的總集裏（如徐鉉編《賦苑》二百卷、李魯編《賦選》五卷、……等）。慎伯認爲，匯通古人的辭賦集，可以「練其神」。所謂神，即神理之意。其存在無以名狀，無跡可求。《易・繫辭上》：「陰陽不測之謂神。」《孟子・盡心下》：「聖而不可知之謂神。」是知神，乃一不可測知之理趣，與形體動靜之間，有容狀可見者不同。慎伯認爲，作賦欲得神理，當由會通古人賦集而錘煉之。此蓋因古人神理，藉文字而含藏於篇章之中，後人透過篇章，以心而體會之，是以有得。清葉燮說：夫作詩者，既有胸襟，必取材於古人，本於三百篇、楚騷，浸淫於漢、魏、六朝、唐、宋諸大家，皆能會其指歸，得其『神理』。」〔註60〕此處雖是談時，但也適用於辭賦，可爲慎伯說法之註腳。再者慎伯又表示，通古集可以「達其變」。此「變」當是指文章形式、筆法的變化，意即藉由揣摩古人賦作，而領悟其中的法式變化。

綜觀慎伯所提之法，或原於風騷；或旁通子史、小學、古集，皆作賦必備之方，其說實爲可觀。不過對於慎伯主張「通於小學」一項，筆者是有些意見的。漢代賦家藉助小學的知識，極力鋪排奇文異字（世稱「瑋字」），瑋字的充斥，令辭賦變得艱澀難懂。《文心雕龍・練字》說賦「及魏代綴藻，則字有常檢。追觀漢作，翻成阻奧。」在閱讀上既然產生阻奧之感，則其流傳必定受限。所以魏晉以後，賦家在瑋字的使用上已大量降低，而有「自晉來字用，率從簡易，時並習易，人誰取難。」（《文心雕龍・練字》）的改革出現。今慎伯猶大力鼓吹小學，欲藉以「狀其情」、「壯其澤」，此無異是開賦學因革之倒車。慎伯在談完辭賦作法後，曾表示依此法施爲的結果：「則雖不能追蹤漢魏，力崇淳質，俳惻雅密。接武鮑庾，其庶其矣。」（〈答董晉卿書〉）由是可知，慎伯理想中的佳作，是漢魏古賦。也正因如此，方有高舉小學以爲賦

〔註59〕〔清〕袁枚：《隨園詩話》（臺北：鼎文書局，1974 年 10 月），卷一，頁 13。
〔註60〕〔清〕葉燮：《原詩》（臺北：西南書局，1979 年 11 月，清詩話本）卷一，內篇上，頁 519。

的理念出現。然而此一觀念是有待修正的，畢竟辭賦的發展若想同其他文體一樣得到支持，則在遣詞用字上，就必須顧慮到群眾的閱讀能力，畢竟文章的生命，是存於內容義旨上，不宜因辭而害情。陳去病說：「詩莫病於輕淺；賦莫病於艱深。學步可嗤，效顰增醜。有能肖心吐理，觸物成文，變合風雲，自出機軸，斯足貴耳。」〔註61〕「賦莫病於艱深」、「有能肖心吐理，觸物成文，變合風雲，自出機軸，斯足貴耳。」正道出辭賦創作應走的方向。今愼伯之論賦作，猶高唱小學之功，是其不能盡去辭賦艱澀之弊亦可知，此是吾人所應深切留意者。不過愼伯的理論雖有此一小病，但其整體的價值卻是不容忽視的。辭賦之學，本不若古文、詩歌之盛，歷來談賦者多屬零碎之語，所論大抵不出源流更遞、風格得失、韻律體式之說，鮮及創作之層面。（即使清李調元《賦話》一書，所論亦紬於此。）在此一狀況下，愼伯的見解就更加寶貴了，對於後世之從事於辭賦創作者，必能產生具體的引導。

〔註61〕陳去病：《辭賦學綱要》（臺北：文海出版社，1971年7月），第一章，〈總論〉，頁7～8。

第七章　文學鑑賞論

文學鑑賞，就是指人們在閱讀文學作品時，所產生的一種審美活動。它是透過各種的閱讀技巧，來與作品產生共鳴，以了解作品的思想感情，並從中獲取美感。而文學鑑賞論，就是探討文學鑑賞的相關問題者稱之。

愼伯對文學鑑賞提出了兩項議題：一是鑑賞的方法；二是賞《詩》三要件。就前項而言，計有以意逆志、反覆細讀、以近世人情而上推之等三類方法。其中以近世人情而上推之一類，已涉入文學社會學及文學心理學的領域，是此部份較具可看性的地方。至於後項，則包含通毛《詩》鄭《箋》、通草木鳥獸之性質體用、通禮制等三要件。雖所述未出新意，但論點合乎規矩，亦可謂是示人以讀《詩》之南針。

第一節　鑑賞方法

我們方才說過，文學鑑賞的目的，即在探討作品中的思想情感，以獲取美感。而鑑賞的方法，就是提供我們探取作品中思想情感的技巧。對此愼伯提出了三項方法：

一、以意逆志

「以意逆志」是中國文學鑑賞論的一項重要法則。它最早的源流，當始自《孟子·萬章章句上》：「故說詩者，不以文害辭，不以辭害志，以意逆志。」其後文人屢加引用以爲讀詩之法。宋胡仔《苕溪漁隱叢話》引《石林詩話》說：

長篇最難，晉魏以前詩無過十韻者，蓋常使人以意逆志，初不以敘
事傾倒爲工。〔註1〕

王國維《觀堂集林》說：

由其世以知其人，由其人以逆其志，則古詩雖有不能解者，寡矣。

〔註2〕

慎伯對此一方法也多所運用，他在〈答張翰風書〉一文中，曾述說自己對詩
的種種看法。在說完之後，又表示這些看法都是經常接觸詩歌而體會出來的，
至於體會的方法，就是以意逆志。他說：

……頗謂以詩自澤，言爲心聲，可意逆而得也。〔註3〕

這是慎伯採「以意逆志」法讀詩的自白。

以意逆志法在孟子提出後，受到後世文家高度的重視。不過對於此法的
釋義，學者們卻有著不同的意見。分析眾說，大抵歧異點是在「意」字的上
頭。有一派學者認爲，「意」是指賞詩者之意。如漢趙歧《孟子》注說：

……人情不遠，以己之意逆詩人之志，是爲得其實矣。

朱熹《集註》說：

當以己意迎取作者之志，乃可得之。〔註4〕

除了趙、朱二人外，近人朱自清氏說法亦近於此。〔註5〕依此派之說，既然「意」
是指賞詩者之意，則所謂「以意逆志」，便是以賞詩者的意志，去推求作者貫
注於詩中的思想與感情。除此一說法外，另一派的觀點則是將「意」視爲作
詩者之意。清吳淇說：

以古人之意，求古人之志，乃就詩論詩，猶之以人治人也。〔註6〕

大陸學者敏澤說：

〔註1〕〔宋〕胡仔：《苕溪漁隱叢話》（臺北：長安出版社，1978 年 12 月），前集，
卷一一，頁 69，〈杜少陵六〉。

〔註2〕〔清〕王國維：《觀堂集林》（上海：上海書店，1992 年 12 月），卷二三，頁
23，〈玉溪生年譜會箋序〉。

〔註3〕〔清〕包世臣：《安吳四種‧藝舟雙楫》（臺北：文海出版社，1973 年 12 月，
近代中國史料叢刊本），卷八，頁 626，〈答張翰風書〉。

〔註4〕〔宋〕朱熹：《四書集註》（臺南：臺南東海出版社，1989 年 9 月），卷五，頁
125。

〔註5〕詳見朱自清：《朱自清古典文學論文集》（臺北：源流文化事業有限公司，1982
年 5 月），上冊，〈詩言志辨〉，頁 259～260。

〔註6〕〔清〕吳淇：《六朝選詩定論‧緣起》，收錄於《中國歷代文論選》（臺北：木
鐸出版社，1981 年 4 月，再版），上冊，頁 15。

這句話中的「意」，究竟是說詩者的，還是作者的？應該說，後一種
理解更切合實際，也更符合孟子的原意。〔註7〕

依此說來，則「以意逆志」，是以作詩者的意志，去推求作品中的思想與感情。
就這兩派觀點而言，慎伯的以意逆志說，顯然是屬於前一派。他在〈十九弟
季懷學詩識小錄序〉一文中說：

能以己意測古人立言之旨，而窮其義之所止。〔註8〕

「以己意測古人立言之旨」，很明顯地，是視「意」為賞詩者之意，與朱熹一
派說法相同。此派說法在古代聲勢很盛，一直到近代仍有許多學者抱持此說；
不過近代有若干學者紛表不然，轉而支持另一類的說法。除了前文所提敏澤
之外，郭紹虞、樊德三等人皆屬此派人物。〔註9〕就筆者個人的觀點，後一種
說法應較為合理。畢竟探求古人作品之旨，最可靠的方法，就是從作詩者本
人的思想情性去作推斷，這是最直接、最具體的方式；若是以賞詩者的意志
去推求作詩者的意圖，終是隔了一層，而且難免流為主觀。今慎伯將「意」
視為賞詩者的意志，顯然是受到趙歧、朱熹等傳統派的影響，未能跳出傳統
的窠臼所致。

二、反覆細讀

欣賞一篇作品，若能耐住性子，細加咀嚼，每每能體會箇中真意，明其
旨歸。《三國志・王肅傳》注引《魏略》說：「有從學者，（董）遇不肯教，而
云必當先讀百遍；言讀書百遍，而義自見。」此一鑑賞方法，不獨中國人有
之，即便是西方文人，亦講究此法。約翰・厄斯金（John Erskine）說：「一本
書如果值得一讀的話，通常都得讀一次以上。而每讀一次，一定會有一些新
觀念、新印象產生出來。」〔註10〕由是可知，不論中、西學者，對反覆研讀

〔註 7〕 敏澤：《中國文學理論批評史》（北京：人民文學出版社，1982 年 6 月，二刷），
上冊，第一章，〈孔子孟子及荀子等〉，頁 36。

〔註 8〕 〔清〕包世臣：《安吳四種・藝舟雙楫》（臺北：文海出版社，1973 年 12 月，
近代中國史料叢刊本），卷九，頁 662。

〔註 9〕 郭紹虞之說，見其所著：《中國文學批評史》（臺北：五南圖書出版有限公司，
1994 年 8 月），貳〈上古期──自上古至東漢〉，頁 32；樊德三之說，見其所
著《中國古代文學原理》（北京：光明日報出版社，1991 年 9 月），第八章〈中
國古代的文學賞評論〉，頁 258～262。

〔註 10〕 John Erskine：〈好讀者〉，叔本華等的《讀書的藝術》（臺北：志文出版社，1993
年 5 月，再版），頁 126。

的鑑賞方法，均抱持著肯定的態度。對於此一方法，慎伯也十分贊同。其〈復石贛州書〉一文中，嘗勉勵讀太史公〈報任少卿書〉未悟的石贛州說：

> ……以閣下半夜之間，多則十數過，何即能悟？請再逐字逐句思之，又合全文思之，思之不已，則有得已。〔註11〕

慎伯認為，石贛州才讀〈報任少卿書〉十數回，如何能了解該篇的旨要，故勉其反覆細讀，必能有得。由此可見，慎伯對此法非常地重視。

除了勉勵他人以外，慎伯對此一方法亦能躬身實踐。其於〈摘鈔韓呂二子題詞〉一文中說：

> 小子（慎伯自稱）壯歲，壯得二書（《韓非子》、《呂氏春秋》），而摘錄之。嗜之數十年，雖資性弱劣，無能為役，而溫故知新，所見固有較諸公為深。〔註12〕

「溫故知新」，而使自己對《韓》、《呂》二書有超越他人見解的地方，這是慎伯閱讀文章能反覆研讀，以見新意的明證。又其〈張童子傳〉一文說：

> （張）童子曰：讀書泛覽無益。吾日讀二千字，三遍即可背，五遍即大熟；然至其愜意者，暇隙諷誦，常至數千遍，必便自明其義，注解多不可靠也。……。予（慎伯自稱）成童後，誦〈過秦論〉、《古詩十九首》，皆萬過漸有心得。感此說之實發於童子也。〔註13〕

慎伯認為，自己幼年時受張童子的影響，明白讀書常須熟爛，故「誦〈過秦論〉、《古詩十九首》，皆萬過漸有心得。」由上述二例可知，慎伯讀書時輒能反覆細讀，以求真意，是其不僅能提出理論，亦能躬行實踐。正由於能躬行實踐，故慎伯於文學之賞評，輒有其超邁他人之處，值得我們深切效法。

三、以近世人情而上推之

慎伯談到鑑賞的方法時，曾提出一項非常寶貴的意見，那就是從現代社會的人情世態，去推尋古人制作的本旨。他說：

> 至於論先王制作之原，亦能以近世人情上推之，而原其終始。于鄭氏〈指鄭玄〉之說常合，是其所長也。〔註14〕

〔註11〕〔清〕包世臣：《安吳四種·藝舟雙楫》（臺北：文海出版社，1973 年 12 月，近代中國史料叢刊本），卷九，頁 687。

〔註12〕同上註，頁 703。

〔註13〕同上註，卷一一，頁 823～824。

〔註14〕同上註，卷九，頁 662，〈十九弟季懷學詩識小錄序〉。

這個觀念非常地正確，但是慎伯並沒有作深入的說明。在此，筆者以為應當作出詮釋，使其說法能夠明朗化。要說明此一觀念，就必須先解開一個問題：那就是為何依據人情，便能推得文人制作之旨？這其中的原因，是因為文人的寫作，大抵就人情而發的；既是就人情而發，則由人情而反推之，當然能明白文人制作之旨。《禮記‧禮運》說：

> 聖王修義之柄，禮之序，以治人情。

《禮記‧樂記》說：

> 樂統同，禮辨異，禮樂之說，管乎人情。

慎伯也說：

> 《記》有之禮樂之設，管乎人情。蓋禮以管身；樂以管心。然則管情之用，樂為尤至矣。自漢氏以來，先王之禮蕩然，……故君子欲管其情，唯樂而已。樂之聲容，其亡尤勝於禮，而義則存詩。賦者，詩之流；詞者，詩之餘，皆詩也。〔註15〕

此處指出，聖賢之制禮、樂，乃為管合人情而發。慎伯更直指禮、樂之義，乃存於詩、詞、賦等文學作品中。如此一來，則先王之制作（含禮樂大經與一切文學作品），與人情之間便存在著因果關係。既然兩者間具有因果關係，則因能致果，而果亦能反推而得因。是以由人情而反推文人制作之旨，便足以成立。

　　明白了上述的因緣後，我們要開始討論慎伯所提——從近世人情可遠推古人著作之旨的觀念。首先，我們要問：從人情雖然可以反推文人制作之旨，但這也應當從此一作品的時代入手，何以從近世人情便能往上推尋呢？這個問題的答案是——因為人情具有時空上的「共通性」，因此由近世人情便能上推古人制作之旨。如此說法或許仍覺抽象，現在筆者就針對此一議題作一明確解釋。

　　所謂人情，是指人喜、怒、哀、樂、愛、惡、欲等心理狀態。這些心理狀態的產生有兩方面：一是天生具有（即本性）；一是來自社會文化的薰陶。前者如《禮記‧禮運》所說：

> 何謂人情？喜、怒、哀、懼、愛、惡、欲，七者弗學而能。

「弗學而能」即是與生俱有之意。後者如藝術實在論者（artfulrealism）Shweder所說：

〔註15〕 〔清〕包世臣：《安吳四種‧管情三義》，卷一七，頁1327～1328，〈敘〉。

　　每個人都存在於特殊文化環境之中，每個主體及其心理活動，都是
　　透過其文化意義的掌握過程而發生改變。〔註16〕

這段話足以說明社會文化對於人情的影響。綜上可知，人情來自兩方面（本
性、社會文化的薰陶），即使經過長久的歲月，古今之間仍具有其共通性。這
如何說呢？就第一方面而言，人生而有喜、怒、哀、懼……等情感，此古今
皆同，故具有共通性，是無可疑議的。就第二方面而言，人情來自社會文化
的薰陶，而社會文化本身具有傳承性，故人情亦隨之而具有傳承性。西方學
者梅德（Mead）說：

　　文化乃傳統行爲的全部叢結。這樣的叢結爲人類所發展，且爲每一
　　代繼續不斷的學習著。〔註17〕

文化如此一代代地傳承沿襲，是以受文化影響的人情，便也自然而然地具有
傳承性。既然具有傳承性，則古今之間當然有其互通之處。

　　綜上可知，古今人情具有共通性，雖然相通未必全面，但具有一定的重
疊度卻是事實。古今人情既然存有共通性，則以「近世人情」上推先人制作
之旨，必然能夠成立。現在，我們就以慎伯所舉的例子來作一說明。慎伯說
他以「近世人情」上推鄭（玄）箋之旨，而每能相合。筆者以爲，這是由於
鄭玄的時代，人們的名教觀念很重，鄭玄注疏也因此偏重於名教。其後由於
儒家主導中國，所以此一名教觀念，便持續地傳承下來（即文化的傳承性），
到了慎伯的時代，人情猶重於此（即古、今人情的共通性），慎伯以此而上推
鄭注之旨，當然多相耦合。

　　慎伯提出以「近世人情」上推先人文旨的觀念，雖然只是短短的幾句話，
但卻是中國文論的一大突破，古時文人賞評文章，或「以意逆志」（《孟子‧
萬章章句上》）、或「披文入情」（《文心雕龍‧知音》）、或「深識鑒奧」（同上），
或「從容涵泳」〔註18〕……，都只是單純地從鑑賞者本身的技巧著手，鮮能
拓及外在現象的探討。慎伯如今提出此法，實已邁入文學社會學及文學心理

〔註16〕引自余安邦：〈文化心理學的歷史發展與研究進路：兼論其與心態史學的關
　　　　係〉。收錄於楊國樞編：《文化心理學的探索》（臺北：臺灣大學心理學系本土
　　　　心理學研究室，1996年12月），頁21。
〔註17〕韋政通：《中國文化概論》引。（臺北：水牛圖書公司，1994年7月，五版三
　　　　刷），第一章〈緒論〉，頁4。
〔註18〕〔清〕王夫之：《薑齋詩話》（臺北：西南書局，1979年11月，清詩話本），
　　　　卷上，頁2。

學的領域當中（所謂「近世人情」，表現的正是一種社會的心理）。此外，慎伯又以之上推古人文旨，這更揭櫫了古、今人情具有共通性的事實。是以慎伯提出此法，雖僅寥寥數語，但卻值得高度重視。

第二節　賞《詩》三要件

慎伯在〈清故揀選知縣道光辛己舉人包君行狀〉一文中，援引其亡弟季懷（即此文之包君）的話，來述說賞詩三要件。該段文字如下：

> 君（季懷）謂毛公恪遵雅訓，義最優。簡質難曉，故鄭氏時出別義以輔之，非好學深思者，莫能猝通。或又以私意附會，俚言破道。至於草木鳥獸之性質體用，詩人所由托興也。又古人習於禮，故舉時、舉地、舉器服，即以見得失，寓美刺。斯三者，有一不明晰，則茫然不得其解。〔註19〕

此段文字，道出賞詩三要件。第一，通毛《傳》、鄭《箋》；第二，通草木鳥獸之性質體用；第三，通禮制。今就此三事分述如下：

一、通毛《傳》、鄭《箋》

毛《傳》、鄭《箋》，是《詩經》的訓詁。所謂訓詁，即是訓釋古籍，使後人在閱讀古書時，能確切掌握其義涵。正以訓詁之作用如此強大，是以今人於研讀古作時，每每離不開訓詁一途。胡師楚生說：

> 我們研習訓詁學，了解訓詁的方法，這對於閱讀古籍，無疑地是增加了一種有利的工具。〔註20〕

明白訓詁的重要後，接下來面臨了項棘手的問題，那就是如何選擇適當的訓詁傳注？一部古籍，歷經各朝文人的注解後，其訓詁之書可謂汗牛充棟，如何選擇一部好的注疏，確實是一門大學問。就以《詩經》來說，有毛公的傳，有鄭玄的箋，有齊、魯、韓三家的遺說，有魏晉人的舊訓，有唐宋人的音義，有宋元的新義，再加上清人的經解，真是五花八門，令人無所適從。對於這

〔註19〕〔清〕包世臣：《安吳四種·藝舟雙楫》（臺北：文海出版社，1973年12月，近代中國史料叢刊本），卷一一，頁834～835，〈清故揀選知縣道光辛己舉人包君行狀〉。

〔註20〕胡楚生：《訓詁學大綱》（臺北：華正書局，1992年9月，四版，第一章，〈緒論〉，頁8。

個問題，慎伯所圈選的答案，是毛《傳》與鄭《箋》。慎伯所持的理由，是「毛公恪遵雅訓，義最優。簡質難曉，故鄭氏時出別義以輔之。」毛《傳》在慎伯的心中，是《詩經》注疏中的冠冕，而其輔翼的最佳拍檔，就是鄭《箋》。慎伯此一觀點，不但在當時爲文家所普遍認可，即便在近兩百年後的今天，仍然站得住腳。時人裴普賢先生說：

> 我們今日研讀《詩經》，當然不能不注意考證的工夫，毛《傳》、鄭《箋》，仍是我們訓詁的出發點。〔註21〕

黃永武先生說：

> 家法門派既經辨別，知道研究《詩經》必從篤守毛《傳》入手。……因爲它出自孔門，傳承的淵源最早；又有鄭《箋》與孔《疏》，至今資料保存得最完整；又與古書的紙上資料，及考古的紙外資料多所印合。〔註22〕

黃永武先生在同文之中，又舉出毛《傳》九項優點以爲宣揚。他說：「毛傳與孔門思想最契合」、「毛傳的解釋，最切合古代的體制」、「毛傳的訓詁，不斷地獲得實物的證驗」、「毛傳絕無怪誕的說，最平實可信」、「毛傳與左傳時時相合，史證具在」、「毛傳小序是最古的訓詁書，最接近賦詩的年代」、「毛傳與小序應合無間，絕非無本之學」、「毛傳與荀子之學並出子夏，每可互證」、「毛傳與爾雅相異處，往往毛傳正確」。這九項論點，將毛《傳》的特色勾勒地淋漓盡致，也足以佐證慎伯所謂「毛公恪遵雅訓，義最優。」的眞實性。不過筆者以爲，毛《傳》、鄭《箋》也不是沒有缺點。如毛《傳》，因極度重視詩教，解釋難免有所附會，且對「興」義的解釋，也未盡妥當。至於鄭《箋》，則因囿於禮教，解釋遂多鑿枘之處。這些缺點，清人其實都看到了。道光年間，馬瑞辰撰有《毛詩傳箋通釋》一書，透過聲韻、訓詁、考證等多方面的分析，對三百五篇逐一疏釋，糾正了毛《傳》、鄭《箋》，甚至孔《疏》的許多謬誤。可惜慎伯寫〈包君行狀〉一文時，此書尚未刊刻，慎伯無緣得見。此外，在當時前後又陸續有胡承珙《毛詩後箋》、陳奐《詩毛氏傳疏》，亦均爲闡發毛《傳》的佳作，皆值得我們一併參考。

〔註21〕 裴普賢：《詩經研讀指導》（臺灣：東大圖書有限公司，1977 年 3 月），〈詩經的研讀與欣賞〉，頁 36。

〔註22〕 黃永武：〈怎樣研讀詩經〉，《詩經論文集》（臺北：黎明文化事業股份有限公司，1982 年 10 月，再版），頁 21。

二、通草木鳥獸之性質體用

　　《詩經》詠志亦詠物；詠物則離不開草木鳥獸，故研讀《詩經》，自然不能忽略這方面的認識。正所謂「草木鳥獸之性質體用，詩人所由托興也。」詩人常利用草木鳥獸的種種特徵，來進行暗示，以表達另外一類深層的意思。是以慎伯以爲讀《詩》，當須了解草木鳥獸的性質與體用。

　　《詩經》由於主張溫柔敦厚，是以詩人抒發情志，每以委婉暗喻的方式爲之，不直陳事物之利弊，故有興體之起。而興體的運用，最常藉著事物（草木鳥獸）的特徵，來和所欲表達的主旨作一聯想，以達立說的目的。是以了解草木鳥獸的性狀，才能確切掌握寄託之所在。例如〈葛覃〉一詩：

　　　　葛之覃兮，施于中谷，維葉萋萋。黃鳥于飛，集于灌木，其鳴喈喈。
　　　　葛之覃兮，施于中谷，維葉莫莫。爲絺爲綌，服之無斁。言告師氏，
　　　　言告言歸。薄汙我私，薄澣我衣。

近人王禮卿先生評此詩說：「首章以葛草蔓延葉茂，興后妃長成體盛。象義雙顯，爲託物兼比正興。」〔註23〕正說明詩人運用興法，以葛草延茂的特性，來暗示后妃體盛的情況。又如〈草蟲〉一詩：

　　　　喓喓草蟲，趯趯阜螽。爲見君子，憂心忡忡；亦既見止，亦既覯止，
　　　　我心則降。陟彼南山，言採其蕨。未見君子，憂心惙惙；亦既見止，
　　　　亦既覯止，我心則說。陟彼南山，言採其薇。未見君子，我心傷悲；
　　　　亦即見止，亦既覯止，我心則夷。

王禮卿先生評此詩說：「首章以草蟲自鳴，而阜螽隨躍，寄物類相從之義；興君子備禮而妻室從嫁，夫婦相順之禮。興義寄物性象之中，象義隱顯各半，爲託物兼比之正興。」〔註24〕正說明詩人運用興法，以草蟲、阜螽相隨的特性，來暗示夫婦以禮相隨之義。由上述詩例可知，草木鳥獸的體性，常被詩人用來架構興法，以影射題旨。若讀者不諳此些物類的體徵，那麼想了解詩中意涵，恐怕是緣木求魚了。是以慎伯誠人賞詩，必「通草木鳥獸之性質體用」，是真能提挈賞詩之要法。

〔註23〕王禮卿：《四書詩惛會歸》（臺中清蓮出版社，1995 年 10 月）卷一〈國風〉，頁 146。
〔註24〕同上註，卷二，頁 233。

三、通禮制

　　《詩經》之中載記許多禮制，如禮命等級、職官司事、行禮之人、行禮之時、禮具陳設、土田賦稅、……等等，應有盡有。而這些禮制的出現，大抵非閒意之作，而是詩人寓意褒貶之所在。正如慎伯所說：「古人習於禮，故舉時、舉地、舉器服，即以見得失，寓美刺。」今且舉一二實例，以為說明。〈邶風·靜女〉：

> 靜女其孌，貽我彤管。〔毛傳：……古者后夫人必有女史，彤管之法。……〕彤管有煒，說懌女美。〔毛傳：煒赤貌。彤管以赤心正人也。〕

彤管是古代女史所執，專以記功書過。〔註 25〕其管色赤，毛傳遂以之比擬人之赤心，可以更過遷善，故云「彤管以赤心正人也。」這是藉由禮器以表達美刺之義。又如〈邶風·綠衣〉一詩：

> 綠兮衣兮，綠衣黃裏〔毛傳：興也。綠閒色，黃正色。〕、〔鄭箋：諸侯夫人祭服之下，鞠衣為上，展衣次之，褖衣次之。……鞠衣黃，展衣白，褖衣黑，皆以素紗為裏。〕心之憂矣，曷維其已？

毛《傳》以為綠是閒色，黃是正色；鄭《箋》亦表示「諸侯夫人祭服之下，鞠衣為上」〔註 26〕而鞠衣色黃。可見依禮制而言，黃是主色，綠是從色。今詩人立言，以閒綠為外衣，示其顯貴於外；以正黃為衣裏，示其屈就於內，正是譏刺妾僭夫人正位之意。毛序說：「綠衣，衛莊傷己也。妾上僭，夫人失位，而作是詩也。」王禮卿先生說：「首章以閒綠為外衣，正黃為衣裏；興賤妾而使貴顯，夫人尊而使幽蔽。」〔註 27〕由此可知，詩人乃藉服色之制，以刺尊卑之失序。綜觀上述例證，慎伯以為《詩經》言禮，每能「見得失，寓美刺。」此說是正確的。也正因《詩經》所談之禮，多蘊含深意，故慎伯誡人賞詩，必先通禮制，否則將「茫然不得其解」。

　　綜上可知，不論是通草木鳥獸之性質體用，或是通毛《傳》、鄭《箋》，

〔註25〕女史一職，見《周禮·天官冢宰》。又彤管一事，《後漢書·光武郭皇后紀》：「女史彤管，記功書過。」注：「彤管，赤管筆也。」

〔註26〕有關諸侯夫人之服制，《周禮·天官·內司服》：「掌王后之六服，褘衣、揄狄、闕狄、鞠衣、展衣、緣衣。」鄭箋之說，蓋緣此而來。

〔註27〕王禮卿：《四家詩恉會歸》（臺中清蓮出版社，1995 年 10 月），卷三〈國風〉，頁 325。

或是通禮制，事實上都是賞《詩》必備的條件，憤伯之言，能得賞《詩》的大旨。然而就實際而言，賞詩的要件絕不僅止於此。民國以來許多學者如于省吾、屈萬里先生等，藉助於金文學、甲文學的知識來研究《詩經》，獲得相當豐碩的成果。〔註28〕另外還有若干學者運用語言學、民俗學來研究《詩經》，也都展現出耀眼的成績。這些學科的知識，都是賞詩應該具備的條件，畢竟《詩經》是部年代久遠的經典，我們所憑藉的知識越多，則獲得的真相將會愈明朗。

〔註28〕見于省吾：《詩經楚辭新證》（臺北：木鐸出版社，1982 年 11 月）、屈萬里：《詩經釋義》（臺北：中華文化出版事業委員會，1953 年 4 月，現代基本知識叢書本）。

第八章 文學批評論（上）──基本理論

　　所謂文學批評，是指在文學鑑賞的基礎上，根據某些特定的方法與規則，對各種文學現象進行理性而系統地分析，並進而作出評價與判斷。至於文學批評論，則是探討文學批評的相關問題者稱之；大體而言，包含了基本理論與實際批評兩大部分。文學批評與文學鑑賞常爲文家所混淆，事實上兩者是有分別的。雖然兩者都在不同程度上對文學作品產生評價，看來似乎沒有不同，但仔細推敲，卻可以明顯地看出其間的差異性。就對象而言，文學鑑賞的對象僅限於文學作品；文學批評則包含了作品、作家、流派、時代文學、國家文學等等，範圍極廣。就態度而言，文學鑑賞偏向於感性與審美；文學批評則傾向於理性和邏輯。就目的而言，文學鑑賞主要是爲獲得美感，至於對作品所生的評價，其實是伴隨著美感經驗而來的一種感想，並非刻意爲之；文學批評則以作出評價與判斷爲主要訴求。從以上三方面來看，文學鑑賞與文學批評確實存在著差異性，研究文學理論者，對此不可不察。

　　對於文學批評的基本理論，慎伯主要提出了兩大部分：第一部分是古代文評家的評語模式。它包含著自得語、率爾語、僻謬語三類。在慎伯的眼中，除了自得語一類是好的評語模式外，其餘兩類都存在著弊端。此一議題的探討，可說是對古代文評的一項總體檢。第二部份是批評的標準，它探討的文體有古文、詩歌、詞三類。其中古文、詩歌二類，分別以義法及詩教爲判，說法較近傳統；至於詞體一類，慎伯以清、脆、澀爲判，則屬掙脫門戶，別立一家的創見，就當時詞壇而言，是十分新穎的見解。

第一節　文評家的三種評語模式

　　歷來的文評家，對作品總有各式各樣的評語，面對這些五花八門的評語，慎伯將之歸納爲三類——自得語、率爾語、僻謬語。

一、自得語

　　何謂自得語？慎伯說：

> 自得語以心印心，直見作者眞際，後學依類求義，可以悟入單微。
> 〔註1〕

「以心印心」，表示文評家與作者的心意相互冥合，故所評能見「作者眞際」（即作品之意旨），後世學人但依評語之事類以求義，便能理解作品的奧妙。依慎伯之說，「自得語」無疑是個很好的評語模式，它是文評家在領會作品的內在意涵後，所作出的適切評價，能導引後學入於前人作品之堂奧。對於此類佳評，慎伯舉了如下的例子：

> 如子長謂《司馬法》閎闊深遠，三代征伐，未能竟其義。子政、子雲謂子長有良史之材，「善序事理，辨而不華，質而不俚，其文直，其事核，不虛美，不隱惡。」子雲謂長卿賦「不從人間來，讀千賦則能爲之。」魏文帝論鄴中七子，鍾嶸謂士衡所擬之十二首古詩「驚心動魄一字千金。」子美謂薛稷曰：「少保有古詩，得之陝郊篇。」其謂太白曰：「筆落驚風雨，詩成泣鬼神。」又曰：「李侯有佳句，往往似陰鏗。」太白〈登華山絕頂〉題約：「此地呼吸可通帝廷，恨不攜謝朓驚人句，來此搔首問蒼天。」裘美謂清遠道人〈虎邱詩〉「一字一句，若奮若搏，建安詞人不得居其右。」孟會謂子美〈朝進東門營〉詩「其妙可以招魂復起。」子由謂子美〈哀江頭〉「如百金戰馬，騰坡驀澗，如履平地，下視樂天、微之，直如跛蹩。」子瞻言「智者創物，能者述之，非一人而成。君子之于學，自三代歷漢，至唐而備。故詩至杜子美，文至韓退之，而古今之變，天下之能事畢矣。」此自得語也。（同上）

以上例子，即是慎伯眼中文評家的「自得語」。筆者以爲，這些例子大致是允

〔註 1〕〔清〕包世臣：《安吳四種‧藝舟雙楫》（臺北：文海出版社，1973 年 12 月，近代中國史料叢刊本），卷九，頁 712，〈書韓文後下篇〉。

當的，但也有若干例子並不妥切。如子由評子美〈哀江頭〉詩一例，文中謂此詩令白居易、元稹之詩相形失色，有如「跛鼈」一般。如此評語，不免過激，焉能稱之爲「自得語」？又如子瞻言「智者創物，能者述之，……。」一例，文中評及杜詩與韓文，以爲文章至此二人之手，而「古今之變，天下之能事畢矣。」如此評語，若愼伯的理念標準來看，實在是錯得離譜，焉能稱之爲「自得語」？因爲愼伯在〈書韓文後上篇〉一文中，嘗批評韓文「切要語本自無多。」此刻卻認同子瞻對韓文的讚歎，如此豈非自相矛盾？是以愼伯舉例輒有其不當之處，讀者於研覽時，當愼所抉取爲是。

二、率爾語

何謂率爾語？愼伯說：

> 率爾語，本出無心，以其名高，矢口流傳。（同上）

依其意思，率爾語是脫口而出，隨興之語，其評斷本乏深思熟慮，乃隨意之所至而托出。至於其能流傳於後世，誠以評論者名高之故。對於此一評語模式，愼伯舉了如下的例子：

> 唐人謂興公〈天台山賦〉「赤城霞起以建標，瀑布飛流以界道。」二句是佳處。又謂昌黎〈進學解〉、玉川子〈月蝕〉詩「如赤手捕長蛇，不施鞍勒騎生馬。」任華愛太白「海風吹不斷，江月照還空。」兩句。永叔謂「清風朗月不用一錢買，玉山自倒非人推。」太白之所以推倒一世者在此。山谷謂「請君試問東流水，別意與之誰短長？」是太白至處。又謂「東坡〈黃州寒食詩〉似太白，正恐太白有未到處。」此率爾語。（同上）

以上是愼伯所舉率爾語的例子。從這些例子中，可以歸納出一個特色，那就是此類評語，沒有任何品評的標準，完全是依照個人的主觀情緒來發言。而此類評語之所以能夠流傳，爲後世所典重，正如愼伯所言，是因其名氣響亮之故。在崇尚聖賢權威的中國社會裏，名氣就是實力，名人之語，字字珠璣，或許其內容未見錧轄，但藉著名氣的資助，卻可以藏諸名山，騰播久遠。所謂的率爾語，其本質正是在此，屬於一種差劣的文評語。

三、僻謬語

何謂僻謬語？愼伯說：

僻謬語，自是盲修，誣古人以罣來學。（同上）

愼伯認爲，僻謬語是看不清作品的要旨，評論悖離了實情，不僅重誣古人，也貽誤後世。對於此類評語，愼伯舉例如下：

> 樊汝霖謂〈鬥雞〉聯句「爭觀雲塡道，助叫波翻海。」是韓詩之豪；
> 「一噴一醒，然再接再厲。」乃是孟詩工處。山谷謂退之〈記夢詩〉
> 「壯非少者哦七言，六字常語一字難。」只上句哦字，便是所難，
> 乃爲詩之法。此僻謬語也。（同上）

觀上舉諸例，確實所評與實情相去甚遠。就韓愈〈鬥雞〉聯句例而言，樊汝霖注「一噴一醒，然再接再厲。」句，以爲有如東野詩之工妙。平心以論，此處詩句不論是形式，或是情境，確實都平凡無奇，謂之爲「東野工處」，實在未明所指？又黃山谷注「壯非少者哦七言，六字常語一字難。」句，以爲單是上句的「哦」字，便是所難，乃爲詩之法。這實在是過度講求詩法的弊病，光從一字一句上拆卸下來推敲，忽略了整體的美感。愼伯以爲這些人的評論乃僻謬之語，一以誣古人，一以罣來者，洵非過枉之論。

針對以上三類評語，愼伯分別提出了不同的評價。他說：

> 自得語，非近有得者不與知；僻謬語，信從者究屬無多；惟率爾語，
> 間於可否，至易誤人。（同上）

自得語，愼伯以爲若非熟悉該首作品者，很難體會評語之指涉。至於僻謬語，由於繆誤過甚，信從者寡，故影響不大。最令人擔心者，是率爾語。這類評語似是而非，在對與錯之間徘徊，令人難以辨析，容易擾人視聽，遺毒後學。

由於率爾語對後人的殘害甚深，所以愼伯特別又標舉出兩個流傳廣遠的案例，並試著提出駁難，希望擊破人們對率爾語的迷思。他說：

> 而率爾語流傳至盛者，莫如永叔：晉無文章，唯淵明〈歸去來辭〉
> 一篇：子瞻：唐無文章，唯退之〈送李愿歸盤谷序〉一篇也。固二
> 公心有所感，而偶然所出，然藝苑久以爲圭臬矣。（同上）

愼伯認爲，歐陽修盛讚陶潛〈歸去來辭〉，以及蘇軾盛讚韓愈〈送李愿歸盤谷序〉的話，都是偶然所出的率爾語，然藝林卻「久以爲圭臬矣。」對此他深表不然，提出了嚴正的反駁。首先是針對這兩篇文章的品質發出攻擊。他說：

> 〈李愿序〉前已備論。陶詞則東坡亦有托其文以不朽之語。按：子
> 雲謂詩人麗則，詞人麗淫，則別詩詞爲二。孟堅謂詞者意內而言外，
> 則與詩固無殊異。〈歸去來詞〉，論其外言則不麗，求其內意復無則，

不惟與其詩之骯髒沉鬱殊科，即比〈閒情賦〉寄意修辭，亦大有間。

而永叔倡於前，子瞻和於後。想以淵明恥事二姓，爲南朝獨行，意

詞爲拔足始基，重人以及文耶？（同上）

此處指出，韓愈〈送李愿歸盤谷序〉一文價值不高，此「前已備論」。所謂「前已備論」，是指其〈書韓文後上篇〉中所說，韓愈贈序類文章「情文無自」，堪稱「惡札」。既是惡札，則東坡之讚語，自是率爾出之。又以爲〈歸去來詞〉一篇，外言不麗，不合子雲所謂「詞人麗淫」的標準；「內意復無則」，不合孟堅「詞者，意內而言外。」的標準。既然內、外皆不合標準，則永叔對此篇的讚語，自是率爾出之。他並且推測歐、蘇二人對〈歸去來辭〉的褒美，其實是由於敬佩淵明的志節，而愛人及文的。

　　以上是針對兩篇文章的品質提出批判。接下來愼伯又實際論述了晉、唐多位文人的才學，證明除了淵明、退之以外，尚有美文的存在，以駁斥永叔「晉無文章」；東坡「唐無文章」的妄語。他說：

然杜韜、劉淵父子，李暠之文之載《晉書》者，則清越渾健，有西京風，不得謂晉無文章也。唐文退之外，推子厚。子厚貶斥後，乃盡變少壯風格，力追秦漢，與退之相軋。然其先爲駢儷時，氣骨清健，固自然越世俗。是外，燕許〔註2〕之宏麗雄肆，權、李之幽龍宕逸，俱足自植。然燕許中乾，權、李氣偏，唯敬輿文體，雖仍當時，而意取管、孟，厭人心，切事理，當其動盪沉酣，賈、晁、無以相過，實有退之所不逮者，亦未能遂言唐無文章也。（同上）

愼伯於晉代，提出杜韜、劉淵父子，及李暠之文；於唐代，提出柳宗元、張說、蘇頲、權德輿及陸贄之文，以證明除陶淵明、韓愈之外，仍有好文章存在。其實，不論愼伯所提這幾位文人的作品是否眞的可觀，就結果而論，愼伯的觀念是正確的，沒有人會相信晉、唐之間惟有陶、韓二人之文，因此愼伯將永叔及東坡的評論定位爲率爾語，相信無人會提出異議。金王若虛以爲東坡之盛讚〈送李愿歸盤谷序〉一文，「蓋一時之戲語耳。」〔註3〕因爲「古之作者，各自名家，其所長不可強而同，其優劣不可比擬而定。」（同上）王氏以爲東坡「唐無文章」

〔註2〕　指張說與蘇頲。張說與蘇頲皆爲文章之能手，說封燕國公，頲封許國公，時號燕許大手筆。《唐書・蘇頲傳》：「頲自景龍後，與張說以文章顯，稱望略等，故時號燕許大手筆。」

〔註3〕　（金）王若虛：《滹南遺老集》（上海：上海書店，1989年3月，四部叢刊初編本），卷三五，頁8～9，〈文辨〉。

之說，是當一時之戲語，此話正可作爲慎伯說法的佐證，證明永叔、東坡之評斷，確實有率爾出之的成份。

慎伯對於古代文評家的評語模式提出批判，可說是一種「批評的批評」。〔註4〕他爲古代文評界的評語模式做了一次總體檢，將其優劣得失具體指出，這在文評界是很少見的。古代文評家大抵是針對作家、作品或是流派提出批判，少有對評語模式進行檢討者，慎伯的作法可謂開了先聲，值得從事文評工作者，予以細細琢磨

案：對於慎伯所提的三種評語模式，筆者以爲尚可添入「附和語」及「應酬語」兩類。所謂「附和語」，即是未經深思，輕易附和他人語調者稱之。這類評語在中國的文評中隨處可見。例如《史記》一書，其取材的範圍，在班固說出《左傳》、《國語》、《世本》、《戰國策》、《楚漢春秋》後，〔註5〕後世文家遂多附和此說。劉咸炘說：

> 《史記》只取《春秋》、《國語》、《世本》、《國策》、《楚漢春秋》，正是其有別擇之處。〔註6〕

劉節說：

> 太史公所用的材料，不外乎《詩》、《書》、《國語》、《國策》，及《左傳》中的材料。〔註7〕

王觀國說：

> 大率司馬遷好異而惡與人同，觀《史記》用《尚書》、《戰國策》、《國語》、《世本》、《左氏傳》之文，多改正其文。〔註8〕

以上諸家之論，內容或略異於班固，然大抵承班氏而來。尤其《國策》一書，幾爲諸家所必提。事實上，《史記》取材《國策》之事，未必全然可信。金建

〔註4〕 時人張健先生解釋「批評的批評」說：「批評文字本身有長短處，也需要別人再批評。如：馮班的滄浪詩話糾繆就是這類作品。」見其所著：《文學概論》（臺北：五南圖書出版有限公司，1991年6月，初版八刷），下編，第十八講〈中西文學批評之方法〉，頁268。

〔註5〕 事見《漢書》（臺北：鼎文書局，1976年10月，再版），卷六二，2737，〈司馬遷傳〉。

〔註6〕 楊燕起、陳可青、賴長揚合編：《歷代名家評史記》引。（臺北：博遠出版有限公司，1990年2月），第五章〈論取材〉，頁219。

〔註7〕 劉節：〈古史辨序〉。收錄於顧頡剛：《古史辨》（香港：太平書局，1963年2月），第五冊。

〔註8〕 〔宋〕王觀國：《學林》（臺北：新文豐出版公司，1984年6月），卷一，頁13，〈介雞〉。

德認爲，《史記》之文記載了許多史遷所見過之書，但卻從未提過《國策》，這是很令人懷疑的。〔註9〕又吳汝綸認爲，《史記》取材舊書，皆加以刪裁因革，唯獨完全因襲《國策》者，便有九十餘處。這是因爲劉向所校的《國策》，早已亡佚，後人遂取《史記》而非《史記》取材於《國策》。〔註10〕這些說法，證明《史記》與《國策》之間，仍有許多待解之謎；而後世文家不深入追查，紛紛附和班固之說，直指《史記》取材於《國策》，這是文評家以「附和語」立論的一項實例。當然這只是冰山一角，類似的情況還相當多的。再來看「應酬語」。這類評語大部份出現在贈序類的文章中，基於禮貌的關係，文家總須講些好聽話，於是所作的評論，便出現相互標榜的客套語，眞實性令人存疑。這類情況極夥，歷代文集中俯拾皆是，此處不贅舉。以上所謂「附和語」、「應酬語」，均爲歷代文評界常出現的評語模式，今略予陳述，以資補充。

第二節　批評的標準

一、古文——以義、法爲判

慎伯判定古文的優劣，是從義、法兩方面入手。義就是內容，即所謂「言有物」；法就是形式，即所謂「言有序」。他說：

> 蓋文之盛者，其言有物；文之成者，其言有序。〔註11〕

又說：

> 文之所以精者，曰義、曰法。故義勝則言有物；法立則言有序。
> 〔註12〕

「言有物」、「言有序」二詞，最早出現在《易經》之中。《易·家人卦》大象說：「君子以言有物，而行有恆。」「言有物」，是指言談要有內容，〈艮卦〉六五爻說：「艮其輔，言有序，悔亡。」「言有序」，是指言論要合乎法度。此一觀念爲後來文人所引用，以施於文章的內容與形式的要求上。義（「言有

〔註9〕　金建德：《司馬遷所見書考》（上海：上海人民出版社，1963年2月），〈戰國策作者的推測〉，頁328～337。

〔註10〕　〔清〕吳汝綸：《吳摯甫全集》（臺北：臺灣商務印書館，1973年12月），第四卷〈外集〉，頁88～89，〈記太史公所錄左氏義後〉。

〔註11〕　〔清〕包世臣：《安吳四種·藝舟雙楫》（臺北：文海出版社，1973年12月，近代中國史料叢刊本），卷十，頁798，〈雩都宋月臺維駒古文鈔序〉。

〔註12〕　同上註，頁800，〈樂山堂文鈔序〉。

物」），是指文章的內容必須充實，不得爲糟粕之作。而所謂充實的內容，慎伯的標準究竟爲何？他說：

> 必使其言爲吾所可言，所當言；又度受吾言者，所可受，所當受。
> 〔註13〕

又說：

> 反之一心而皆當，推之人人之心，而無不適焉。（同上）

上述兩段引文的意思大致相同，都是指文章的內容，必須合於人心之常理，是作者可以說的、應當說的，而且是讀者可以接受的，應當接受的。言論能達到這樣的標準，當然是合於一切常道，足以放諸四海而皆準。不過這樣的說法仍嫌抽象，並沒有說出文章內容的實際範圍，我們再看慎伯以下的一段話。他說：

> 讀書多，涉事久，精心求人情事故得失之原。（同上）

由是句可以得知，慎伯主張的文章內容，即是「人情事故得失之原。」直言之，即民生利病、是非成敗之事。而此一內容，是可以從「讀書」與「涉事」中得來的。慎伯所謂的「義」，其範圍至此已十分清楚。

　　至於法（「言有序」），則是指文章的形式要合乎規矩。欲使形式合乎規矩，就必須講求文法。古文的文法，慎伯在此處並未提及；但其於〈文譜〉一文中，曾提出激射、回互、奇偶、疾徐、墊拽、順逆、繁複、集散等八法（見本書第六章第一節），當可作爲此處之補充。

　　慎伯義、法的內容，概如上述。至於兩者間的關係，慎伯說：

> 然以有物之言，而言之無序，則不辭。故有物者不可襲而取，有序者可以學而致。是以善文者，必盡心於法以爲言，而不敢縱其所欲也。（同上）

「然以有物之言，而言之無序，則不辭。」表達了慎伯義、法兼重的觀點。他並且認爲，文章的義是無法「襲而取」的，〔註14〕意即須藉由長久的道義積累，方能成就；但是文章的法，卻可以力學而得，所以文人應當盡心於文法的推求，不可縱意爲文。如此的觀念，是將文章的義、法平等看待，有好

〔註13〕同上註，頁799，〈雩都宋月臺維駒古文鈔序〉。
〔註14〕以爲文章內容「不可襲而取」，與《孟子・公孫丑上》所謂：「其爲氣也，配義與道，無是，餒也。是集義所生者，非義襲而取之也。」意義相侔。均是指內心的光輝，須藉由道義的長久積累方能成就，絕非倉促間憑著外在行事而能夠襲取的。

的義，也須有好的法來表達。尤其文章的義，本須藉著長久的道義積累，而非倉促可得，在這種情況下，文章法度的掌握就更形重要了，不如此不足以相互補足。如此義、法並重的理念，愼伯是非常強調的。他說：

　　夫有物之言，必其物備於言之先。然言之無序，則物不可見，物即
　　可見，則言不可以行遠。（同上）

「夫有物之言，必其物備於言之先。」表示文章的義，是文章形成的最初根源，在未動筆之前，便已存在於文人的心中。但是文章的義儘管再充實，若是沒有法的搭配，則亦「不可見」；即便可見，亦「不可以行遠」。此一說法，是強調內容須與形式相結合，若徒具內容，而無形式的表彰，亦將無法長遠流傳。此與《左傳・襄公二十五年》所引孔子語：「言之無文，行而不遠。」道理是相通的。

　　最後附帶一提者，是愼伯所謂的義、法，與建立義法理論的方苞之說，〔註15〕有何差異？筆者以爲，於義於法，二者皆有差異。就義而言，方苞之義不離宋學；而愼伯對於宋學，卻是高度排斥。方苞談義，範圍甚廣，有經說、有諸子思想、有宋學，甚至包括歷代賢人的德行才智。而其中就以宋學的部份，與愼伯的衝突最大。方苞〈書刪定荀子後〉說：「宋儒之書，義理則備矣。」〔註16〕〈周官辨序〉說：「至宋程、張二子，及朱子繼興，……能究知是書之精蘊，而得其運用天理之實也。」〔註17〕皆是崇尚宋學的證據。王兆符〈望溪文集序〉說他：「學行繼程朱之後。」即點出他與宋學深厚的淵源。近人郭紹虞氏說：「大抵望溪處於康、雍『宋學』方盛之際，而倡道古文，故與宋學溝通。」〔註18〕綜上可知，方苞所謂的義，內容絕離不開宋學這個部份。就此點而言，與愼伯的主張顯然有極大之差異。愼伯崇尚經說，亦重視先秦諸子之術，然於宋學卻是高度地排斥。宋學在顧炎武之後，受到文人極大的挑戰；尤其戴震、凌廷堪等人，對程朱的「理」說，嘗

〔註15〕　義法一詞，最早見於《墨子・非命中》。文曰：「凡出言談，由文學之爲道也，則不可而不先立義法。」後《史記・十二諸侯年表序》又論孔子「興於魯，而次春秋。上記隱，下至哀之獲麟。約其辭文，去其煩重，以制義法。」不過，將「義法」加以理論化，成爲文章創作與評論的兩大要素者，卻是方苞。

〔註16〕　〔清〕方苞：《方望溪全集》（北京：中國書店，1991年6月），卷二，頁18，〈書刪定荀子後〉。

〔註17〕　同上註，〈集外文〉，卷四，頁296，〈周官辨序〉。

〔註18〕　郭紹虞：《中國文學批評史》（臺北：五南圖書公司，1994年8月），肆〈近古期──自北宋至清代中葉〉，頁586。

施予嚴厲的批評。凌廷堪說：

> 夫《論語》，聖人之遺書也。說聖人之遺書，必欲舍其所恆言之禮，
> 而事事附會於其未言之理，是果聖人之意邪？後儒之學（指宋明理
> 學），本出於釋氏，故謂其言之彌近理而大亂眞，不知聖學禮也不云
> 理，其道正相反，何近而亂眞之有哉！〔註19〕

慎伯反理學，重禮學的態度，基本上與凌廷堪是同一陣線的。他在〈與楊季
子論文書〉中表示，古文所談的道，自宋以後，多「離事與禮而虛言道。」
此與凌氏之說可謂相互呼應。又其〈春秋異文考證題詞〉一篇，批評宋儒治
經說：

> ……於漢儒說經之說，不能解其助字，明其句讀，若許鄭家法，覽
> 之尤不能終卷，專以世俗詁訓，強古經就我，反斥一字一聲之學，
> 爲無關大義，是猶菽麥不辨，而侈談授時相稽之精微；楶梲不分，
> 而意締千門萬戶之壯麗也。〔註20〕

其尊漢學，卑宋學的態度，由是可知。慎伯對宋學的排斥，遂使其所談的「義」，
與親宋學的方苞有所不同。慎伯之義，更直接地接近於實際民生，亦即所謂
「人情事故得失之原。」此與宋學之泛談性理，固有極大之差異。

　　至於法的部份，慎伯嘗明確提出古文八法；而方苞所談的法，卻是法以
義起，法隨義變，不可拘泥求之。其評〈史記‧秦史皇本紀‧維秦王兼有天
下〉時說：

> 後世碑銘有序，本此。此載群臣之語，故繫後；後世序列時君事
> 蹟，故以冠於前，而私家之碑銘亦式焉。皆法以義起，而不可易
> 者。〔註21〕

序之置前置後，是行文之法，而其標準，率依事理內容而定，故云「法以義
起」。又〈書五代史安重晦傳後〉說：

> 記事之文，惟《左傳》、《史記》各有義法。一篇之中，脈相灌輸而
> 不可增損。然其前後相應，或隱或顯，或偏或全，變化隨宜，不主

〔註19〕 〔清〕凌廷堪：《校禮堂文集》（上海：上海書店，叢書集成續編本），卷四，
　　　　 頁191，〈復禮下〉。

〔註20〕 〔清〕包世臣：《安吳四種‧藝舟雙楫》（臺北：文海出版社，1973年12月，
　　　　 近代中國史料叢刊本），卷九，頁673。

〔註21〕 〔清〕方苞：《方望溪全集》（北京：中國書店，1991年6月），〈集外文補遺〉，
　　　　 卷二，頁425。

一道。〔註22〕

「或隱或顯」、「或偏或全」，是指文章的筆法。這些筆法的運用，乃依照內容的不同而加以變化，沒有定數，故云「變化隨宜，不主一道。」依此看來，方苞所說的法沒有固定的範圍，與慎伯明確地提出古文八法，誠有不同。

二、詩歌──以詩教爲判

慎伯對於詩歌的看法，實源自孔門，對於詩歌的教化功能極爲重視，以爲能吟詠情性，修養身心，以至於提供施政之需者，方是好詩。他說：

> 夫詩之爲教，上以稱成功盛德，致形容，爲後世法守；次乃明跡懷舊，陳盛衰所由，以致諷喻；下亦歌詠疾苦，有以驗風尚醇醨，而輕重其政刑。繫古流傳之什，風裁不一，其要必歸於此。〔註23〕

慎伯認爲，歌詩要能施諸教化，最上等者，須能「稱成功盛德，致形容，爲後世法守」；次等者，要能「明跡懷舊，陳盛衰所由，以致諷喻」；下等者，亦須能「歌詠疾苦，有以驗風尚醇醨，而輕重其政刑。」在慎伯眼中，詩歌實爲先王治世之大經，君子淑身之大法，如此詩觀，眞可謂孔門之忠實信徒。

正由於慎伯論詩特重詩教，所以對於詩歌與詩人的批評，亦多以詩教爲標準。他認爲：「不由此，不足以爲詩；不解此，不可以與言詩。」（〈王海樓勃詩序〉）如其評清江季持說：

> 今讀書詩，庶幾有窺〔詩教〕柔厚之旨。〔註24〕

評張鯤英詩說：

> 斯能紹家學，而昌詩教矣。〔註25〕

慎伯採詩教以評詩的態度，由是可知。

詩教是儒家教化的根本，含有個人修身，以及處世施政的功能。《論語‧陽貨》：「小子何莫學夫詩？詩可以興，可以觀，可以群，可以怨。邇之事父，遠之事君，多識於鳥獸草木之名。」〈季氏〉：「不學詩，無以言。」〈子路〉：「誦詩三百，授之以政，不達；使於四方，不能專對，雖多，亦奚以爲！」《禮記‧仲尼燕居》：「不能詩，於禮繆。」由是可知，學《詩》可以增加知識，

〔註22〕同上註，卷二，頁31，〈書五代史安重誨傳後〉。

〔註23〕〔清〕包世臣：《安吳四種‧藝舟雙楫》（臺北：文海出版社，1973年12月，近代中國史料叢刊本），卷十，頁778，〈韋君繡詩序〉。

〔註24〕同上註，頁788，〈江季持七峰詩稿序〉。

〔註25〕同上註，頁791，〈澹菊軒詩初稿序〉。

修養心性，甚至還能施諸政事，治理國家。正以詩教有如此正面的功能，故歷來詩家多據以評詩，慎伯所表現的，也正是這條傳統路線的論點。慎伯以詩教評詩，所觀照的層面相當深入，他能以詩教的各類功能為審核標準，來評判作家與作品。例如評其弟季懷詩說：

> 誦詩者，必達於政。故曰：入其國，而溫柔敦厚，詩之教也。……
> 今季懷廉厲而尚斷，廉厲則遠於溫柔；尚斷則遠於敦厚，雖有所得，
> 其失難更。近世之為詩者，推戴氏、段氏。戴氏任館職而未與政，
> 然吾意其能從政也。〔註26〕

文中指出，季懷之詩廉厲尚斷，有違詩教溫柔敦厚之旨。〔註27〕此外，又以為戴震擅長於詩，定然能夠處理政事，這與孔子「誦詩三百，授之以政。」的說法，真是如出一轍，均將習詩與政事畫上等號。又如評錢東湖說：「先生之溫厚，其澤詩教深也。」（〈錢東湖詩序〉）這是以詩教能陶冶人心為出發點，來作為評論，以為錢東湖的溫厚，實來自詩教的潤澤所成。綜觀上述，不論對於詩家或詩篇的評論，慎伯無不出之以詩教，而且批判的角度遍及個人的修身以及國家的政事，其篤守孔門詩觀的立場十分堅定。

三、詞——以清、脆、澀為判

慎伯評詞，標舉出三項準的——清、脆、澀。他說：

> 倚聲得者又有三，曰清、曰脆、曰澀。不脆則聲不成；脆矣而不清，
> 則膩；脆矣、清矣而不澀，則浮。〔註28〕

「清」即清空之意，就內容而言，是指清拔淡遠的意識；就形式而言，是指疏朗流暢的字句，此與宋姜夔、張炎，清浙西詞派所提倡的清空相侔。「脆」是指聲調的脆響。如南唐李煜〈菩薩蠻〉：「銅簧韻脆鏘寒竹，新聲慢奏移纖玉。」是脆為音調響亮之意。「澀」就內容而言，是指文意凝練沉蓄；就形式而言，是指字句硬瘦艱深，此與清空相對，具低沈之勢，故云「脆矣、清矣而不澀，則浮。」蓋以凝澀來矯清浮。

在提出理論之後，慎伯又舉實例以為說明：

〔註26〕同上註，卷九，頁 665～666，〈十九弟季懷學詩識小錄序〉。

〔註27〕《禮記·經解》：「孔子曰：入其國，其教可知也。其為人也，溫柔敦厚，詩教也。」

〔註28〕〔清〕包世臣：《安吳四種·藝舟雙楫》（臺北：文海出版社，1973 年 12 月，近代中國史料叢刊本），卷十，頁 794，〈為朱震伯序月底脩簫譜〉。

> 屯田、夢窗以不清傷氣；淮海、玉田以不澀傷格；清真、白石則殆
> 於兼之矣。（同上）

「屯田、夢窗以不清傷氣。」正是批評二人之詞不合清空之旨。宋張炎評詞
曾說：

> 詞要清空，不要質實。清空則古雅峭拔；質實則凝澀晦昧。姜白石
> 詞如野雲孤飛，去留無跡；吳夢窗詞如七寶樓臺，眩人眼目，碎拆
> 下來，不成片段，此清空質實之說。〔註29〕

此處批評吳文英的詞過於晦澀，失清空之旨。愼伯謂「夢窗以不清傷氣。」
意與張說相合。又謂「淮海、玉田以不澀傷格。」正是批評秦觀、張炎之詞
過於清空，失凝澀之旨。屯田、夢窗、淮海、玉田四人之詞，在愼伯的眼中，
都有缺失。愼伯心目中的詞宗，乃是周邦彥與姜夔，以爲二人於清、脆、澀
三者「殆於兼之矣。」其評詞的標準，由是可知。

　　筆者以爲，愼伯之所以取清、脆、澀三者爲評詞的標準，實爲調和清代
浙西、常州二派，以去短取長。總的來說，清（空）近於浙西詞風；澀則近
於常州之體。浙西詞家由於論詞主姜夔、張炎，〔註30〕故力倡清空之論，此
固不待言。至於常州派的澀，則是對浙西派反動所造成的結果。因爲浙西派
重視清空，末流時產生了浮淺的弊端，常州派爲矯此弊，遂主張比興寄託，
欲假深厚的思想以整飭之。在比興寄託的影響下，旨趣遂歸於隱澀，故云其
體近澀。浙西詞派竄起於清初詞壇，其論詞主醇雅，以及姜、張清空之說，
在當時極爲盛行。然而一個文學流派，每發展至末流階段，往往流於腐朽；
浙西末流，由於過度重視清空，求淡遠之趣，詞旨偏於輕浮，悖離現實，內
容極端貧乏，清金應珪斥此派作家有「游詞」之弊，〔註31〕即緣此說發。在
浙西末流產生清淺空疏的弊端時，常州詞派遂乘勢而起，欲以比興寄託而矯
正之。常州詞祖張惠言說：

〔註29〕〔宋〕張炎：《詞源》（北京：中華書局，1989 年 3 月，四部備要本），卷下，
　　　　頁 12，〈清空〉。

〔註30〕浙西詞祖朱彝尊說：「世人言詞，必稱北宋。然詞至南宋始極其工，至宋季而
　　　　始極其變，姜堯章氏最爲傑出。」（《詞綜·發凡》）；自題詞集說：「不師秦七，
　　　　不師黃九，倚新聲玉田差近。」（《解佩令》）可知此派所宗乃姜夔、張炎也。

〔註31〕〔清〕金應珪斥浙西末流之弊有三，曰淫詞，曰鄙辭，曰游詞。其中論游詞
　　　　說：「哀樂不忠其性，慮歎無與乎情，連章累篇，義不出花鳥，感物指事，理
　　　　不外乎酬應，雖既雅而不豔，斯有句而無章，是謂游詞，其弊三也。」（《詞
　　　　選·後序》）正是批評此派內容清淺，義旨未深。

傳曰：「意内言外謂之詞。」其緣情造端，興於微言，以相感動，極
命風謠里巷。男女哀樂，以道賢人君子涵約怨悱不能自言之情，低
佪要眇，以喻其致。蓋詩之比興，變風之義，騷人之歌，則近之矣。
〔註32〕

常州派大師周濟說：

詞非寄託不入，專寄託不出。〔註33〕

常州派重視比興寄託的態度，由是可知。正以其論詞主寄託，故其詞旨較爲
凝澀，足矯浙西派浮淺之弊。沈祥龍《論詞隨筆》說：「詞能幽澀，則無淺滑
之病。」〔註34〕意即在此。綜上可知，浙西詞風近於清；常州詞風近於澀。
今愼伯同時標舉清、澀爲評詞之依，顯然是調和二家之說。

　　愼伯能超出流派，不傍門戶，在清代詞壇中是極爲可貴的。他以澀評詞，
當然是採擷於常州詞風，其中很大的原因，是因爲同常州詞人交好，彼此相
互浸染所致。常州派始祖張惠言，與派中大師董晉卿、周濟等人，都是愼伯
的至交好友，而且又是談文論學的對象。〔註35〕在相互從遊的情況下，詞趣
相近，自屬必然。愼伯論詞說：

意内而言外，詞之爲教也。〔註36〕

又說：

迄唐氏季世，溫柔敦厚之教蕩然。已而倚聲乃出，其體異楚俗，襲
詞名者，蓋意内言外之遺聲也。〔註37〕

論詞主「意内言外」，與張惠言、周濟無別，同樣是以寄託爲旨要。正由於崇
尚寄託，故其評詞主「澀」；澀則沈蓄凝練，寄託自在其中。然而愼伯在取徑
常州之餘，亦能跳脫其藩籬，而兼採浙西清空之旨。此蓋因常州派主寄托，

〔註32〕 〔清〕張惠言：《詞選》（北京：中華書局，1989 年 3 月，四部備要本），頁
　　　　147，〈自序〉。

〔註33〕 〔清〕周濟：《宋四家詞選》（臺北：臺灣中華書局，1971 年 1 月），〈自錄序
　　　　論〉。

〔註34〕 〔清〕沈祥龍：《論詞隨筆》，（臺北：廣文書局，1970 年 1 月，再版，詞話叢
　　　　編本），頁 4068。

〔註35〕 本書第二章第二節探討愼伯學術淵源時，名單中即有張惠言與董士錫，愼伯
　　　　受其影響可知。又周濟與愼伯極爲友好，曾爲愼伯〈說儲〉篇作評點，兩人
　　　　交情亦深。

〔註36〕 〔清〕包世臣：《安吳四種‧藝舟雙楫》（臺北：文海出版社，1973 年 12 月，
　　　　近代中國史料叢刊本），卷十，頁 793，〈爲朱震伯序底脩簫譜〉。

〔註37〕 同上註，頁 796，〈金篋伯竹所詞序〉。

雖寓意較深，但拿捏若不能恰如其分，則往往流於晦澀艱深，造成另外一種
弊端。蔣兆蘭《詞說・自序》評周濟及其後學之詞說：「爲之雖功力有深淺，
成就有大小，而寧晦無淺，寧澀無滑，……戞戞乎其難哉！」正道出常州派
晦澀的缺失。今愼伯在澀字之外，又標舉浙西之清，正能補救此弊。由是可
知，愼伯論詞能不囿於門戶，他看到浙西的輕淺，遂以常州之「澀」矯之，
使其不浮；看到常州的晦澀，遂以浙西之「清」矯之，使其明暢。其後之劉
熙載，論詞主張「厚而清」，厚者，思想深厚也；清者，清空妥溜也，亦是調
和二派的主張。〔註38〕包、劉二氏皆爲識見卓越之人，在那個重視門戶派別
的時代，猶能獨抒己見，自爲一說，可謂詞壇異數。不過愼伯的時代早於劉
氏數十載，就時序而言，愼伯當是此一理論的先行者，這是他思想走在時代
前頭的又一次明證。

〔註38〕　劉熙載論詞，於浙西、常州二派，採調和並容的觀點。《藝概・詞概》：「詞之
　　　　大要，不外『厚而清』。厚包諸所有；清空諸所有。」又云：「詞尚清空妥溜，
　　　　昔人已言之矣。惟須妥溜中有奇創；清空中有沉厚，才見本領。」清者，清
　　　　空也，此乃浙西派之理論。厚者，沉厚也，包諸所有也，即謂作品當內容豐
　　　　富，立意深厚，此乃常州派之宗旨。大陸學者方智範說：「劉熙載生當周濟之
　　　　後，在常州詞派對浙西詞派已取而代之之時，卻能不襲時好，兼取兩派之長，
　　　　在〈詞概〉中發『厚而清』之論。」（見方智範等合著《中國詞學批評史》（北
　　　　京：中國社會科學出版社，1994 年 7 月），第四章〈清代後期詞論──詞學批
　　　　評復興的第三階段〉，頁 411。）方氏之論，正可爲劉熙載取兼二派之事，作
　　　　一註腳。

第九章　文學批評論（下）──批評實例

　　本章之中，愼伯所批評的對象有《韓非子》《呂覽》、司馬遷、韓愈、顧炎武等四部份。從愼伯對這些人物（或文章）的批評中，可明顯嗅出愼伯一貫求新求變的精神及其敏銳的觀察力。他認爲韓、呂二子之文，皆承自《荀子》，而爲後世古文之宗；認爲司馬遷〈報任安書〉一文，主旨是司馬遷向任安表明作史之志，以辭任安求援之請。《史記・魏其武安侯列傳》一文，主旨在於重斥外戚之禍；認爲韓愈文章未盡鉤玄提要，以及贈序類篇什爲惡札等等，皆是發前人所未發，充分顯示出愼伯獨立思考的精神以及創新的色彩。雖然對於韓愈的批判有未洽之處，但對於其他人的批評則深具道理，足以啓人蒙瞶。

第一節　評《韓非子》與《呂覽》

　　愼伯對《韓非子》、《呂覽》二書的評論，主要見於〈摘抄韓呂二子題詞〉及〈再與楊李子書〉二文之中。其意以爲，二子之文皆原自《荀子》，而爲後世古文之宗。他說：

> 文之奇宕至《韓非》，平實至《呂覽》，斯極天下能事矣。其源皆出於《荀子》，蓋韓子親受業，而呂子集論諸儒，多荀子之徒也。《荀子》外平實而內奇宕，其平實過《孟子》，而奇宕不減孫武，然甚難學，不如二子之門徑分，而途轍可循也。蒯通、賈生出於韓，晁錯、趙充國出於呂，至劉子政乃合二子而變其體勢，以上追《荀子》，外奇宕而內平實，遂爲文家鼻祖，蓋文與子分，自子政始也。[註1]

───────────────

〔註1〕 〔清〕包世臣：《安吳四種・藝舟雙楫》（臺北：文海出版社，1973年12月，

又說：

> 使公推勘事理，興酣韻流，多近韓；序述話言，如聞如見，則入呂
> 尤多。淄澠之辨，故非後世撦擖規撫者所能與已。（同上）

又說：

> 八家工力至厚，莫不沈酣於周秦兩漢子史百家，而得體勢於韓公子、
> 呂覽者爲尤深，徒以薄其爲人，不欲形諸論說。然後世有識，飲水
> 辨源，其可掩耶？〔註2〕

觀上述文字，慎伯乃以《荀子》爲文家之最，以爲其文「外平實而內奇宕」。
至於《韓非子》、《呂覽》二書，一得其奇宕；一得其平實，同是拱衛荀文的
兩大支柱，而爲後世文家學步的範本。至於漢代劉向，則是韓、呂二子的集
大成者，其文上追《荀子》，遂爲文家之鼻祖。慎伯文中，又將後世學法於《韓
非子》、《呂覽》的大家列出，計有蒯通、賈誼、晁錯、趙充國、司馬遷、及
唐宋八大家等。今將此一傳承關係，繪一圖表如下：

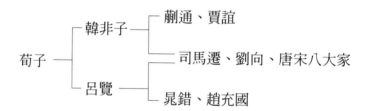

爲文人之文風探源溯流，本是中國古代文評上常見之事。然而此種批評法相
當主觀，慎伯之說究竟得不得體，實在很難判定；不過對此一議題的看法，
歷來有許多文家的見解和慎伯極爲相近。今且摘引數說如下，以供讀者參考。
清惲敬：

> 晁錯自法家兵家入，故其言峭實；韓退之自儒家、法家、名家入，
> 故其言峻而能達。〔註3〕

姚鼐說：

> 子厚取於韓非、賈生。〔註4〕

近代中國史料叢刊本），卷九，頁702，〈摘鈔韓呂二子題詞〉。

〔註2〕 同上註，卷八，頁645，〈再與楊季子書〉。

〔註3〕 〔清〕惲敬：《大雲山房文稿》（上海：上海書店，1989年3月，四部叢刊初
編本），二集，頁7，〈翰林院庶吉士金君華表銘〉。

〔註4〕 〔清〕姚鼐：《古文辭類纂》（臺北：廣文書局，1961年6月），頁2，〈序〉。

劉師培：

> 中國文學至周末而臻極盛，莊、列之深遠，蘇、張之縱橫，韓非子之排奡，荀、呂之平易，皆爲後世文家之祖。〔註5〕

又說：

> 西漢之時，文人輩出，賈誼之文，剛健篤實，出于韓非；晁錯之文，辨析疏通，出於呂覽；而董仲舒、劉向之文，咸平敞通洞，章約句制，出於荀卿。〔註6〕

又說：

> 或出語雄奇。注：如史遷、賈生之文，是出韓非子者也。〔註7〕

又說：

> 介甫之文侈言法制，因時制宜，而文辭其峭，推闡入深，法家之文也。（同上）

陳柱說：

> 後世古文家學法家（韓非）之文，最著名者爲柳宗元、王安石，清之吳汝綸亦其次也。〔註8〕

大陸學者王洲明說：

> 他（賈誼）正是吸取，並鎔鑄了先秦散文內容和形式的某些特點，從而形成他獨自的風格的。比如荀子的文章是學者之文，說理周密而透闢，……這些方面對于賈誼，顯然都不無影響。而韓非的文章，法家之文，嚴峻峭拔，深刻明切，銳利無比（如〈五蠹〉、〈定法〉等），而且有一股憤怨之氣（如〈孤憤〉、〈說難〉），這些同賈誼的部份論文比較，又何其相似〔註9〕

此諸家之說，皆可作爲愼伯論點的支撐，以見出《韓非子》、《呂覽》二書，對於後世文家的筆法以及文風，確實產生了深遠影響。其中最值得注意者，當是劉師培之說：劉氏以爲《荀子》、《呂覽》的文風平易，《韓非子》的文風排奡，

〔註5〕劉師培：《劉申書先生遺書》（臺北：華世出版社，1975年4月）第二冊，〈論文雜記〉，頁851。

〔註6〕同上註，第一冊，〈南北文學不同論〉，頁670。

〔註7〕同前兩個註，頁854。

〔註8〕陳柱：《中國散文史》（臺北：臺灣商務印書館，1965年1月），第一編〈駢散未分時代之散文〉，第四章〈法家韓非之文〉，頁75。

〔註9〕王洲明：〈賈誼散文的特點及在文學史上的地位〉，《文史哲》雙月刊1982年第三期（總一五〇期），頁65～66。

同爲文家之祖；又以爲董仲舒、劉向之文源出《荀子》；賈誼、司馬遷、王安石之文源出《韓非子》，這與慎伯之說幾乎完全一致。經由劉師培的二度印證，更能加強慎伯說法的說服力。此外陳柱《中國散文史》一書，於探討《呂覽》對後世的影響時，更直接稱引慎伯之說以爲論據，並評注說：「包氏（慎伯）可謂能讀呂氏書者矣。」〔註10〕慎伯見解的精闢，在此得到了強而有力的支持。

　　然而，慎伯之說雖然獲得不少支持，但以「溯源法」來品評文人，畢竟是危險的。因爲師承的淵源，除非是當事人親口說出，否則以局外人的角度來推論，實在脫不了主觀認知的成份；由於是主觀認知，所以其間的是非很難斷定，爭議的空間也就相對地提高。例如鐘嶸《詩品》裁定詩家的源流，就被王士禎譏爲：「至以陶潛出於應璩，郭璞出於潘岳，鮑照出於二張，尤陋矣，又不足深辯也。」〔註11〕四庫提要則評曰：「惟其論某人源出某人，若一一親自見其師承者，則不免附會耳。」〔註12〕因此，慎伯大膽地定出《韓非子》、《呂覽》爲荀文的兩大支流，並直指後世的若干文家，乃取源於二子之文，實在是相當冒險的行爲。然而站在筆者的立場，對於慎伯的作法仍舊是加以肯定的。因爲文學的本質，是趨向主觀與感性，〔註13〕此與科學的客觀理性有別。慎伯爲古文家裁定源流，雖然出之以主觀，與現代所謂科學批評、解構批評等著重於客觀分析的批評法相異，然而它表現的是一種直覺，是一種文學上的眞與美，對於文學的研究而言，是無損其本質的。

第二節　評司馬遷

一、評《報任安書之旨》

　　任安，字少卿，滎陽人，爲司馬遷摯友。武帝征和年間，任北軍使者護軍。

〔註10〕　陳柱：《中國散文史》（臺北：臺灣商務印書館，1965 年 1 月），第一編〈駢散未分時代之散文〉，第四章〈法家韓非之文〉，頁81～82。

〔註11〕　〔清〕王士禎：《漁洋詩話》（臺北：西南書局，1979 年 11 月，清詩話本），卷下，頁180。

〔註12〕　《四庫全書總目》（北京：中華書局，1965 年）下冊，卷一九五，頁1780，〈詩品提要〉。

〔註13〕　大陸文家余秋雨說：「藝術形式從一個角度看，是以一種以感性直覺爲基礎和媒介的構成形態。」見其所著：《藝術創造工程》（臺北：允晨文化實業股份有限公司，1997 年 4 月，六刷），第三章〈形式的凝鑄〉，頁193。

征和二年，戾太子發兵。與丞相劉屈氂戰於長安城中。任安時受太子節，而按兵觀望，武帝以持兩端定任安罪。〔註14〕入獄之後，任安捎書司馬遷，勉其「順於接物，推賢進士。」正以有此前因，故司馬遷寫此書以回任安。此書寫成之後，與《史記》一樣，成為後人歌頌的偉大篇章。梁景璋說：「太史此書，氣魄大，筆力雄，所以歷二三千年光澤如新，讀者靡不讚賞。」〔註15〕孫執升說：「識得此書，便識得一部《史記》；蓋一生心事，盡泄於此也。縱橫排宕，真是絕代大文章。」〔註16〕對於此篇的章法，以及情感的表現，學者們提出了無數的褒美，所論也大體能入乎情理。不過對於此篇的主旨，卻鮮見學者提出精闢的見解。誠如慎伯所說：「上年曾於席間論史公〈答任安書〉，二千年無能通者。」（〈復石贛州書〉）而此書之所以難以理解，正是囿於〈報〉書中「推賢進士」一語；學者多以為任安捎書給司馬遷，是希望司馬遷能推賢進士，為國舉才，如清吳楚材注：「遷既被刑之後，為中書令，尊寵任職，故任安責以推賢進士。」〔註17〕由是而誤以為〈報〉書之旨，乃司馬遷向任安述其未能推賢進士之由。如孫執升說：「卻少卿推賢進士之教，序自己著書垂後之意。」〔註18〕又如石贛州語慎伯說：「唯覺通篇文意，與推賢薦士不相貫串耳，敢請其指歸。」（〈復石贛州書〉）這皆是蔽於「推賢進士」一語，以為此即〈報〉書之旨，以致產生種種的迷惑。慎伯認為，任安捎書給太史公，本意不在求其推賢薦士，而是因為觸犯死罪，故求援於太史公。他說：

> 竊為推賢薦士，非少卿中來書本與。史公諱言少卿求援，故以四字約來書之意。〔註19〕

正因任安來書，是因罪求援，而非請太史公推賢進士，故〈報〉書之旨，也就不是向任安解釋未能舉賢之因；而是解釋未能援救他的原因。這是慎伯的

〔註14〕事見《史記》（臺北：鼎文書局，1992 年 7 月，十二版），卷一四〇，頁 2782 ～2783，〈田叔列傳〉。

〔註15〕韓兆琦：《史記選註匯評》引。（臺北：文津出版社，1993 年 4 月），〈報任安書〉，頁 586。

〔註16〕〔清〕于光華：《評注昭明文選》引。（臺北：學海出版社，1981 年 9 月，再版），卷十，頁 782。

〔註17〕〔清〕吳楚材、吳調侯：《評注古文觀止》（臺北：廣文書局，1981 年 12 月）卷五，頁 22，〈報任少卿書〉。

〔註18〕〔清〕于光華：《評注昭明文選》引。（臺北：學海出版社，1981 年 9 月，再版），卷十，p782。

〔註19〕〔清〕包世臣：《安吳四種・藝舟雙楫》（臺北：文海出版社，1973 年 12 月，近代中國史料叢刊本），卷九，頁 687，〈復石贛州書〉。

新發現，也是前人所未及之處。慎伯認為，太史公寫作〈報〉書，主要是想向任安解釋為何不能出手相救，而其中原因，正以《史記》尚未完成，故不能重蹈上次李陵事件的覆轍，此時必須明哲保身，以完成《史記》。慎伯說：

> （〈報〉書）中間述李陵事件，明與陵非素相善，尚力為引救，況少卿有許死之誼乎？實緣自被刑後，所為不死者，以《史記》未成之故，是史公之身，乃《史記》之身，非史公所得自私：史公可為少卿死，而《史記》必不能為少卿廢也。（同上）

慎伯認為，〈報〉書中間敘及李陵的事，並非如一般文家所言，只是太史公在抒發憤懣，而是在向任安解釋，他與李陵素非相善，尚且能夠持義相助，更何況與任安是生死之交，怎麼可能不出手援救呢！這實在是「以《史記》未成之故，是史公之身，乃《史記》之身，非史公所得自私，史公可為少卿死，而《史記》必不能為少卿廢也。」由於《史記》未成，所以不能貿然援救任安，必須保養性命以續成之。因此所謂不能「推賢進士」，正是不能援救任安之意。綜上所述，則慎伯論〈報〉書之旨，竊以為可以用如下一語而涵括之——「明著書垂後之心，以辭少卿求援之請。」

對於慎伯的論點，筆者完全認同。其舉證雖不繁密，然論點切於情哩，絕非鄉壁虛造之言。據近人程金造先生的考證，任安捎書給太史公的時間，當在因戾太子事件而入獄之時。〔註20〕此時的任安，乃死罪之身，其致書於太史公，若說不是為了求援，而是為了求太史公推賢進士，這於道理根本說不通。再者，就太史公的立場而言，其於〈報〉書中說：

> 書辭宜答，會東從上來，又迫賤事，相見日淺，卒卒無須臾之間，得竭志意。今少卿抱不測之罪，涉旬月，破李冬，僕又薄從上雍，恐卒然不可為諱，是僕終以不得舒憤懣以曉左右，則長逝者魂魄私恨無窮，請略陳固陋。〔註21〕

可見他寫這封信時，心中是相當急切的，深怕任安一旦遭遇不測，自己將無法向他表明心意。這麼急切地寫信給一位死囚，難道只是為了向他解釋為何不能推賢進士等一類無關緊要的話題，而不是解釋為何不能援救他的原因？

〔註20〕 程金造：〈司馬遷生年卒年之商榷〉，黃沛榮編：《史記論文選集》（臺北：長安出版社，1991年3月，二版四刷），頁150～161。

〔註21〕 〔清〕于光華：《評注昭明文選》（臺北：學海出版社，1981年9月，再版），卷十，頁775～776，〈報任少卿書〉。

這其間的道理，其實極易分辨。因此，任安寫信是爲了求援；太史公回信，是爲了表明著書之心，以回絕救援之請。愼伯的分析，洵能兼顧情理以及當時的客觀環境。程金照先生於分析任安、太史公互致書信的動機時，即採用了愼伯的說法，並引其〈復石贛州書〉中一段文字以爲證明。〔註22〕以程先生之博學而有如此之舉，是愼伯之說固有其折服人心之處。

二、評《史記・魏其武安侯列傳》之旨

〈魏其武安侯列傳〉是《史記》中的一篇合傳。傳中的主角有兩位──魏其侯竇嬰及武安侯田蚡；此外另有將軍灌夫，屬於居中穿插的人物，藉以引動事件的發展。

竇嬰是竇太后（孝文后）的堂姪；田蚡是王太后（孝景后）同母的弟弟，兩人的身份皆是外戚。此傳所載，是以兩人間的權鬥與勢力的消長爲軸線，而將軍灌夫，則隸屬於竇嬰一方，共同抗拒田蚡。在雙方的權鬥中，事實上參與者絕不僅止於田、竇、灌三人；在更高層的權力結構中，竇太后、王太后與武帝三者，實際上也都加入戰局，各自對其親人百般維護，爲之撐腰謀權，令整個事件的發展更具張力。

此篇文章之筆法，爲後世文家所肯定。明鄭瑗說：「魏其武安等傳乃太史公所親見，故敍其爭搆之事最詳。」〔註23〕清吳見思說：「三人傳分作三截，各爲一章，猶不稱好手。他卻三人打成一片，水乳交融，絕無痕跡。」〔註24〕是篇之妙筆，於斯可知。然而外在之形式易審，內在之旨意難明；此篇主旨，在愼伯之前雖有文人提及，然所述或淺或誣，皆不足啓人蒙瞶。明凌約言說：「魏其、灌夫皆聚賓客以樹黨，武安亦折節天下事，三人徒以賓客相傾，而卒無賴於賓客，豈所寶者之非賢歟？太史公三傳聯合，微旨見矣。」〔註25〕此是以「所養非賢」爲本篇主旨。其與太史公力陳竇、田二人之爭，關係顯

〔註22〕　程金造：〈司馬遷生年卒年之商榷〉，黃沛榮編：《史記論文選集》（臺北：長安出版社，1991 年 3 月，二版四刷），頁 158。

〔註23〕　〔明〕鄭瑗：《井觀瑣言》（臺北縣：藝文印書館，1964 年 9 月，百部叢書集成本），卷 1，頁 8。

〔註24〕　〔清〕吳見思評點：《史記論文》（臺北：臺灣中華書局，1987 年 10 月，臺二版），第四冊，頁 572，〈魏其武安侯列傳〉。

〔註25〕　〔明〕凌稚隆：《史記評林》引。（臺北：地球出版社，1992 年 3 月），第五冊，卷一七○，頁 2427，〈魏其武安侯列傳〉。

然並不密切，以此為是篇之旨，難免有隔靴搔癢之失。又清汪師韓說：「《史記・魏其武安侯列傳》，竇嬰引卮酒；田蚡侍酒；灌夫使酒，而終以杯酒召禍。酒乃其一篇之眼，後人讀史，無有指出者。」〔註26〕以酒為一篇之眼，更是尋秘太過，未足探信。慎伯認為，此篇之旨「蓋憂世之微言，而重斥外戚矣。」以為申斥外戚之禍，是史遷作為此篇之意。他說：

> 或問：「史公傳魏其、武安，既云魏其不知時變，灌夫無術不遜，相
> 翼以成禍亂；又云武安負貴好權，則曲直顯明，禍源昭著，而復繼
> 以禍所從來，何謂也？」予曰：「此自序之所謂原始察終，見盛觀衰
> 者也。蓋憂世之微言，而重斥外戚矣。」〔註27〕

有人問慎伯說，太史公寫魏其、武安傳，既已表明魏其「不知時變」；灌夫「無術不遜」；武安「負貴好權」，則其間之是非曲直已極為明顯，為何還要在贊語的末尾，埋下「禍所從來」的伏筆，似乎在暗示此傳別有深意，這是為什麼呢？慎伯回答說，太史公之處，正是要表現其〈自序〉中所說，看事情要能把握「原始察終，見盛觀衰。」的要領；故此篇的主旨，並非只是單純地論述竇嬰、田蚡等人的性格缺失，而是在指責外戚之禍，具有憂國憂民的微意。慎伯的說法，當然有其道理，絕非過度推論，梁啟超在論述史書的合傳時說道：

> 合傳這種體裁，在傳記中最為良好，因為他是把歷史性質相同的人
> 物，或者互有關係的人物，聚在一處加以說明，比較單獨論述一人，
> 更能表示歷史真相。〔註28〕

正由於合傳是合性質相同的人物一起撰寫，所以在選取人物時，便已蘊含了某種深意在其中。太史公將竇、田、灌三人合為一傳，當然不會只想單純地描述三人的功業與性格，其中必然蘊藏著深切的旨意。而對於這層旨意的探索，慎伯是從兩人同具外戚身份的特點上切入，以為太史公是想藉著兩人的權鬥來凸顯外戚的亂政。慎伯的觀察力，不可謂不敏銳，竇嬰與田蚡，一是竇太后的堂姪，一是王太后的同母弟弟，兩人的特殊身份，再加上竇、王兩

〔註26〕〔清〕汪師韓：《韓門綴學》（清光緒十二年錢唐汪氏長沙刊本）卷二，頁10，〈魏其武安侯列傳〉。

〔註27〕〔清〕年12月包世臣：《安吳四種・藝舟雙楫》（臺北：文海出版社，1973年12月，近代中國史料叢刊本），卷九，頁682～683，〈書史記魏其武安傳後〉。

〔註28〕梁啟超：《中國歷史研究法補編》（臺北：臺灣商務印書館，1966年11月），分論——〈人的專史〉，第四章〈合傳及其作法〉，頁81。

太后從後撐腰，已使二人的鬥爭蒙上了外戚干政的濃厚色彩。外戚之禍在漢代是頻繁而劇烈的，如呂后誅殺劉室後裔，並大力扶植呂氏子弟，最後終於導致呂氏之亂。〔註29〕又如竇太后屢促景帝封王信爲侯，忠耿的周亞夫，特舉高祖白馬盟〔註30〕的誓約以反對之，後遂以此而得罪當道，終爲景帝藉故殺之。〔註31〕這些都是外戚亂政的鮮明例子。外戚的蠻橫，使得朝綱大亂，正如愼伯所說：「外戚重而公室卑。」〔註32〕對於此一情形，洞見幽微的太史公當然是看到了。愼伯以爲，〈魏其武安侯列傳〉一文，正是太史公欲表達外戚之禍的引子。爲了使論據更爲堅強，愼伯從太史公描寫灌夫喝酒鬧事，因而觸怒田蚡而罹罪，武帝欲救乏力一事去分析，以證明太史公之作爲此篇，乃爲凸顯外戚權勢之大，足以敗壞朝政而寫的。他說：

> 當武安向用之時，武帝曰：「君除吏已盡未。」其請宅地，則曰：「何不遂取武庫。」是不必至魏其、灌夫事，始不直武安也。帝初即位，即以夫守淮南，鎮天下勁兵處。及其爲太僕，以酒搏竇甫，恐太后誅夫，爲徙相燕。則帝之知夫而全夫者至矣。〔註33〕

此處指出，太史公寫田蚡爲人貪吝，在任用官吏以及申建宅地的事情上，都不得武帝歡心。反觀將軍灌夫，卻受到武帝的重用，即便因喝酒毆打竇太后兄弟竇甫，武帝也忙著爲他開脫，將其調至燕國爲相。武帝寵灌夫，惡田蚡的態度，由是可知。在確定了武帝對待田、灌的態度後，再來看灌夫因醉酒而觸怒田蚡，遂因此而罹罪之事。此時武帝欲救灌夫，卻因王太后支持田蚡而使不上力。愼伯說：

> 至東朝廷辯以兩人孰是。遍問朝臣，汲、鄭對不能堅，餘皆莫敢對。武帝之用心，實欲以朝臣公論以抗太后，而全魏其、灌夫，如袁盎諸大臣之持梁事也。〔註34〕既莫對，對又不堅，而遂無如太后何矣。

〔註29〕事見《史記》（臺北：鼎文書局，1992 年 7 月，十二版），卷九，頁 395～412，〈呂太后本紀〉。

〔註30〕白馬盟者，漢高祖劉邦與大臣共立之盟約，議定「非劉氏而王，非有功而侯，天下共擊之。」

〔註31〕同上，卷五七，頁 2077～2080，〈絳侯周勃世家〉。

〔註32〕〔清〕包世臣：《安吳四種・藝舟雙楫》（臺北：文海出版社，1973 年 12 月，近代中國史料叢刊本），卷九，頁 683，〈書史記魏其武安傳後〉。

〔註33〕同上註，頁 685。

〔註34〕由於竇太后寵愛景帝之弟梁王，故令景帝立梁王爲太子，此事後經袁盎、竇嬰等大臣力阻而作罷。《史記・袁盎晁錯列傳》：「袁盎雖家居，景帝時時

故怒曰：「今日廷論，局促如轅下駒，吾并斬若屬也。」（同上）
慎伯指出，由於武帝偏向灌夫，因此在灌夫犯死罪之時，唯恐太后殺之，遂
詔竇嬰、田蚡與眾大臣，至東廷辯論，希望藉著眾臣的力保，以替灌夫脫罪；
就好比袁盎等大臣，力諫景帝不得立梁王之事一樣，發揮大臣的影響力。沒
想到眾臣懾於太后及田蚡的威勢，竟只有主爵都尉汲黯，與內史鄭當時爲灌
夫說話，而且口氣又不堅定。武帝遂無法與太后力爭，一怒之下，便說要一
并處斬鄭當時，慎伯認爲，太史公之所以特意要描寫此一事件，正是要凸顯
外戚的專橫；在外戚的壓迫下，武帝與朝中大臣，都失去了決斷的力量。最
後慎伯下結論說：

以武帝之雄才大略，而上迫太后。驕所薄，陷所嚴，況成、哀之下

才乎！史公蓋前知之，而隱其辭，以爲萬世戒。（同上）
慎伯認爲，以武帝的雄才大略，尚且要受太后等一干外戚的脅迫，以至於寵
幸小人，陷害忠良，更何況像成帝、哀帝等一類才能低劣的國君，那更是制
衡不了外戚了。太史公正是看到了這一點，故寄寓外戚干政的深意於文章之
中，以爲萬世的警惕。

綜上所述，慎伯以爲此篇之旨，「蓋憂世之微言，而重斥外戚矣。」其說
能舉證立論，思路清晰入裏，二千年來的寄託在其妙筆的鉤沈下，乍然浮現
了。在此一情形下，是篇正能與〈呂太后本紀〉、〈外戚世家〉合觀，則外戚
亂政的面目，當更見明朗。對於此篇，清全祖望曾批評說：

太史公，淺人也。其以竇嬰與田蚡合傳，三致意於枯菀盈虛之間，
所見甚陋。凡太史公遇此等事，必竭力形容之，雖曰有感而言，然
不知嬰、蚡之相去遠矣。漢之丞相，自高惠以至武昭，其剛方有守，
可以臨大節者只四人，王陵、申屠嘉、周亞夫及嬰也。故予嘗謂亞
夫當與嬰合，而嬰不應與蚡合。亞夫與嬰，並以討七國有名，其功
同；［註35］並以爭廢太子見疏，其大節同，並不得其死，其晚景亦

使人問籌策。梁王欲求爲嗣，袁盎進說，其後語塞。」〈魏其武安侯列傳〉：
「梁孝王者，孝景弟也，其母竇太后愛之。梁孝王朝，因昆弟燕飲，是時
上未立太子，酒酣，從容言曰：「千秋之後傳梁王。」太后驩。竇嬰引卮酒
進上，曰：「天下者，高祖天下，父子相傳，此漢之約也，上何以得擅傳梁
王？」
［註35］漢景帝時見當時諸侯王勢力強橫，遂採御史大夫晁錯的建議，削減其封地。
於是吳王劉濞、楚王劉戊、膠西王劉卬、膠東王劉雄渠、菑川王劉賢、濟南
王劉辟光、趙王劉遂等七國，便以清君側，誅晁錯爲名，發動叛亂，史稱吳、

同。〔註36〕

全祖望斥太史公爲淺人。他以爲竇嬰不宜與田蚡合傳，因竇嬰與王陵、申屠嘉、周亞夫等人，俱是良相；其中在討伐七國之功與爭廢太子的事情上，與周亞夫相同，且晚景亦十分相近，故主張竇嬰應與周亞夫合傳才是。事實上，全氏之說是著眼於竇、周皆爲良相而設的，若太史公眞作如此的組合，諒亦合乎史情，不致遭受非議。但是經由愼伯的分析，我們發現將竇嬰、田蚡予以合傳後，外戚蠻橫的亂象一覽無遺，如此的組合更能彰顯撰史者探稽治亂的精神，合於太史公「撥亂世反之正」（〈太史公自序〉）的本意。因此全氏之說雖有其道理，但畢竟不如愼伯心思之縝密，愼伯的分析，是眞能還原太史公作爲此傳的初衷，較諸全氏之妄議太史公爲淺陋，更見高明。

第三節　評韓愈

　　愼伯在〈書韓文後上篇〉一文中，對韓愈提出許多批評，有論及韓文整體的是非者，亦有談及單篇文章的利弊者。其說法有得有失，得者固然可貴，而失者亦頗具挑戰權威的勇氣，予人以另一層的思考角度。畢竟傳統文人的心中，韓愈是座高不可攀的巖嶺，或許在闢佛的議題上曾有遭受責難之處，但在文學的領域中，韓愈一直是個神。如今愼伯敢於提出批判，姑且不論其言之得當與否，皆有值得探究之處。

一、評韓文未盡能鉤玄提要

　　韓愈在〈進學解〉一文中說：「記事者必提其要，纂言者必鉤其玄。」〔註37〕以表達他在寫作上的原則。韓愈對自己的作品提出如此的肯定，後世的文家也鮮有提出異議者。但是愼伯卻有不同的看法，他認爲韓文眞能鉤

楚七國之亂。事見《史記》卷一一〇〈袁盎鼂錯列傳〉。此時景帝命周亞夫爲太尉、竇嬰爲大將軍共擊之，終平七國之亂。事見《史記》卷五七〈絳侯周勃世家〉、卷一七〇〈魏其武安侯列傳〉。

〔註36〕「並以爭廢太子見疏」是指周亞夫與竇嬰，皆爲景帝廢栗太子事而力爭之，但終難挽回景帝之心。「其晚景亦同」是指周亞夫與竇嬰，晚年皆遭人誣陷而死。以上二事，分見《史記》卷五七〈絳侯周勃世家〉、卷一七〇〈魏其武安侯列傳〉。

〔註37〕〔唐〕韓愈：《昌黎先生文集》（上海：上海書店，1989年3月，四部叢刊初編本），卷一二，頁3。

玄提要者極少。他說：

> 退之自論文曰：「紀事者必提其要，纂言者必鈎其玄。」核〈順宗實
> 錄〉董晉、韋丹、孔戣、權德輿各誌狀，及其他先廟、神廟碑，悉
> 嚴肅有體勢，即有酬酢人事者，亦鄭重不苟下一語，可謂紀事必提
> 要矣。〈原性〉所稱上之性「就學而愈明，下之性畏威而遠罪，故上
> 者可教，而下者可制。」則眞能鈎玄以纂言者。然韓文如是者絕少，
> 蓋切要語本自無多。〔註38〕

慎伯提出韓文能鈎玄提要者，有〈進順宗皇帝實錄表狀〉、〈贈太傅董公行狀〉、
〈江西觀察使韋公墓志銘〉、〈論孔戣致仕狀〉、〈相權公墓銘〉，先廟、神廟碑，
以及〈原性〉一文，其餘則少有切要語。觀慎伯所提，除〈原性〉一篇爲雜
著外，其餘不是碑誌就是表狀。若依慎伯之說，則韓愈雜記、書說、論辨、
序、哀祭等類別的文章，均不合乎鈎玄提要的標準了。此一說法，實在失之
主觀。時人何寄澎教授，嘗對韓愈論辨類文章有如下的佳評，他說：

> 綜觀韓之論辨作法，揭大旨，立間架，設答問，大體重在說理透澈
> 明晰，並不刻意求奇，而轉折多，又矜鍊字句，則頗有意出新。

「揭大旨」、「說理透澈明晰」，正粉碎了慎伯批評韓文未能鈎玄提要的偏執。

對於慎伯如此嚴厲地批評韓文，筆者以爲，當是有他特殊的原因。眾所周
知，韓愈最爲文林所津津樂道者，便是文章能宣揚孔、孟道統，蘇軾譽其「道
濟天下之溺」，意即在此。「道」是韓文的精髓，也是其光輝之所在；然而對於
韓文這項名垂千古的特色，慎伯卻不表認同。誠如本書第四章探討古文流弊時
所說，慎伯以爲韓愈所述之道，並非孔、孟之道，而只是一些空泛的門面語。
既然將韓文之「道」貶低至此，那就好比掏空了韓文的精髓一般，在這種情形
下，斥責韓文不能鈎玄提要，或是切要語甚少，也就不足爲奇了。不過在該章
節中，筆者也曾針對慎伯的說法提出反駁；就〈原道〉一文來看，韓愈所提的
仁義，以及養民教民之法，與孔、孟之道相去不遠，絕非如慎伯所說的是「門
面語」，此一事實是不容抹煞的。宋姚鉉〈唐文粹序〉說：

> 韓吏部超卓群流，獨高遂古，以二帝三王爲根本，以六經四教爲宗
> 師，憑陵躪轢，首唱古文，遏橫流於昏墊，闢正道於夷坦。……則
> 我先聖孔子之道，炳然懸諸日月。故論者以退之之文，可繼揚、孟，

〔註38〕〔清〕包世臣：《安吳四種‧藝舟雙楫》（臺北：文海出版社，1973年12月，
　　　　近代中國史料叢刊本），卷九，頁707，〈書韓文後上篇〉。

斯得之矣。〔註39〕

這段話正可爲韓文周契孔道作一佐證。韓愈論道，大體合於孔、孟之旨是可以相信的；愼伯以爲韓文之道乃門面語，進而斥其切要語甚少，確實是主觀之論。

二、評韓愈贈序類文章爲惡札

韓愈贈序類的文章富於變化，縱橫捭闔，不可遏抑，千古以來爲習文之士用爲資糧，是韓文中評價極高的作品。明吳訥說：

> 近世應用，惟贈送爲盛。當須取法昌黎韓子諸作，庶爲有得古人贈
> 言之義，而無枉己徇人之失也。〔註40〕

清林紓說：

> 贈送序是昌黎絕技。歐、王二家，王得其骨；歐得其神，歸震川亦
> 可謂能變化矣，然安能如昌黎之飛行絕跡邪。〔註41〕

然而，愼伯對此卻有不同的看法。他說：

> 至於退之諸文，序爲差劣，本供酬酢，情文無自，是以別尋端緒，
> 仿于策士諷諭之遺，偶著新奇，旋成惡札，而論者不察，推爲功宗。
>
> 〔註42〕

這段話的主旨，主要是批評韓序「情文無自」，但後世文家卻「不察」此類「惡札」，反昧於他模仿策士而得的「新奇」變化，竟將之「推爲功宗」。

觀愼伯之說，批評點主要在「情文無自」的弊端上。不過，愼伯之說偏於主觀，對於韓序的了解並不透澈。所謂「情文無自」，是指文章未具眞情實感，易言之，即是「爲文造情」。這種現象最常出現在應用文中；贈序類文章，正是應用文一種，它通常用在朋友私情的餽贈上，內容多是客套話，屬於應酬的文字居多。歷代文人在寫作此類文章時，由於性質的特殊，總得一味地誇好說妙，言不由衷的情形所在多有。或許正因此類文章有此通病，愼伯才

〔註39〕〔宋〕姚鉉：《唐文粹》（上海：上海書局，1989年3月，四部叢刊初編本）
　　　　頁4，〈序〉。
〔註40〕〔明〕吳訥《文章辨體序說》（臺北：長安出版社，1978年12月），頁42，〈序〉。
〔註41〕〔清〕林紓《韓柳文研究法》（香港：龍門書店，1969年10月），〈韓文贈送
　　　　序研究法〉，頁22。
〔註42〕〔清〕包世臣：《安吳四種·藝舟雙楫》（臺北：文海出版社，1973年12月，
　　　　近代中國史料叢刊本），卷八，頁638，〈與楊季子論文書〉。

會批評韓序,「情文無自」;事實上,韓愈並非眞有此種缺失。筆者之所以作此判斷的原因有二:第一,慎伯只概略性地提及韓序「情文無自」,卻沒有具體指出是那些篇章,這令人感到論據不夠充分;第二,韓愈流傳下來的三十六篇贈序,雖然大多數仍是臨別贈言式的文字,但內容已大別於往昔。他能在行文中加入自己的感情,抒發對於現實社會的不滿,能以古喻今,以今證古,將此類應酬文章寫得深摯感人,不染客套庸俗的痕跡。例如〈送孟東野序〉、〈荆潭唱和詩序〉、〈送楊少尹序〉諸篇,能揭露社會弊端,爲志士唱屈;〈送張道士序〉、〈送幽州李端公序〉、〈送董邵南序〉諸篇,能反藩鎮,維護中央權力;〈送浮屠文暢師序〉、〈送廖道士序〉、〈送高閑上人序〉諸篇,能崇正排異,堅持儒統。這些文章,篇篇皆具有眞思想,眞情感,如何說其「情文無自」呢?時人王更生教授對韓愈的贈序文嘗有如下的評斷:

> 韓愈有意打破傳統贈序勸慰、祝福、寒喧、嘮叨的習慣,很少有庸
> 俗無聊的客套話,而大多具備充實的社會內容,發表自己的見解,
> 抒發個人的情緒,有很強烈的現實意義。〔註43〕

這段評論,正是對慎伯批韓序「情文無自」的最好反駁。基於以上兩點原因,筆者以爲慎伯對韓序的批評確實有失公允,未能眞切地發掘韓序特異之處,故所論亦未足以說服人心。

另外附帶一提的,是韓序的「新奇」變化,是否眞如慎伯所說,乃模仿策士的議論風格而來?對於此一問題,其實並沒有一個肯定的答案。從韓愈的文章來看,他自己從不曾有過這方面的表示。他在〈進學解〉一文中,曾藉學生之口道出自己的學習對象,其中並無策士之文。又其學生李翶、皇甫湜的文集中,亦未嘗語及。至於後代的文論家,則確實有人以爲韓文有取法於策士之處。如秦觀論韓文,「謂能鉤莊列,挾蘇張,摭遷固,……。」〔註44〕「蘇張」是指蘇秦、張儀,此二人即是策士。又如錢基博說:

> 戰國策遊說,遇不能竟言之人,於不能竟言之事,往往突設一喻,多
> 方曉譬,而正意止入後,瞥然一見,自然不言可喻。而(韓)愈〈應
> 科目時與人書〉、〈爲人求薦書〉及〈答陳商書〉,皆仿其體。〔註45〕

〔註43〕王更生:《韓愈散文研讀》(臺北:文史哲出版社,1993 年 11 月),肆〈選讀‧
贈序文選讀〉,頁 157。

〔註44〕引自林紓:《韓柳文研究法》(香港:龍門書店,1969 年 10 月),〈淮海論韓〉,
頁 2。

〔註45〕錢基博:《韓愈志》(香港:龍門書店,1969 年 10 月),〈韓集籀讀錄第六〉,

此處提到韓愈〈應科目時與人書〉等篇章，是模仿策士之體。不過，秦、錢二人的說詞，雖然都明白表示韓文有模仿策士之處，但均非針對韓愈贈序文而發。由此看來，韓愈贈序類文章之新奇變化，是否真是取自策士之文，實在仍有商榷的餘地。雖然韓愈的確有些贈序類文章的布局相當地婉轉迂迴，與策士的議論風格很像，例如〈送浮屠師文暢序〉一文，韓愈在文中暗罵佛徒是禽獸、是夷狄，而文暢並不光火，這即是把主題隱藏得極為巧妙之故。再如〈送廖道士序〉一文，文中說了許多好聽話，幾乎便要說到廖道士身上，突然地話鋒一轉，這番好聽話竟與廖道士無關，而後全文作結。如此虛巧錯綜的筆法，確實與策士文的風格近似。然而推測歸推測，學術本須講求證據；況且韓愈是否取法策士為文，亦有學者持反面意見，林紓說：「昌黎學術極正，闢老矣。胡至乎鉤莊列，且方以正道匡俗，又焉肯拾蘇張之餘唾。」〔註 46〕此一說法，代表著反對韓文取法策士的一方。既然有學者提出截然不同的意見，而且韓愈自己並未提及有學習策士之事，則吾人於慎伯之說，當持一保留態度為佳。

三、分評韓愈諸文

對於韓愈的單篇文章，慎伯毀譽參半。論其佳者，或以為無愧古作、氣盛言宜，如〈聖德詩序〉、〈復志賦〉、〈上宰相第三書〉、……等等；論其劣者，或以為疹癘濫漫、諧詞危說，如〈進學解〉、〈毛穎傳〉、〈南山〉、……等。今就其所述，分賞譽及指疵二部介紹如下：

（一）賞譽之部

慎伯對韓文表達讚賞之意者，計提出二十六篇。其評論相當簡要，多以一語而涵括之。今引述如後：

> 退之文之盛者，〈聖德詩序〉及詩、〈薦士〉、〈南溪始泛〉、〈和太清宮紀事〉、〈橛鱷魚〉、〈釋言〉、〈行難〉、〈五箴〉、〈策問〉十三首，皆無愧古作者。〈上宰相第三書〉雖少作，而精心撰結，氣盛言宜，子政無以遠過。同時有〈感二鳥〉、〈復志〉兩賦，除晉宋之徑路，冥追屈、馬，雖挽強未得手柔之樂，而紆迴往復，意曲而達，其自

頁 130。

〔註 46〕〔清〕林紓：《韓柳文研究法》（香港：龍門書店，1969 年 10 月），〈淮海論韓〉，頁 2。

道立志用力者，信不誣已。〔註47〕

〈答董晉卿書〉說：

> 僕家無藏書，少不涉事，獨好《文選》，輒效爲之。以古爲師，以心
> 爲範。後乃得唐以來賦千餘首，檢其長篇巨製，殊無可觀。惟退之
> 《感二鳥》、張文潛《酷暑》差當意耳。〔註48〕

上文所述，可分三部份：第一，是無愧古作的部份。此部份凡二十三篇，即
〈聖德序〉并序、〈薦士〉、〈南溪始泛〉三首、〈和太清宮紀事〉、〈樵鱷魚〉、〈釋
言〉、〈行難〉、〈五箴〉，及〈策問〉十三首。這二十三篇作品，體裁不同，有
古詩、有序文、有雜文，各篇立意也大相逕庭。在差異性如此鮮明的情況下，
慎伯僅以「無愧古作」一語籠統帶過；不但未曾分篇論述，也不曾說明那些
特色無愧於古，令人讀來十分模糊。筆者以爲，此處當是慎伯興之所至的主
觀論定，屬於中國傳統「印象批評法」，〔註49〕我們姑且聽之即可，眞要細究，
恐亦無從著手。

第二，是〈上宰相第三書〉。慎伯以爲，此篇雖然是韓愈年少之作，但行
文精審，直可謂「氣盛言宜」。所謂氣盛、言宜，看似兩事，而實爲一事，其
重點盡在「氣盛」之上。韓愈〈答李翊書〉說：

> 氣，水也；言，浮物也。水大，而物之浮者大小畢浮。氣之與言猶
> 是也，氣盛，則言之短長與聲之高下者皆宜。〔註50〕

「氣盛，則言之短長與聲之高下者皆宜。」表示「氣」是主，「言」是從；只
要氣勢壯盛，則言詞將隨之合宜。今慎伯謂〈上宰相第三書〉「氣盛言宜」，
著眼點自然是在「氣盛」之上。氣勢壯盛，是韓愈文章的特徵。蘇洵稱其文

〔註47〕〔清〕包世臣：《安吳四種・藝舟雙楫》（臺北：文海出版社，1973年12月，
近代中國史料叢刊本），卷九，頁707～708，〈書韓文後上篇〉。

〔註48〕同上註，卷八，頁627，〈答董晉卿書〉。

〔註49〕時人張健先生解釋「印象批評法」說：「這是中國傳統文學批評最常用的方
法。誠如法國大文豪法朗士（Anatote France）所說，這類批評是『靈魂在
作品中冒險歷程的記錄』。批評家全憑主觀的好惡，將冒險的所得記錄下
來，所以可能很精彩，也可能是胡說八道。像金聖歎對西廂記的批評，就
是印象法的最佳典型。近人夏志清先生曾說，金聖歎在『西廂記的詳細評
語中，廢話跟精闢的一樣多。』……」（張健：《文學概論》（臺北：五南圖
書出版有限公司，1991年6月，初版八刷），第十八講〈中西文學批評的方
法〉，272）。

〔註50〕〔唐〕韓愈：《昌黎先生文集》（上海：上海書店，1989年3月，四部叢刊初
編本），卷一六，頁9～10。

「如長江大河，渾浩流轉。」〔註51〕意即在此。其〈上宰相書〉第三首，以堂皇正當的理由，向宰相求薦。文中對上位者未能舉賢，多所不滿，講來理精詞闢，鮮有乞媚之姿，其氣勢之雄健，在韓文中極具代表性。清吳闓生嘗評此篇：「雖志在干時，而倔強兀傲之天性，自不可掩。最足見公之意態，文亦偉岸奇縱，盡棄故常，獨創一格。」〔註52〕如此勝文，無怪乎愼伯要譽其「氣盛言宜」了！

　　第三，是〈感二鳥賦〉、〈復志賦〉二篇。愼伯稱二篇「除晉宋之徑路，冥追屈、馬，雖挽強未得手柔之樂，而紆迴往復，意曲而達，其自道立志用力者，信不誣已。」對二篇的評價相當地高，雖然不免斥其「挽強未得手柔之樂」，但就整體而言，態度是十分欣賞的。此外，在〈答董晉卿書〉一文中，愼伯又再度提到〈感二鳥賦〉，以爲此賦和張文潛的〈酷暑賦〉，乃唐以來惟一能和《文選》作品相比美的。可見在韓愈的賦作裏，愼伯對此賦乃情有獨鍾。〈感二鳥賦〉作於貞元十一年東歸的途中；〈復志賦〉則是貞元十三年負疾閒居時所作。前者是感歎二鳥（白鳥、白鴝鵒）徒以毛色之異彩，便蒙主上採進，備極恩寵，而自己身懷高才，卻志氣難伸；後者是感歎君王身邊盡是讒佞小人，自己勇於任事卻不得親近君門，以是而作爲此篇，聊以自勉。此二首皆是懷才不遇之作，與屈賦之感志傷時，意相照耀。愼伯謂其「冥追屈馬」，良非誣妄。

（二）指疵之部

　　上述是愼伯對韓愈文章表達肯定的部份；至於此一小節，則是指疵的部份。他對〈進學解〉等十四篇作品，表達了不滿之意：

　　　〈進學解〉「余應」之下，故爲舒緩，遂爾疹靡。〈王承福傳〉「操圬
　　　過富貴之家」以下，亦嫌瀾漫。〈送李愿歸盤谷〉摹寫情狀，間入駢
　　　語，緩慢乏氣勢。〈送窮文〉起結亦樸率，俱足累通體，使精神不發
　　　越。〈平淮西碑〉最爲今古所重，然推本君德而上斥列祖，歸功裴相
　　　而揶揄通朝，立言既爲非宜；且〈六月〉、〈采芑〉、〈江漢〉諸什，
　　　並美宣王，而詩人止述將士勞苦，良以將士用命以有功，則君美自

〔註51〕〔宋〕蘇洵：《嘉祐集》（上海：上海書店，1989年3月，四部叢刊初編本），
　　　　卷一一，〈上歐陽內翰第一書〉。
〔註52〕〔清〕吳闓生：《古文範》（臺北：臺灣中華書局，1970年3月），下編，頁
　　　　133。

見，何必如碑言乃爲善頌哉？然其詩則佳甚，有別觀之可也。〈訟風伯〉、〈月蝕〉、〈射訓狐〉、〈讀東方雜事〉、〈譴瘧鬼〉諸作，譏刺當路，不留餘地，於言爲不愼，於文爲傷雅，子瞻斥其性氣難容，良非過論。〈張中丞傳後序〉，記遠與巡死先後異一節，含混不能作下文辨駁之勢。〈毛穎傳〉，舊史以爲至紕繆，《國史補》以爲逼史遷，後人皆是李説。然士君子立言有體，遇事之必不可無言，而勢有必不能明言者，則常託於諧詞危説以見意。彼毛穎何所取耶？無取而以文爲嬉笑，是俳優角觗之末技，豈非介甫所譏「無補費精神」者乎？〈南山〉、〈陸渾山火〉聯句諸什，亦其類矣。〔註53〕

在此段論述中，有單評某一篇章者，如評〈進學解〉、〈王承福傳〉、〈平淮西碑〉、……等篇者是；有數篇共評者，如〈訟風伯〉、〈月蝕〉、〈射訓孤〉、〈讀東方雜事〉、〈譴瘧鬼〉諸作，同以「予言爲不愼，于文爲傷雅」見斥；〈毛穎傳〉、〈南山〉、〈陸渾山火〉諸作，同以「無補費精神」見斥。對於這些批評，筆者以爲得失兼有。其得者，如論〈平淮西碑〉。愼伯以爲此篇「最爲今古所重，然推本君德而上斥列祖，歸功裴相而揶揄通朝，立言既爲非宜。」此是批評韓愈立碑之時，盡將平亂之功歸於君相，而略去名將李愬的功勞，是其立論有不合於事實之處。觀此事始末，李愬確實是此役最大的功臣。當時平淮西之際，朝廷罷兵之議極盛，幸賴宰相裴度力排眾議，又復有憲宗支持，方得以克盡全功，這是君相有功之處；不過就實際戰功而言，若非李愬於雪夜中深入蔡州，計擒吳元濟，戰事必將遷延，以至於功敗垂成。李愬功勞之大，可由《通鑑》敘述此役時，全篇以李愬爲中心的作法上看出。反觀韓愈的碑文，首尾共一百三十六句，其中三度提及宰相裴度，而李愬卻只與他將並提一次。又其「命相往釐」、「相度來宣」以下多句，皆是頌讚君相恩德之語；而李愬雪夜立功之事，卻只以「西師躍入，道無留者」一句帶過。其抹煞李愬功勞的作法，確實嚴重扭曲事實的眞相，愼伯謂「立言非宜」，良非過論。

至於失者，如論〈送李愿歸盤谷序〉。愼伯以爲此篇「摹寫情狀，間入駢語，緩慢乏氣勢。」如此批評，並不正確。蓋駢偶之語雖然厚重，容易流於板滯，但只要運用得宜，反有助於文章生發之妙。本書雖採駢散合一之勢，但其間之敘述主賓分明，環環相扣，在散句之中，偶入駢儷之語，其錯綜變

〔註53〕〔清〕包世臣：《安吳四種‧藝舟雙楫》（臺北：文海出版社，1973年12月，近代中國史料叢刊本），卷九，頁708～710，〈書韓文後上篇〉。

化之妙，反令文勢騰湧，而終為千古絕唱。時人王更生教授說評此文說：

> 文中又運用了大量的偶句、排比，長短錯落，變化多端，辭采富麗
> 而清新，絕無堆砌蕩靡之感。〔註54〕

如此善用駢散句法的佳句，卻被慎伯貶為「緩慢乏氣勢」，其謬失之處，不辯
可知。而且慎伯於論述古文作法時，也主張駢散互用，他說：「體雖駢，必有
奇以振其氣；勢雖散，必有偶以植其骨，儀厥錯綜，致為微妙。」〔註55〕如
今卻指責韓愈此文「間入駢語，緩慢乏氣勢。」實在是自相矛盾。又如論〈毛
穎傳〉一文。慎伯認為，君子立言有體，遇事輒勇於建言，而當情勢有不能
明言之時，便常藉著諧詞危說以表達寄托。但〈毛穎傳〉徒有諧詞危說，卻
不見立意所在。他說：「彼毛穎何所取耶？無取而以文為嬉笑，是俳優角觝之
末技，豈非介甫所譏「無補費精神」〔註56〕者乎？」以「俳優角觝」、「無補
費精神」來比喻是文，口氣著實嚴屬！〈毛穎傳〉是篇寓文，毛穎即是毛筆
之意。文中先敘毛穎的家世，再說他如何入宮得寵，不僅累官至中書令，而
且能與燭火常伴君側，可謂受盡天恩。但是漸漸地，毛穎老了、禿了，君王
不再眷顧他，他的晚年極端地蒼涼。這篇文章從表面上看來，的確荒誕不經，
未識所指。但若予深入思考，則其間的寓意乍然湧現。韓愈以毛筆的一生，
來凸顯人世間得失的無常，其明著看，是談毛筆，實際上卻是感歎世態的炎
涼。錢基博謂此文「須玩其神氣有餘於篇章之外。」〔註57〕正點出此篇有深
層的寓意存在。慎伯批評此篇「無補費精神」，是「俳優角觝」之作，當是未
加深思之語。

　　綜觀上述可知，慎伯對〈進學解〉等十四篇的評論，得失兼有，讀者當
慎為抉取才是。此外，必須特別提出者，是評韓愈〈原道〉一文。韓愈此篇，
對佛、道二教大力排觝，為維護儒學的道統而放聲疾呼，後世對於這篇文章，
有著非常高的評價。清吳楚材《古文觀止評注》說：「孔孟歿，大道廢，異端
熾，千有餘年，而後的〈原道〉之書，辭而闢之，理則布帛菽粟，氣則山走

〔註54〕王更生：《韓愈散文研讀》（臺北：文史哲出版社，1993年11月），肆〈選讀‧
　　　　送李愿歸盤谷序〉，頁180。

〔註55〕〔清〕包世臣：《安吳四種‧藝舟雙楫》（臺北：文海出版社，1973年12月，
　　　　近代中國史料叢刊本），卷八，頁608，〈文譜〉。

〔註56〕〔宋〕王安石：《臨川先生文集》（臺北：華正書局，1975年4月），卷三四，
　　　　頁374，〈律詩‧韓子〉。

〔註57〕錢基博：《韓愈志》（香港：龍門書店，1969年10月），〈韓集籀讀錄第六〉，
　　　　頁140。

海飛，發先儒所未發，為後學之階梯，是大有功名教之文。」〔註 58〕胡師楚
生說：「〈原道〉之作，議論深閎，氣勢雄偉，造語有力，音調鏗鏘；而拒斥
佛、老，闡揚儒教，不僅揭示道統之傳，且宋代理學尤多開創啟發處，誠唐
宋之間，承先啟後之大手筆，大文字也。」〔註 59〕然而這樣的一篇名作，在
慎伯眼中卻是無甚價值。慎伯對〈原道〉的批判，要有二處：一是針對其理
論；二是針對其產生之影響。

就第一點而言，後人認為韓愈大力闢佛排老，替儒學維持了道統。但慎
伯認為，韓愈的批評並未切及二教的真正義理，所談只是二教的皮毛罷了。
他說：

> 退之以闢二氏自任，史氏及後儒推崇皆以此。今觀〈原道〉，大都門
> 面語，微引蒙莊，已非老子之旨，尤無關於釋氏。〔註60〕

關於〈原道〉對佛、道二教的詆斥，除了慎伯之外，尚有若干文人亦認為指
責失當。明茅坤《唐宋八大家文鈔》說：「退之一生闢佛、老在此篇，然到底
是說得老子而已，一字不入佛氏域，蓋退之元不知佛氏之學，故佛骨表亦只
以福田上立說。」〔註61〕這是批評韓愈不懂佛學。又近人王禮卿先生說：「此
文闢佛老，只從其無治平之用著意，斯固有遜儒家者，故能破彼立此，而成
衛道之偉論，可謂探驪得珠。然佛家究竟義，乃斯溥宇宙悉為佛國，超此婆
娑世界而上之，則此界之禮樂政刑，文物制度，皆無所需，何有於治平之道？
然則韓公所詆者，正佛之所謂不了義也；此種境界，非韓公不研佛學者所及
知，故卒不能攻入佛域之堂奧也。」〔註 62〕王氏之說，亦是針對韓愈不懂佛
學而發。在前人如此交相指責下，韓愈批判佛、老的理論是否恰當，確實令
人存疑。我們現在就來看看慎伯對韓愈〈原道〉一文，有何具體的批評。首
先是韓愈闢老的部份。慎伯批評韓愈對老子學說的認知淺薄。所謂蒙莊之語，
指的就是韓愈〈原道〉中所引莊子之語。其文曰：

〔註58〕〔清〕吳楚材、吳調侯：《古文觀止評注》（臺北：廣文書局，1981 年 12 月），
卷七，頁 23，〈原道〉。

〔註59〕胡楚生：《韓文選析》（臺北：華正書局，1983 年 12 月），〈原道〉，頁 60。

〔註60〕〔清〕包世臣：《安吳四種‧藝舟雙楫》（臺北：文海出版社，1973 年 12 月，
近代中國史料叢刊本），卷九，頁 705，〈書韓文後上篇〉。

〔註61〕〔明〕茅坤：《唐宋八大家文鈔》（臺北：臺灣商務印書館，1986 年 3 月，景
印文淵閣四庫全書本），卷三，頁 109，〈原道〉。

〔註62〕王禮卿：《歷代文約選詳評》（臺北：茂昌圖書公司，1991 年 6 月，再版三印），
卷二，頁 252，〈原道〉。

今其言曰：聖人不死，大盜不止，剖斗折衡，而民不爭。

這段話的原文是來自《莊子・胠篋》：

聖人不死，大盜不止。雖重聖人而治天下，則是重利盜蹠也。……

焚符破璽，而民朴鄙；掊斗折衡，而民不爭。

慎伯認為，韓愈目的是在批評老子，然而卻援引《莊子・胠篋》之語來當作老子思想，這實在已脫離「老子之旨」。由此可以看出，韓愈的批評只是門面語罷了。

案：韓愈〈原道〉一文，對道教的批評確實是隔靴搔癢，並沒有觸及道教的真正教義，這是無可懷疑的。不過慎伯的攻擊，也沒有切中韓愈的要害，同樣是不著邊際。因為〈原道〉一文，基本上是韓愈對佛、道二教的批判，但是韓愈文中，卻頻頻地攻擊老子，而且也攻擊《莊子・胠篋》的言論，這是誤認道家為道教，是不符合學術實情的。陸鐵乘說：「韓子誤認道教為老子之教，而加抨擊。」〔註63〕意即在此。今慎伯不以此點來駁斥韓愈，反而說韓愈「徵引蒙莊，已非老子之旨。」這實在是顧小失大，而且也誤認了老子之說即道教之說，這與韓愈觀念的偏差，又有何不同呢？

再來是韓愈駁難佛教的部份。慎伯認為韓愈並不懂佛教，所以對佛教所提出的責難，都著眼於後代俗僧欺愚取利的劣跡。在他看來，佛教的原始義理與儒學「不甚遠」，所以韓愈對佛教的批評是不正確的。他說：

釋氏書始入中國，止四十二章，其言淺而切，與儒不甚遠。後此內典，則皆東土所譯，聳愚邀利之說已有竄入者。〔註64〕

又說：

以退之屏棄釋氏，未見其書，故集中所力排者，皆俗僧聳動愚蒙以邀利之說。（同上）

此處說到，佛典剛傳入中國時，只有《四十二章經》，當時教理淺白精切，與儒學相去不遠，但後來的佛典都是中國人傳譯而來，遂雜入了許多聳愚邀利的說法，而韓愈所批評者，也正是這一部份。由此看來，慎伯認為韓愈所批評的佛教，並不是正統的佛教，韓愈對於佛教的嚴厲批評，是昧於佛教原始義理所致。

〔註63〕陸鐵乘：〈韓愈原道評議〉，《中央月刊》第十二卷第三期（1980年1月），頁155。
〔註64〕〔清〕包世臣：《安吳四種・藝舟雙楫》（臺北：文海出版社，1973年12月，近代中國史料叢刊本），卷九，頁705～706，〈書韓文後上篇〉。

案：對於慎伯的觀念，筆者以為頗有問題。一來，佛教的原始教義與儒學差距甚大，絕非「與儒不甚遠」；二來，〈原道〉一文對佛教所提出的的責難，絕非後代俗僧聳愚邀利之說，而是佛教早期即有的現象。現在我們就來看看〈原道〉中闢佛的兩段文字。其一說：

> 今其法曰：「必棄而君臣，去而父子，禁而相生養之道。」以求其所謂清淨寂滅者。

其二說：

> 今也欲治其心，而外天下國家，滅其天常。（同上）

這兩處所指責者，就是佛教的出世精神。不過慎伯卻認為，這種出世以得福田的說法，並非佛教的原始教義，而是後代俗僧的聳愚邀利之說；佛教早期的教義是《四十二章經》一類的經書，而此類的佛典「其言淺而切，與儒不甚遠。」所以韓愈的闢佛，是不了解佛理的舉動。此一說法，可謂錯得離譜。因為佛家出世的思想，以及福田利益之說，在《四十二章經》時已相當濃厚，絕非始於後代俗僧的竄入。而且《四十二章經》的思想與儒學天差地別，如何能「不甚遠」？今且引《四十二章經》的兩段文字以為證明。它說：

> 佛言：「辭親出家，識心達本，解無為法，名曰沙門。常行二百五十戒，進止清淨，為四真道行，成阿羅漢。阿羅漢者，能飛行變化，曠劫壽命，住動天地。……」〔註65〕（第一章）

又說：

> 佛言：「人繫於妻子舍宅，甚於牢獄。牢獄有散釋之期，妻子無遠離之念，情愛於色，豈憚驅馳，雖有虎口之患，心存甘伏，投泥自溺。
> 故曰：凡夫，透得此門，出塵羅漢。」〔註66〕（第二十三章）

又欲辭親，又欲遠離妻子舍宅，這難道不是出世思想嗎？而且又說出家為沙門，潛心修行，便能成為羅漢；成為羅漢之後，便「能飛行變化，曠劫壽命，住動天地。」這難道不是聳愚邀利之說嗎？由此可知，《四十二章經》所代表的佛教原始義理，便已經表現出強烈的出世思想，這與儒學的入世精神截然不同，慎伯以為兩者「不甚遠」，顯然是謬說；又聳愚邀利之說，在經文中也已明顯托出，可見此一思想在佛教早期便有，絕非後世俗僧所憑空竄入。

綜上可知，慎伯舉《四十二章經》為例，來數落韓愈闢佛的錯誤，可說

〔註65〕《四十二章經》（臺中：蓮因寺大專學生齋戒學會，1989 年 12 月），頁 7。
〔註66〕同上註，頁 21。

是引喻失當。韓愈是一忠貞的儒者，他基於儒、釋義理的差異而排佛，此一衛道的精神是值得肯定的。或許韓愈未能眞正了解佛門義理，所論有其不足之處；不過就從此處看來，愼伯對於佛教的認知，恐怕也是有限，他對韓愈所提出的批判，力道實在不夠強悍。

以上是愼伯針對韓愈〈原道〉一文的理論所做的批評。接著是針對它所產生之影響的批判。後世儒者對於〈原道〉一文的闢佛多所稱譽，以爲有助於遏止佛教的流布；但愼伯以爲，佛教後來之所以衰落，是因爲俗僧儘以福田利益之說來攫取百姓的財利，由於這內部的腐化，令它走向衰落之途，與〈原道〉之闢佛無關。他說：

> ……而俗僧世守者，則益倡福田利益，以攫愚夫愚婦之財利，故徒眾雖日眾，而其道則極衰，是俗僧自衰之非，非必退之辭而闢之之力矣。〔註67〕

佛教的衰微，自然是與韓愈無甚關聯，畢竟不諳佛教的人，是很難精確地擊中它的要害，當然也就無法將之撂倒。愼伯認爲，佛教的衰敗是因爲俗僧假福田之名，而行斂財之實，所以遭人唾棄而沒落。此一說法，當然極有見地。不過，一個宗教的衰微，絕不會只有單一因素，除了愼伯所說內部腐化的原因外，其實也還有其他的原因。近人錢穆氏對宋、元、明、清以來佛教的衰微，提出了若干看法，頗能發人深省，今歸納其要點如下：第一，宋代新儒學的興起，將印度佛教思想全部移植過來，而且把它澈底消化，變爲己有，因此在以後的中國，佛教思想便永遠不再成爲指導人生的南針；第二，魏晉南北朝時期，貴族門閥掌握了知識，一般平民只有向僧侶求學，寺院遂因此掌握了指導人民的大權。但宋代以降，平民學者興起（即新儒家），他們四處講學，儒家遂替代僧侶，重新掌握了百姓的指導權。〔註68〕除了錢穆所說這兩點之外，筆者覺得帝王的態度，也是佛教勢力消長的重要指標。南北朝以迄於隋唐間，佛教之所以盛行，絕對與帝王的偏好有關。南朝的宋文帝、齊高帝、齊武帝、梁武帝、梁元帝、陳高祖均篤信佛教；尤其梁武帝還曾率領群臣士庶兩萬人，當眾宣布應放棄道教而皈依佛教，佛教在武帝的倡導下，勢力迅速地發展。到了隋朝，由於隋文

〔註67〕　〔清〕包世臣：《安吳四種・藝舟雙楫》（臺北：文海出版社，1973年12月，近代中國史料叢刊本），卷九，頁706，〈書韓文後上篇〉。

〔註68〕　詳見錢穆：《中國文化史導論》，（臺北：臺灣商務印書館，1993年5月），第九章，〈宗教再澄清民族再融合與社會文化之再普及與再深入〉，頁180～183。

帝的喜好，佛教成爲國教的色彩是很濃的。唐朝興起之後，對佛教更是尊重，佛教徒接近宮廷的風氣很盛，除了武宗反佛外，其餘的都在不同程度上崇奉佛教；其中憲宗、武宗二朝，還曾舉行隆重的迎佛骨活動。佛教在帝王的提倡下，聲勢自然如日中天。然而在唐代之後，帝王對佛教的支持有明顯的降溫，梁武帝、隋文帝、唐憲宗一類力擁佛教的帝王已不復可見。五代時期，對佛教更是壓抑，其間甚至有後周世宗廢佛的事件。佛教在失去帝王的寵愛後，其舞臺的流失是可以想見的。這是帝王態度對佛教興衰所產生的影響，在此略作陳述，以爲慎伯說法之補充。

　　案：觀以上慎伯對韓愈的批評，除了少數作品如〈聖德詩〉、〈薦士〉、〈南溪始泛〉、……等得到其推許之外，大體上是提出了負面的評價。韓愈在中國文學史上有其崇高地位，除了因〈原道〉一類闢斥佛、老的文章，引來佛、道二教的撻伐外，在儒家自身之中，莫不對其讚譽有加，不論是理論或是創作，皆給予高度的認同與讚揚，鮮有如慎伯這般排觝者。然而筆者以爲，正因韓愈名氣極大，對後世影響極深，方會引來慎伯激烈的攻擊。因爲慎伯所處的時代，國運日衰，列強謀我日亟，而當此之時，士子猶尚薄疏之學，空言載道，務爲形巧，委實令人痛心。慎伯以一腔熱血，力圖革新，因此才對韓愈提出批判，希望能打倒舊學的圖騰，以喚回迷途中的士子。當然，韓文未必眞如慎伯所說的一般不堪，只是革命總須破壞，而韓愈正是這場破壞下的祭品；就如同民初新文學運動時，高喊打倒孔教一樣，[註69]孔子亦是此一運動中的犧牲品。孔子與韓愈，皆爲傳統學術的象徵，在時代更迭之時，往往容易成爲改革家開刀的對象，慎伯之所以力斥韓愈，原因大半在此。雖然其作法不無可議，不過其用心乃爲提振文界風氣，誠慤之心，值得我們加以理解。

第四節　評顧炎武

　　顧炎武，字寧人，學者稱亭林先生。江蘇崑山人。生於明萬曆四十一年，卒於清康熙二十一年，享年七十。顧炎武是位究心時局的文人，鑑於明末學術的空虛，遂提倡經世致用之學。其治學嚴謹，涉獵廣博，舉凡經學、小學、

[註69] 陳獨秀〈文學革命論〉：「孔教問題，方喧呶於國中，此倫理道德革命之先聲也。」可知孔門教化，在當時是改革派文家極欲除去的舊學。收錄於胡適：《胡適文存》（臺北：遠東圖書公司，1979 年 11 月），第一集，卷一，頁 18。

史學、經濟之學、詩文等，莫不精通。其徵實的論學態度，開創了有清一代樸學之風；至於其經世致用的學術精神，則對清代中晚期嶺南學派、公羊學派的文人，甚至是包慎伯個人，皆產生了激勵的作用，堪稱是一代學術宗師。

對於亭林這位學術巨擘，慎伯在〈讀顧亭林遺書〉一文中，作了若干評論，其中有讚譽，亦有批判。對於亭林的情操，慎伯給予高度讚揚，至於學術著作，則是褒貶互見。今且依其說法，介紹如後：

一、評學術著作

慎伯對於顧炎武著作的評論，談到了兩部書──《日知錄》及《天下郡國利病書》。《日知錄》一書，為亭林的讀書札記，內容分為經義，治道、博聞三類，結構上採取條記式的論述模式。亭林一生心懷時局，倡濟世之學，此書正是他政治思想的結晶，自謂「平生之志與業皆在其中。」〔註70〕《天下郡國利病書》，是一部地理學著作，書中詳述地理形式、水利、糧額、屯田、設官、邊防等，是亭林在歷覽二十一史、明代實錄、府州縣志及歷朝的奏疏、文集後，將之分類輯錄而成。不過此書雖是地理學著作，但亭林於載記之時，輒抉取攸關民生利病者入之，於社會制度的黑暗多所揭發，因此實際上是一部政治地理學作品。對於這兩部著作，慎伯表達了他的看法：

> 乾隆壬子，白門書新雕《日知錄》出。……因得盡讀《日知錄》三十卷，嘆為經國碩獻，足以起江河日下之人心風俗，而大為之防。唯摘章句以說經，及畸零證據，猶未免經生射策之息，欲刪移其半，別為外篇，以重其書，而未果。……又得《郡國利病書》讀之，徵錄賅備，如醫家流之有《本草綱目》，足為《日知錄》之佐使。迨展側吳越，近世文人之書大都得寓目，竊以為百餘年來言學者，必首推亭林，亭林書必首推《日知錄》。〔註71〕

慎伯讀《日知錄》，「嘆為經國碩獻」，以為此書足以移化人心，敦善風俗，能嚴防世道之衰零。其於《日知錄》一書，評價實在很高。不過對於此書，慎伯亦非全面地肯定，其間的若干部份，慎伯也表達了不滿。他認為《日知錄》

〔註70〕〔清〕顧炎武：《原抄本日知錄》（臺南：平平出版社，1975年7月，三版），〈又與友人論門人書〉。

〔註71〕〔清〕包世臣：《安吳四種・藝舟雙楫》（臺北：文海出版社，1973年12月，近代中國史料叢刊本），卷八，頁649～650，〈讀顧亭林遺書〉。

「摘章句以說經，及畸零證據，猶未免經生射策之習。」所爲「摘章句以說經」，指的是《日知錄》論經的部分（即卷一至卷七處）。由於《日知錄》一書，是採取條記式寫法，故其說經亦是摘句爲條而加以論述，如「其稽我古人之德」條（《日知錄》卷二，語出《尚書‧召誥》）、「不動心」條（《日知錄》卷六，語出《孟子‧公孫丑章句上》）、「必有事焉而勿正心」條（《日知錄》卷七，語出《論語‧里仁》）。而這些經句由於被單獨摘出，在解釋上難免較爲瑣碎，無法窺得通篇義旨，顧慎伯斥之爲「畸零證據」。對於此一摘句說經之法，慎伯以爲與「經生射策之習」無異。所謂「經生射策之習」，蓋指八股科舉而言。八股科舉，是摘取《四書》、《五經》中的文句爲題，再命士子依題發揮。今《日知錄》的說經方法與此接近，故招致慎伯的批評，以爲所說乃畸零證據，難見宏旨。

　　案：《日知錄》採札記體的方式著書，其間的優劣利弊，其實很難判定。慎伯以爲此法瑣碎不周，然亦有學者抱持肯定的態度，大陸學者趙儷生說：「《日知錄》看起來像是一種瑣節考據之書，彷彿跟閻若璩《潛邱箚記》差不多也似的，而其實是一部有著完整結構的通家大著。」〔註72〕此說正可提供另外一種學術觀點。

　　其次，慎伯論《天下郡國利病書》，以爲徵錄賅備，如醫家流之有《本草綱目》，足爲《日知錄》之佐使。」《本草綱目》者，明李時珍所作，爲中藥學的聖典。慎伯舉以互況，是對《天下郡國利病書》的不凡成就作出肯定。他又以爲此書，足以爲《日知錄》的佐使，能相爲輔備。筆者以爲，此處所指當是針對社會制度史這部份而說的。《日知錄》雖蒐羅廣博，但對於社會制度的黑暗面（特別是土地兼并、賦役不均等階級剝削的問題），則處理得較少，反觀《天下郡國利病書》，對此則作了集中反映，有極爲深入的探討。因此慎伯以爲《天下郡國利病書》足爲《日知錄》的佐使，所指當是此一部份。

　　綜觀上述，慎伯對於《日知錄》與《天下郡國利病書》的評論，前者是褒貶互見；後者則是全面肯定。對於前者的批判，主要是著眼於結構與論述的方式上，以爲不免有經生射策之習，但總體而言，慎伯仍是給予肯定的。故其文末又說：「竊以爲百餘年來言學者，必首推亭林，亭林書必首推《日知錄》。」讚賞之情，躍然紙上。

〔註72〕趙儷生：〈顧炎武《日知錄》研究〉，原載《蘭州大學學報》（1964年），收錄於其所著：《日知錄導讀》（成都：巴蜀書社，1992年4月），頁241～242。

二、評志節懷抱

　　亭林一生蓬轉四方，嚐盡苦難，對於黔黎之苦，蒼生之痛，深有所感。是以其論學則求爲世所用，行事則主於治亂，其胸懷之遠大，氣節之高尙，本非一世之人。對此，愼伯亦道出他心中的感佩：

> 集中自述《日知錄》之辭有曰：「意在撥亂滌汙，法古用夏，啓多聞於來學，待一治於後王。」又曰：「有王者起，將以見諸行事，以躋斯世于治古之隆。」又曰：「平生之志與業，皆在其中，道之隆汙，各以其時，使後王得以酌取，其亦可以畢區區之願矣。」然後知予之所以信亭林者，乃即亭林之所以自信，宜其立說之多符合也。如《日知錄》所載「自古有亡國」，無亡天下。國亡，卿大夫之責也；天下亡，則士與有責焉。」集中所載「天生豪傑必有所任，拯斯人於塗炭，爲萬世開太平，此吾輩之任也。」……則信乎其近世學者之首也。〔註73〕

對於亭林撰作《日知錄》時，所表現出來要「撥亂滌汙，……待一治於後王。」、「拯斯人於塗炭，爲萬世開太平」的崇高志節，愼伯感到極度欽佩，美其爲「近世學者之首也。」事實上，愼伯之所以對亭林的抱負如此推崇，正以其終生所奉持者，亦在於此，故相知相惜之感尤深。他自述一生的學行說：

> 予少小鮮所聞見，雅善遺忘，爲以食貧居賤，知民間所疾苦，則心求所以振起而補救之者。稍長因於奔走，涉世事，讀官書，則知所以求致弊之故而澄其源。又知舉事駭眾則敗成，常求順人情，去太甚，默運轉移而不覺。必能自信也，而後載筆。然猶必時察事變，稍有窒礙，則不惜詳更節目，要于必可舉行，以無誤後世，是予之所長也。（同上）

從這段自白中，可以看出愼伯拯物利民的志向。觀其所著《中衢一勺》、《齊民四術》、《說儲》等作品，於民生百事，靡不賅括，處處皆顯露此番氣象。近人柳詒徵氏謂愼伯「以書生發憤，欲蕩積垢，一切與民更始。」〔註74〕正可爲愼伯的濟世胸懷下一註腳。由於愼伯之志在此，是以當他目睹亭林的偉

〔註73〕〔清〕包世臣：《安吳四種・藝舟雙楫》（臺北：文海出版社，1973 年 12 月，近代中國史料叢刊本），卷八，頁 650～652，〈讀顧亭林遺書〉。

〔註74〕柳詒徵：〈說儲跋〉，收錄於《包世臣全集・小倦游閣集、說儲》（合肥：黃山書社，1991 年 10 月），頁 200。

大志節時，不由興起英雄相惜之感，而發出「知予之所以信亭林者，乃即亭林之所以自信，宜其立說之多符合也。」的感語。慎伯偉大的情操，正是亭林德行的投射，故其稱美亭林，言詞之間不著半分虛假，讀來令人動容。

第十章　結　論

綜觀愼伯的文學理論，筆者以爲其間的主要精神，可以藉八個字而涵括之，即「求新求變，啓迪來世。」

在愼伯的文論中，處處可見這八字的特色。首先就其基本思想而言，愼伯見時人不親漢學，即入宋學，對同時代的學術反而未加重視，於是提出「古今人思力應不相遠」的論調，以求推翻貴古賤今的觀念（見本書第三章第二節），這是文人思及「文以時變」的進步表現。其次，愼伯對於國運衰微之時，士子行文猶空談道統，不事實學，於是對空言「文以載道」者，提出強烈的批判。此外，當時習文者多入於桐城派，愼伯也表達不滿之意，遂有反桐城的主張。（見本書第三章第二節）除了上述的觀點外，他看到士子爲謀仕進，終日醉心於無用的時文，於是提出了反八股文的理念。（見本書第三章第二節）事實證明，愼伯的眼光是獨到的，他所提出的諸多主張，在後代都一一得到了實現。八股文經過康有爲、梁啓超、嚴復等一班人力諫，在光緒三十一年時終於廢除。而對空言「文以載道」的不滿，以及反桐城的主張，在梁啓超、夏曾佑等人提出「文界革命」時，即是文壇相當盛行的事；後來在民初新文學運動時，胡適、陳獨秀等一派文家，對之打擊更是不遺餘力。今日所謂桐城派，所謂文以載道，所謂八股文，都已成爲歷史的陳跡，僅供文人學者作案頭研究罷了。當時愼伯所提的文學主張，在今日均成爲學術界的既定事實，是以稱美愼伯文論能「求新求變，啓迪來世。」洵非過論。

除了這些基本思想外，其餘文論亦充分顯示愼伯超越傳統，突破時尚的進步觀。如其談論古文作法，提出墊拽、繁複、集散等筆法（見本書第六章第一節），皆是前人未及之處，能提供今人研究古代文法時的若干新觀念。時

人馮書耕說:「(慎伯)此言作文有奇偶、疾徐、墊拽、繁複、順逆、集散六種法則,並各舉例說明,頗有獨得之處,學文者不可不知。」〔註1〕正是對慎伯所提古文筆法的正面肯定。又如其談論文學的鑑賞方法時,提出「以近世人情而上推之」。(見本書第七章第一節)這實在已涉入社會心理學與文化學的層次,在中國的傳統文論中,誠極爲可貴而少見。其次在文學批評論中,他歸納出古代文評家的三種平與模式——自得語、率爾語、僻謬語。(見本書第八章第一節)其中自得語一項,慎伯以爲是優良的評語模式,其餘兩項則是拙劣的評語模式,其說法可看作是文評界的一種自省,爲今人研究古代文評時,提供更開闊的思考空間。其次他主張詞體的品評,應當以清、脆、澀三要件爲標準。(見本書第八章第二節)這是融合了浙西派(清)與常州派(澀)的特色,而另成一家。他的識見,實已超越了門戶界限與時人的藩離,而別樹一格。後來的劉熙載主張好詞須「厚而清」,雖然也是融合浙、常二派的特立之說,但終究是晚了慎伯數十年,慎伯見解的前衛,由是可知。其次慎伯在評論司馬遷〈報任安書〉,以及《史記・魏其武安侯列傳》的旨要時,主張前者之旨在於申明撰述《史記》之心,以辭任安求援之請;後者之旨在「重斥外戚之禍」(見本書第九章第二節),皆是探微致幽之論,千餘年來未得之祕,在其妙筆的鉤勒下,豁然湧現。由以上數例可知,慎伯的文論具有鮮明的反傳統色彩以及開創新局的獨到眼光,對於權威(如韓愈、桐城派、八股科試)他也勇於打破,故其立論能別出時流,卓於成家,絕非拾人牙慧者所可比擬。

雖然,慎伯在某些議題上也出現了固守傳統的傾向,例如談論詩歌,一味地在詩教觀上打轉(見本書第八章第二節),無法掙脫牢籠;談論辭賦的作法,仍高呼小學的重要,企圖將辭賦帶回漢魏時期艱澀的老路,這都是固守傳統的僵化表現。其次,慎伯在若干議題的論述上,也有過份偏激之處。例如批評韓愈文章未盡能鉤玄提要;批評韓愈贈序類文章爲惡札等,均與實情不符。不過就整體而言,此類固守傳統以及偏激的言論並不多,而且慎伯如此立論,多半有其深意蘊含其中,〔註2〕是以對於這些缺失,我們是可以試著

〔註1〕 馮書耕、金仭合著:《古文通論》(臺北:國立編譯館中華叢書編審委員會,1979年4月,三版),下篇,第十六章〈古文作法〉,頁605。

〔註2〕 慎伯談論詩歌,力主詩教,是鑑於當時國勢衰微,不想文人徒事雕琢之作,故提倡之以振風氣。又其力斥韓愈,是因爲慎伯亟欲打倒傳統空疏之學,以宣揚經世致用的學術。在此一前提下,身爲舊學圖騰的韓愈,自然在打壓之

加以諒解的。

　　總之，愼伯的文學理論超越了他的時代，它求新求變的思考模式，不但遠邁時人，而且也導引了來世，爲後代的文學革新播下了種子。他最大的成就，是其反傳統，求開創的進步精神。他反對八股文、反對桐城派、反對文以載道，這些意見在當時的學術界來說，都是逆向操作，都視爲反傳統的判逆行爲。他在〈述學一首示十九弟季懷〉一文中，即感歎自身的學術說：「此學異吾鄉，群嗤爲迂鄙。」不過，這些在當時看來是悖離主流的文學理念，在後來都成爲文學革命所奮鬥的目標，因此愼伯的文論，實在是充滿著前衛性與建設性。近人研究鴉片戰爭時期的文學思想，每以魏源、龔自珍作爲進步文人的代表，對於愼伯的學術往往加以略過，這是一件令人遺憾的事。事實上，愼伯的文論與龔、魏二人一樣，是針對危邦亂世所提出的革新思想，同樣都具備著高度的進步觀；甚至在某些方面，愼伯還有超越龔、魏的地方。例如當魏源仍主張文道合一時，〔註3〕愼伯早已唾棄文以載道的空虛口號。又如愼伯在而立之前，已意識到詞章之學的無用，遂有輟寫韻語的舉動（見〈自編小倦遊閣文集三十卷總目序〉），這可說是開了後來譚嗣同棄寫詞章的先聲。〔註4〕如此的勇氣，也絕非龔、魏之屬所能及。是以今日當我們盛讚鴉片戰爭時期前後龔、魏等人的進步思潮與卓越貢獻時，也該給愼伯在功勞簿記上一筆，還給他應有的歷史地位。

　　　　列了。由此看來，愼伯若干固守傳統以及過度偏激的言論，實有其不得不然的道理。

〔註3〕　清魏源《默觚上・學篇二》：「文之外無道，文之外無治也。」〈國朝古文類鈔序〉：「百川止於海，百家莞乎道。畸於虛而言之無物，畸於實而言無心得，是皆道所不存，不可以爲文，即不可以權衡一代之文。」其重視文道合一的理念，由此可以明顯看出。

〔註4〕　清譚嗣同〈莽蒼蒼齋詩自序〉：「天發殺機，龍蛇起陸，猶不自懲，而爲此無用之呻吟，抑何靡與！三十年前之精力，敝於所謂考據、詞章，垂垂盡矣。勉於世，無一當焉，憤而發篋，畢棄之。」此段話是譚嗣同棄寫詞章的直接宣示。

參考書目

（依出版年月爲序）

一、包愼伯文論相關作品

1. 《安吳四種》，〔清〕包世臣撰，清道光二十六年木活字排印本。
2. 《安吳四種》，〔清〕包世臣撰，清咸豐元年白門倦遊閣木活字鉛印本。
3. 《安吳四種》，〔清〕包世臣撰、沈雲龍編，《近代中國史料叢刊》本，臺北，文海出版社，1973 年 12 月。
4. 《包世臣全集・小倦遊閣集、說諸》，〔清〕包世臣撰，合肥，黃山書社，1991 年 6 月。

二、專 書

（一）經學類

1. 《毛詩補疏》，〔清〕焦循撰，上海，上海古籍出版社，續修四庫全書本。
2. 《公羊何氏釋例》，〔清〕劉逢祿撰，《皇清經解》本，臺北，復興書局，1961 年 5 月。
3. 《左氏春秋考證》，〔清〕劉逢祿撰，《皇清經解》本，臺北，復興書局，1961 年 5 月。
4. 《穀梁廢疾申何》，〔清〕劉逢祿撰，《皇清經解》本，臺北，復興書局，1961 年 5 月。
5. 《詩經學》，胡樸安撰，臺北，臺灣商務印書館，1964 年 10 月。
6. 《詩經研讀指導》，裴普賢撰，臺北，東大圖書公司，1977 年 3 月。
7. 《詩經論文集》，熊公哲等合著，臺北，黎明文化事業股份有限公司，1982 年 12 月，再版。

8. 《左傳文章義法撢微》，張高評撰，臺北，文史哲出版社，1988 年 8 月。

9. 《詩集傳》，〔宋〕朱熹撰，四部叢刊初編本，上海，上海書店，1989 年 3 月。

10. 《四書集註》，〔宋〕朱熹撰，臺南，臺南東海出版社，1989 年 9 月。

11. 《說文解字注》，〔漢〕許慎撰，〔清〕段玉裁注，臺北，黎明文化事業股份有限公司，1991 年 4 月，增定七版。

12. 《易經》，十三經注疏本，臺北縣，藝文印書館，1993 年 9 月，十二刷。

13. 《尚書》，十三經注疏本，臺北縣，藝文印書館，1993 年 9 月，十二刷。

14. 《詩經》，十三經注疏本，臺北縣，藝文印書館，1993 年 9 月，十二刷。

15. 《禮記》，十三經注疏本，臺北縣，藝文印書館，1993 年 9 月，十二刷。

16. 《左傳》，十三經注疏本，臺北縣，藝文印書館，1993 年 9 月，十二刷。

17. 《論語》，十三經注疏本，臺北縣，藝文印書館，1993 年 9 月，十二刷。

18. 《孟子》，十三經注疏本，臺北縣，藝文印書館，1993 年 9 月，十二刷。

19. 《四家詩恉會歸》，王禮卿撰，臺中，青蓮出版社，1995 年 10 月。

（二）歷史類

1. 《林文忠公政書》，〔清〕林則徐撰，林氏家刊本。

2. 《中國近代經濟思想史稿》，侯厚吉、吳其敬合撰，哈爾濱，黑龍江人民出版社，1982。

3. 《清朝全史》〔日〕稻葉君山原撰，臺灣，中華書局，1960 年 9 月。

4. 《清朝通典》，〔清〕高宗敕撰，臺北，新興書局，1962 年 7 月。

5. 《欽定大清會典事例》，臺北，啓文出版社，據清光緒二十五年刻本，1963 年 1 月。

6. 《古史辨》，顧頡剛編，香港，太平書局，1963 年 2 月。

7. 《司馬遷所見書考》，金建德撰，上海，上海人民出版社，1963 年 2 月。

8. 《清實錄・嘉慶朝》，臺北，華文書局，1964 年 6 月。

9. 《中國散文史》，陳柱撰，臺北，臺灣商務印書館，1965 年 1 月。

10. 《賦史大要》，〔日〕鈴木虎雄撰，殷石臞譯，臺北，正中書局，1966 年 11 月。

11. 《詞曲史》，王易撰，臺北，廣文書局，1971 年 7 月，三版。

12. 《包世臣慎伯先生年譜》，胡蘊玉撰，沈雲龍編《近代中國史料叢刊》本，臺北，文海出版社，1973 年 12 月。

13. 《光緒政要》，沈雲龍編《近代中國史料叢刊》本，臺北，文海出版社，1973 年 12 月。

14. 《三國志》，百衲本二十四史，臺北，臺灣商務印書館，1973 年 12 月。

15. 《清儒學案》，徐世昌撰，臺北，燕京文化事業股份有限公司，1976 年 6 月。

16. 《漢書》，〔漢〕班固撰，臺北，鼎文書局，1976 年 10 月，再版。

17. 《中國歷史研究法五種》，梁啓超撰，臺北，里仁書局，1982 年 1 月。

18. 《清史稿》，柯劭忞撰，臺北，洪氏出版社，1981 年 8 月。

19. 《朱子新學案》，錢穆撰，臺北，三民書局，1982 年 4 月，再版。

20. 《中國文學理論批評史》，敏澤撰，北京，人民文學出版社，1982 年 6 月。

21. 《清史列傳》，周駿富輯《清代傳記叢刊》本，臺北，明文書局，1986 年 1 月。

22. 《國朝耆獻類徵》，周駿富輯《清代傳記叢刊》本，臺北，明文書局，1986 年 1 月。

23. 《續碑傳集》，繆荃孫編，周駿富輯《清代傳記叢刊》本，臺北，明文書局，1986 年 1 月。

24. 《新儒家思想史》，張君勱撰，臺北，弘文館出版社，1986 年 2 月。

25. 《簡明中國佛教史》，〔日〕鎌田茂雄撰，上海，上海譯文出版社，1986 年 10 月。

26. 《太平天國的興亡》，李振宗撰，臺北，正中書局，1986 年 12 月。

27. 《評點史記論文》，〔清〕吳見思評點，臺北，臺灣中華書局，1987 年 10 月，臺二版。

28. 《中國宗教思想史》，王治心撰，板橋，彙文堂出版社，1988 年 12 月。

29. 《新唐書》，〔宋〕歐陽修撰，四部備要本，北京，中華書局，1989 年 3 月。

30. 《中國哲學發展史》，吳怡撰，臺北，三民書局，1989 年 12 月，三版。

31. 《清詞史》，嚴迪昌撰，江蘇，江蘇古籍出版社，1990 年 1 月。

32. 《歷代名家評史記》，楊燕起、陳可青、賴長揚合編，臺北，博遠出版有限公司，1990 年 2 月。

33. 《科舉史話》，王道成撰，臺北，國文天地雜誌社，1990 年 3 月。

34. 《清代史》，孟森撰，臺北，正中書局，1990 年 5 月。

35. 《戰國策》，〔漢〕劉向編，臺北，里仁書局，1990 年 9 月。

36. 《史記論文選集》，黃沛榮編，臺北，長安出版社，1991 年 3 月，二版四刷。

37. 《簡明清史》，戴逸撰，河北，河北人民出版社，1991 年 4 月。

38. 《史記評林》，〔明〕凌稚隆輯校、李光縉增補，有井範平補標，臺北，地球出版社，1992 年 3 月。

39. 《史記》，〔漢〕司馬遷撰，臺北，鼎文書局，1992 年 7 月，十二版。

40. 《中國哲學史》，勞思光撰，臺北，三民書局，1992 年 9 月，增定七版。

41. 《中國文學批評史》，王運熙、顧易生合著，臺北，五南圖書出版公司，1993 年 3 月，二版一刷。

42. 《史記選注匯評》，韓兆琦評，臺北，文津出版社，1993 年 4 月。

43. 《中國文化史導論》，錢穆著，臺北，臺灣商務印書館，1993 年 5 月。

44. 《中國文學理論史》，黃保真、成復旺、蔡鍾翔合著，臺北，洪葉文化事業有限公司，1993 年 12 月。

45. 《中國學術思想史》，林啓彥撰，臺北，書林出版有限公司，1994 年 1 月。

46. 《中國詞學批評史》，方智範等合撰，北京，中國社會科學出版社，1994 年 7 月。

47. 《中國文學批評史》，郭紹虞撰，臺北，五南圖書出版公司，1994 年 8 月。

48. 《清代學術史研究續編》，胡楚生撰，臺北，學生書局，1994 年 12 月。

49. 《中國文學發展史》，劉大杰撰，臺北，華正書局，1995 年 7 月。

50. 《中國科舉制度史》，李新達撰，臺北，文津出版社，1995 年 9 月。

51. 《海陵從政錄》，周石藩撰，中國史學會編《中國近代史料叢刊》本，上海，新知識出版社，1995 年 10 月。

52. 《宋明理學之概念與歷史》，陳榮捷撰，臺北，中研院文哲所，1996 年 6 月。

53. 《中國近三百年學術史》，錢穆撰，臺北，臺灣商務印書館，1996 年 7 月，二版二刷。

54. 《二十世紀中國新文學史》，皮述民等合撰，板橋，駱駝出版社，1997 年 8 月。

（三）思想類

1. 《里堂家訓》，〔清〕焦循撰，清光緒十年儀徵吳氏羼守山莊藏板本。

2. 《韓門綴學》，〔清〕汪師韓撰，清光緒十二年錢唐汪氏長沙刊本。

3. 《井觀瑣言》，〔宋〕鄭瑗撰，百部叢書集成本，臺北縣，藝文印書館。

4. 《漢學商兌》，〔清〕方東樹，臺北，廣文書局，1963 年 1 月。

5. 《易餘籥錄》，〔清〕焦循撰，國學集要初編十種本，臺北，文海出版社，1968 年 2 月。

6. 《國學概論》，程發軔撰，臺北，國立編譯館，1972 年 9 月。

7. 《古籍舉要》，錢基博撰，臺北縣，華世出版社，1975 年 4 月。

8. 《崇正辯》，〔宋〕胡寅撰，臺北，中文出版社，近世漢籍叢刊本，1975 年 5 月。

9. 《原抄本日知錄》，〔清〕顧炎武撰，臺南，平平出版社，1975 年 7 月，三版。

10. 《中國哲學原論》，唐君毅撰，臺北，臺灣學生書局，1977 年 5 月，修訂再版。

11. 《鐔津集》〔宋〕釋契嵩撰，臺北，明文書局，禪門逸書初編本，1980 年 1 月。

12. 《能改齋漫錄》，〔宋〕吳曾撰，臺北，木鐸出版社，1982 年 5 月。

13. 《宋明理學概述》，錢穆，臺北，臺灣學生書局，1984 年 2 月，再版。

14. 《學林》，〔宋〕王觀國撰，臺北，新文豐出版公司，1984 年 6 月。

15. 《晚清公羊學派的政治思想》，何信全撰，臺北，經世書局，1984 年 5 月。

16. 《佛典漢譯之研究》，王文顏撰，臺北，天華出版事業股份有限公司，1984 年 12 月。

17. 《三教平心論》，〔清〕劉謐撰，叢書集成初編本，北京，中華書局，1985。

18. 《文藝心理學》，朱光潛撰，臺北，漢京文化事業有限公司，1987 年 3 月，平版二刷。

19. 《中國佛學思想概論》，呂澂撰，臺北，天華出版事業股份有限公司，1988 年 2 月，三版。

20. 《先秦儒家詩教思想研究》，康曉城撰，臺北，文史哲出版社，1988 年 8 月。

21. 《新論》，〔漢〕桓譚撰，四部備要本，北京，中華書局，1989 年 3 月。

22. 《法言》，〔漢〕揚雄撰，四部備要本，北京，中華書局，1989 年 3 月。

23. 《顏氏家訓》，北〔清〕顏之推撰，四部備要本，北京，中華書局，1989 年 3 月。

24. 《六祖壇經講話》，聖印法師編著，臺北，大祥印刷有限公司，1989 年 9 月。

25. 《四十二章經解》，〔明〕藕益大師著，臺中，金星堂印刷廠，1989 年 12 月。

26. 《中華佛學研究論叢》，釋惠敏等著，臺北，東初出版社，1990 年 9 月，二版。

27. 《文學心理學》，魯樞元撰，臺北，新學識文教出版社，1990 年 9 月。

28. 《中國古代樂教思想論集》，張蕙慧撰，臺北，文津出版社，1991 年 1 月。

29. 《創造心理學》，郭有遹撰，臺北，正中書局，1991 年 11 月。

30. 《日知錄導讀》，趙儷生撰，成都，巴蜀書社，1992 年 4 月。

31. 《古籍導讀》，黃振民撰，臺北，天工書局，1992 年 10 月，再版。

32. 《六祖壇經禪學基本教材》，臺北，財團法人佛陀教育基金會，1992 年 12 月。

33. 《金剛般若波羅蜜經講話》，竺摩法師著，高雄縣，佛光出版社，1993 年 3 月，初版八刷。

34. 《清代學術概論》，梁啓超撰，臺北，臺灣商務印書館，1994 年 1 月，臺二版。

35. 《以禮代理——凌廷堪與清中葉儒學思想之轉變》，張壽安撰，臺北，中央研究院近代史研究所，1994 年 5 月。

36. 《顧炎武論考》，沈嘉榮撰，南京，江蘇人民出版社，1994 年 6 月。

37. 《中國文化概論》，韋政通撰，臺北，水牛圖書出版事業有限公司，1994 年 7 月，五版三刷。

38. 《心理學》，美 Phlilp G.Zimbardo 撰，游恆山編譯，臺北，五南圖書出版公司，1995 年 2 月。

39. 《中國古代思維方式探索》，楊儒賓、黃俊傑合著，臺北，正中書局，1996 年 11 月。

40. 《文化心理學的探索》，楊國樞主編，臺北，臺灣大學心理學系本土心理學研究室，1996 年 12 月。

（四）文學類

1. 《天傭子集》，〔明〕艾南英撰，清咸豐同治間楊枚臣重刊本。

2. 《駢體文鈔》，〔清〕李兆洛編，清合河康氏家塾刊本。

3. 《西京雜記》，〔漢〕劉歆撰，百部叢書集成本，臺北縣，藝文印書館。

4. 《曲律》，〔明〕王驥德撰，百部叢書集成本，臺北縣，藝文印書館。

5. 《野獲編》，〔明〕沈德符撰，百部叢書集成本，臺北縣，藝文印書館。

6. 《苑鄰文》，〔清〕張琦撰，影印本，出版時地不詳。

7. 《文體論纂要》，蔣伯潛撰，臺北，正中書局，1959 年 7 月。

8. 《揚州畫舫錄》，〔清〕李斗撰，北京，中華書局，1960 年 4 月。

9. 《袁中郎全集》，〔明〕袁宏道撰，臺北，五洲出版社，1960 年 5 月。

10. 《古文辭類纂》，〔清〕姚鼐編，臺北，廣文書局，1961 年 6 月。

11. 《洪北江詩文集》，〔清〕洪亮吉撰，臺北，世界書局，1964 年 2 月。

12. 《清朝文錄》，〔清〕姚椿編，臺北，大新書局，1965 年 2 月。

13. 《鄭板橋全集》，〔清〕鄭燮撰，臺北，新興書局，1966 年 1 月。

14. 《文選學》，駱鴻凱撰，臺北，臺灣中華書局，1966 年 3 月，臺三版。

15. 《二程遺書》，〔宋〕程顥、程頤撰，臺北，臺灣商務印書館，1968 年 3 月。

16. 《四六叢話》，〔清〕孫梅撰，王雲五主編《國學基本叢書》本，臺北，臺灣商務印書館，1968 年 9 月。

17. 《文學研究法》，姚永樸撰，臺北，廣文書局，1968 年 10 月，再版。

18. 《西河文集》，〔清〕毛奇齡撰，王雲五編《國學基本叢書》本，臺北，臺灣商務印書館，1968 年 12 月。

19. 《藝概》，〔清〕劉熙載撰，臺北，廣文書局，1969 年 4 月，再版。

20. 《韓柳文研究法》，〔清〕林紓撰，香港，龍門書店，1969 年 10 月。

21. 《韓愈志》，錢基伯撰，香港，龍門書店，1969 年 10 月。

22. 《論詞隨筆》，沈祥龍，唐圭璋編《詞話叢編》本，臺北，廣文書局，1970 年 1 月，再版。

23. 《古文範》，〔清〕吳闓生撰，臺北，臺灣中華書局，1970 年 3 月。

24. 《中國文學研究》，梁啓超等撰，臺北，明倫出版社，1970 年 11 月。

25. 《宋四家詞選》，〔清〕周濟撰，鄺利安箋注，臺北，臺灣中華書局，1971 年 1 月。

26. 《辭賦學綱要》，陳去病撰，臺北，文海出版社，1971 年 7 月。

27. 《文章指南》，〔明〕歸有光撰，臺北，廣文書局，1972 年 4 月。

28. 《老學庵筆記》，〔宋〕陸游撰，臺北，廣文書局，1972 年 5 月。

29. 《滄浪詩話校釋》，〔宋〕嚴羽撰，郭紹虞校釋，臺北，正生書局，1972 年 12 月。

30. 《章氏遺書》，〔清〕章學誠撰，臺北，漢聲出版社，1973 年 1 月。

31. 《吳摯甫全集》，〔清〕吳汝綸撰，臺北，臺灣商務印書館，1973 年 12 月。

32. 《嚴幾道詩文鈔》，〔清〕嚴復撰，沈雲龍編《近代中國史料叢刊》本，臺北，文海出版社，1973 年 12 月。

33. 《賦話》，〔清〕李調元撰，臺北，世界書局，中國學術名著本，1974 年 6 月，三版。

34. 《隨園詩話》，〔清〕袁枚撰，臺北，鼎文書局，1974 年 10 月。

35. 《臨川先生文集》，〔宋〕王安石撰，臺北，華正書局，1975 年 4 月。

36. 《劉申叔先生遺書》，劉師培撰，臺北，華世出版社，1975 年 4 月。

37. 《魏源集》，〔清〕魏源撰，北京，中華書局，1976 年 3 月。

38. 《制義叢話》，〔清〕梁章鉅撰，臺北，廣文書局，1976 年 3 月。

39. 《中華文學論集》，徐復觀撰，臺北，臺灣學生書局，1976 年 9 月，三版。

40. 《廣藝舟雙楫》，〔清〕康有爲撰，臺北，臺灣商務印書館，1976 年 11 月，臺三版。

41. 《朱九江集》，〔清〕朱次琦撰，臺北，臺灣商務印書館，1977 年 1 月。

42. 《讀書作文譜》，〔清〕唐彪撰，臺北，偉文圖書出版社，1977 年 8 月，再版。

43. 《譚嗣同全集》，〔清〕譚嗣同撰，臺北，華世出版社，1977 年 10 月。

44. 《苕溪漁隱叢話》，〔宋〕胡仔撰，臺北，長安出版社，1978 年 12 月。

45. 《文章辨體序說・文體明辨序說》，〔明〕吳訥撰・〔明〕徐師曾撰，臺北，長安出版社，1978 年 12 月。

46. 《古文通論》，馮書耕撰，臺北，國立編譯館中華叢書編審委員會，1979 年 4 月，三版。

47. 《劉子駿集》，〔漢〕劉歆撰，明張溥輯《漢魏六朝百三名全集》本，臺北文津出版社，1979 年 8 月。

48. 《管錐編》，錢鍾書撰，北京，中華書局，1979 年 10 月。

49. 《胡適文存》，胡適撰，臺北，遠東圖書公司，1979 年 11 月。

50. 《姜齋詩話》，〔清〕王夫之撰，丁福保編《清詩話》本，臺北，西南印書局，1979 年 11 月。

51. 《答萬季埜詩問》，〔清〕吳喬撰，丁福保編《清詩話》本，臺北，西南印書局，1979 年 11 月。

52. 《漁洋詩話》，〔清〕王士禎撰，丁福保編《清詩話》本，臺北，西南印書局，1979 年 11 月。

53. 《然鐙記聞》，〔清〕王士禎口授，丁福保編《清詩話》本，臺北，西南印書局，1979 年 11 月。

54. 《說詩晬語》，〔清〕沈德潛撰，丁福保編《清詩話》本，臺北，西南印書局，1979 年 11 月。

55. 《原詩》，〔清〕葉燮撰，丁福保編《清詩話》本，臺北，西南印書局，1979 年 11 月。

56. 《說詩菅蒯》，〔清〕吳雷發撰，丁福保編《清詩話》本，臺北，西南印書局，1979 年 11 月。

57. 《戴震集》，〔清〕戴震撰，臺北，里仁書局，1980 年 1 月。

58. 《文體析論》，翁文宏撰，臺北，臺灣中華書局，1980 年 1 月。

59. 《古書讀校法》，陳鍾凡撰，臺北，臺灣商務印書館，1980 年 4 月，臺三版。

60. 《白居易集》，〔唐〕白居易撰，臺北，里仁書局，1980 年 10 月。

61. 《漢賦源流與價值之商榷》，簡宗梧撰，臺北，文史哲出版社，1980 年 12 月。

62. 《中國歷代文論選》，臺北，木鐸出版社，1981 年 4 月，再版。

63. 《我與文學》，鄭振鐸、傅東華編，上海，上海書店，1981 年 6 月。

64. 《評注昭明文選》，〔梁〕蕭統編，〔清〕于光華評注，臺北，學海出版社，1981 年 9 月，再版。

65. 《古文析義》，〔清〕林雲銘撰，臺北，廣文書局，1981 年 9 月，六版。

66. 《迦陵論詞叢稿》，葉嘉瑩撰，臺北，明文書局，1981 年 9 月。

67. 《韓愈研究》，羅聯添撰，臺北，臺灣學生書局，1981 年 11 月，增訂再版。

68. 《評註古文觀止》，〔清〕吳楚材、吳調侯評註，臺北，廣文書局，1981 年 12 月。

69. 《朱自清古典文學論文集》，朱自清撰，臺北，源流文化事業有限公司，1982 年 5 月。

70. 《韓文選析》，胡楚生撰，臺北，華正書局，1983 年 12 月。

71. 《古文辭通義》，王葆心撰，臺北，臺灣中華書局，1984 年 4 月，臺二版。

72. 《中國散文之面貌》，張高評撰，臺北，中央文物供應社，1984 年 5 月。

73. 《楚辭章句》，〔漢〕王逸注，叢書集成初編本，北京，中華書局，1985。

74. 《文則》，〔宋〕陳騤撰，叢書集成初編本，北京，中華書局，1985。

75. 《古文關鍵》，〔宋〕呂祖謙撰，叢書集成初編本，北京，中華書局，1985。

76. 《作義要訣》，〔元〕倪士毅撰，叢書集成初編本，北京，中華書局，1985。

77. 《文原》，〔明〕宋濂撰，叢書集成初編本，北京，中華書局，1985。

78. 《文脈》，〔明〕王文祿撰，叢書集成初編本，北京，中華書局，1985。

79. 《四六金針》，〔清〕陳維崧撰，叢書集成初編本，北京，中華書局，1985。

80. 《揅經室集》，〔清〕阮元撰，叢書集成初編本，北京，中華書局，1985。

81. 《初月樓古文緒論》，〔清〕呂璜撰，叢書集成初編本，北京，中華書局，1985。

82. 《香研居詞麈》，〔清〕方成培撰，叢書集成初編本，北京，中華書局，1985。

83. 《詞學》，第三輯，夏承燾等合編，上海，華東師範大學出版社，1985

年2月。

84. 《書林藻鑑‧清代篇》，馬宗霍編撰，周駿富輯《清代傳記叢刊》本，臺北，明文書局，1986年1月。

85. 《文章經義》，〔宋〕李耆卿撰，景印文淵閣四庫全書本，臺北，臺灣商務印書館，1986年3月。

86. 《唐宋八大家文鈔》，〔明〕茅坤編，景印文淵閣四庫全書本，臺北，臺灣商務印書館，1986年3月。

87. 《遜志齋集》，〔明〕方孝孺撰，景印文淵閣四庫全書本，臺北，臺灣商務印書館，1986年3月。

88. 《大復集》，〔明〕何景明撰，景印文淵閣四庫全書本，臺北，臺灣商務印書館，1986年3月。

89. 《欽定四書文》，〔清〕方苞撰，景印文淵閣四庫全書本，臺北，臺灣商務印書館，1986年3月。

90. 《重訂古文釋義新編》，〔清〕余誠編，漢口，武漢古籍書店，1986年5月。

91. 《文心雕龍通解》，王禮卿撰，臺北，黎民文化事業股份有限公司，1986年10月。

92. 《曾國藩全集》，〔清〕曾國藩撰，長沙，嶽麓書社，1986年7月，二刷。

93. 《昭明文選研究》，林聰明撰，臺北，文史哲出版社，1986年11月。

94. 《中國古代美學範疇》，曾祖蔭撰，臺北，丹青圖書有限公司，1987年4月。

95. 《文學導論》，張懷瑾主編，天津，天津教育出版社，1987年5月。

96. 《射鷹樓詩話》，〔清〕林昌彝撰，臺北，新文豐出版公司，1987年6月。

97. 《昭明文選雜述及選講》，屈守元撰，天津，天津古籍出版社，1988年6月。

98. 《昭明文選》，〔梁〕蕭統編，四部叢刊初編本，上海，上海書店，1989年3月。

99. 《昌黎先生文集》，〔唐〕韓愈撰，四部叢刊初編本，上海，上海書店，1989年3月。

100. 《河東集》，〔唐〕柳開撰，四部叢刊初編本，上海，上海書店，1989年3月。

101. 《唐文粹》，〔宋〕姚鉉編，四部叢刊初編本，上海，上海書店，1989年3月。

102. 《嘉祐集》，〔宋〕蘇洵撰，四部叢刊初編本，上海，上海書店，1989年3月。

103. 《欒城集》，〔宋〕蘇轍撰，四部叢刊初編本，上海，上海書店，1989 年 3 月。

104. 《晦庵先生文集》，〔宋〕朱熹撰，四部叢刊初編本，上海，上海書店，1989 年 3 月。

105. 《滹南遺老集》，〔金〕王若盧撰，四部叢刊初編本，上海，上海書店，1989 年 3 月。

106. 《王文成公全書》，〔明〕王守仁撰，四部叢刊初編本，上海，上海書店，1989 年 3 月。

107. 《惜抱軒集》，〔清〕姚鼐撰，四部叢刊初編本，上海，上海書店，1989 年 3 月。

108. 《大雲山房文稿》，〔清〕惲敬撰，四部叢刊初編本，上海，上海書店，1989 年 3 月。

109. 《詞源》，〔宋〕張炎編，四部備要本，北京，中華書局，1989 年 3 月。

110. 《詞綜》，〔清〕朱彝尊編，四部備要本，北京，中華書局，1989 年 3 月。

111. 《詞選》，〔清〕張惠言編，四部備要本，北京，中華書局，1989 年 3 月。

112. 《唐宋八大家散文技法》，朱世英、郭景春合著，武漢，長江文藝出版社，1989 年 3 月。

113. 《復堂日記》，〔清〕譚獻撰，臺北，新文豐出版公司，1989 年 7 月。

114. 《苦悶的象徵》，〔日〕廚川白村撰，臺北，志文出版社，1989 年 8 月，再版。

115. 《文學的批評世界》，陳晉撰，上海，上海文藝出版社，1989 年 9 月。

116. 《潛研堂集》，〔清〕錢大昕撰，上海，上海古籍出版社，1989 年 11 月。

117. 《詩論》，朱光潛撰，臺北，國文天地雜誌社，1990 年 3 月。

118. 《唐宋古文新探》，何寄澎撰，臺北，大安出版社，1990 年 5 月。

119. 《周敦頤集》，〔宋〕周敦頤撰，北京，中華書局，1990 年 5 月。

120. 《廣藝舟雙楫疏證》，〔清〕康有爲撰，臺北，華正書局，1990 年 5 月。

121. 《中國文論大辭典》，彭會資撰，廣西，百花文藝出版社，1990 年 7 月。

122. 《劉大櫆集》，〔清〕劉大櫆撰，上海，上海古籍出版社，1990 年 12 月。

123. 《修辭學發凡》，陳望道撰，民國叢書本，上海，上海書店，1990 年 12 月。

124. 《古文正聲》，胡楚生撰，臺北，黎明文化事業股份有限公司，1991。

125. 《七經樓文鈔》，〔清〕蔣湘南撰，鄭州，中州古籍出版社，1991 年 2 月。

126. 《天下才子必讀書》，〔清〕金聖歎選評，合肥，安徽文藝出版社，1991 年 1 月。

127. 《中國詩學‧鑑賞篇》，黃永武撰，臺北，巨流圖書公司，1991 年 5 月，一版七印。

128. 《韓柳文新探》，胡楚生撰，臺北，臺灣學生書局，1991 年 6 月。

129. 《歷代文約選詳評》，王禮卿撰，臺北，茂昌圖書有限公司，1991 年 6 月，再版三印。

130. 《方望溪全集》，〔清〕方苞撰，北京，中國書店，1991 年 6 月。

131. 《文學概論》，張健撰，臺北，五南圖書出版公司，1991 年 6 月，初版八刷。

132. 《文章技法辭典》，金振邦撰，長春，東北師範大學出版社，1991 年 6 月。

133. 《文學概論》，涂公遂撰，臺北，五洲出版社，1991 年 7 月。

134. 《歐陽修全集》，〔宋〕歐陽修撰，北京，中國書店，1991 年 9 月。

135. 《蘇東坡全集》，〔宋〕蘇軾撰，北京，中國書店，1991 年 9 月。

136. 《中國古代文學原理》，樊德三撰，北京，光明日報出版社，1991 年 9 月。

137. 《古典文學論探索》，王夢鷗撰，臺北，正中書局，1991 年 10 月，三印。

138. 《三蘇及其散文之研究》，陳雄勳撰，臺北，文史哲出版社，1991 年 11 月。

139. 《文學概論》，洪炎秋撰，臺北，中國文化大學出版部，1991 年 12 月，新五版。

140. 《石林詩話》，〔宋〕葉少蘊撰，〔清〕何文煥輯《歷代詩話》本，北京，中華書局，1992 年 5 月，三刷。

141. 《觀堂集林》，〔清〕王國維撰，上海，上海書店，1992 年 12 月。

142. 《讀書的藝術》，叔本華等著，林衡哲、廖運範合譯，臺北，志文出版社，1993 年 5 月，再版。

143. 《中國古代文學原理》，祁志祥撰，上海，學林出版社，1993 年 7 月。

144. 《茅坤集》，〔明〕茅坤撰，杭州，浙江古籍出版社，1993 年 10 月。

145. 《韓愈散文研讀》，王更生撰，臺北，文史哲出版社，1993 年 11 月。

146. 《文氣論詮》，張靜二撰，臺北，五南圖書出版公司，1994 年 4 月。

147. 《文章例話‧修辭編》，周振甫撰，臺北，五南圖書出版公司，1994 年 5 月。

148. 《文章例話‧寫作編》，周振甫撰，臺北，五南圖書出版公司，1994 年 5 月。

149. 《說八股》，啓功、張中行、金克木合著，北京，中華書局，1994 年 7 月。

150. 《中國文學的精神世界》，葉太平撰，臺北，正中書局，1994 年 12 月。

151. 《漢語修辭藝術大辭典》，楊春霖、劉帆主編，西安，陝西人民出版社，1995 年 1 月。

152. 《中國古代文學理論的祕寶——文心雕龍》，王更生撰，臺北，黎民文化事業股份有限公司，1995 年 7 月。

153. 《中國散文美學》，吳小林撰，臺北，里仁書局，1995 年 7 月。

154. 《文學鑑賞論》，劉永翔撰，臺北，洪葉文化事業有限公司，1995 年 9 月。

155. 《文心雕龍講疏》，王元化撰，上海，上海古籍出版社，1995 年 12 月。

156. 《叔本華論文集》，德，叔本華 Arthur Schopenhauer 撰，陳曉南譯，臺北，志文出版社，1996 年 1 月，再版。

157. 《中國詩學‧設計編》，黃永武撰，臺北，巨流圖書公司，1996 年 5 月，一版十一刷。

158. 《中國古代詩學本體論闡釋》，毛正夫撰，臺北，五南圖書出版公司，1997 年 4 月。

159. 《中國文學理論與實踐》，王夢鷗撰，臺北，時報文化出版，1997 年 4 月。

160. 《藝術創造工程》，余秋雨撰，臺北，允晨文化實業股份有限公司，1997 年 4 月，初版六刷。

161. 《文心雕龍讀本》，〔梁〕劉勰撰，王更生注譯，臺北，文史哲出版社，1997 年 10 月，初版六刷。

三、論　文

（一）期刊論文

1. 《桐城派古文與時文的關係問題》，錢仲聯撰，北京，文學評論，六期，1962 年 12 月。

2. 《桐城派在中國文學史上的地位和作用》，王氣中撰，原載安徽歷史學報 1957 年創刊號，收錄於桐城派研究論文集，合肥，安徽人民出版社，1963 年 12 月。

3. 《桐城派的義法》，王澤浦撰，原載安徽歷史學報 1957 年創刊號，收錄於桐城派研究論文集，合肥，安徽人民出版社，1963 年 12 月。

4. 《漢賦研究》，張清鍾撰，嘉義師專學報，五期，1974 年 5 月。

5. 《有關司馬遷的報任安書》，陳振興撰，新潮，二九期，1975 年 1 月。

6. 《八股文的沿革及其對士風的影響》，陳平達撰，中華文化復興月刊，八

卷七期，1975 年 7 月。

7. 《韓愈之文學創作觀》，劉三富撰，邱榮鐊譯，華學月刊，四四期，1975年 8 月。

8. 《漢賦的性情與結構》，吳炎塗撰，鵝湖，三卷一期，1977 年 7 月。

9. 《孔尚任與桃花扇——一個戲曲家對明清朝代轉換的歷史教訓的探討，張春樹、駱雪倫合撰，香港中文大學中國文化研究所學報，九卷二期 1978年。

10. 《明清考試制度與八股文》，康國棟撰，古今談，一五六期，1978 年 5月。

11. 《朱熹的詩經學》，賴炎元撰，中國學術年刊，二期，1978 年 6 月。

12. 《文起八代之衰道濟天下之溺的韓愈》，張特生撰，中華文化復興月刊，一二卷八期，1979 年 8 月。

13. 《詩經毛傳評介》，趙制陽撰，中華文化復興月刊，一三卷四期，1984年 4 月。

14. 《賈誼散文的特點及在文學史上的地位》，王洲明撰，文史哲（雙月刊），三期，總一五○期，1982 年 3 月。

15. 《八股文與起承轉合》，鍾騰撰，中國語文，五三卷三期（總三一五），1983 年 9 月。

16. 《顧炎武《日知錄》評介》，陳熾彬撰，銘傳學報，二三期，1986 年 3月。

17. 《韓愈原道評議》，陸鐵乘撰，中央月刊，一二卷三期，1980 年 1 月，收錄於朱傳譽編《韓愈文研究》，台北，天一出版社，1982 年 5 月

18. 《韓愈平淮西碑》，一愚撰，中央日報，六版，1963 年 4 月.14，收錄於朱傳譽編《韓愈文研究》，台北，天一出版社，1982 年 5 月。

19. 《論韓愈的作品》，劉中龢撰，文藝月刊，四七期，1973 年 5 月，收錄於朱傳譽編《韓愈文研究》，台北，天一出版社，1982 年 5 月。

20. 《詩教「溫柔敦厚而不愚」述義》，林耀潾撰，中華文化復興月刊，一八卷二期，總二○三，1985 年 2 月。

21. 《論史記的兩篇合傳——〈魏其武安侯列傳〉與〈衛將軍驃騎列傳〉》，洪淑苓撰，國立編譯館館刊，二一卷一期，1992 年 6 月。

22. 《經典對中國文學思想的影響——「中國文學的本源」探究之四》，王更生撰，孔孟月刊，一九卷十二期，1981 年 8 月。

23. 《經典對中國文學思想的影響——「中國文學的本源」探究之四》，王更生撰，孔孟月刊，二十卷三期，1981 年 11 月。

24. 《從文學觀點論文八股文》，涂經治撰，鄭邦鎭譯，中外文學，一二卷十

二期，1984 年 5 月。

25. 《虛矯的豪傑與怙勢凌人的權臣——魏其武安兩外戚》，林聰舜撰，國文天地，二卷九期，1987 年 2 月。

26. 《淺探劉勰文學批評的理論與實際》，王更生撰，中華文化復興月刊，二十五卷五期，1987 年 5 月。

27. 《唐宋八大家及其散文藝術》，王更生撰，中國學術年刊，十期，1989 年 2 月。

28. 《談八股文體與其發展歷史》，鄺健行撰，東方雜誌，復刊第二三卷十期，1990 年 4 月。

29. 《八股文的淵源及其相關問題》，葉國良撰，臺大中文學報，六期，1994 年 6 月。

30. 《八股文的形成與沒落》，朱瑞熙撰，歷史月刊，八六期，1995 年 3 月。

31. 《曾國藩陽剛陰柔說「古文八訣」蠡探》，李建福撰，興大中文學報，十一期，1997 年 5 月。

（二）學位論文

1. 《韓文公闢佛研究》，黎光蓮撰，臺北，臺灣師範大學國文研究所博士論文，1976 年 6 月。

2. 《章實齋文學理論研究》，羅思美撰，臺北，臺灣師範大學國文研究所碩士論文，1976 年 6 月。

3. 《制義叢話研究》，蔡榮昌撰，臺北，中國文化大學中國文學研究所博士論文 1987 年 4 月。

4. 《明代前期八股文形構研究》，鄭邦鎮撰，臺北，臺灣大學中國文學研究所博士論文，1987 年 7 月。

5. 《鄭玄毛詩箋以禮說詩研究》，彭美玲撰，臺北，臺灣大學中國文學研究所碩士論文，1992 年 6 月。

6. 《乾嘉文論研究》，何石松撰，臺北，文化大學中國文學研究所博士論文，1992 年 6 月。

7. 《中國文體分類學的研究》，諸海星撰，臺北，臺灣師範大學國文研究所碩士論文，1993 年 6 月。

8. 《艾南英時文理論之研究》，林進財撰，高雄，中山大學中國文學研究所碩士論文，1995 年 6 月。

9. 《清代中期經學家的文論》，朴英姬撰，臺北，臺灣師範大學國文研究所博士論文，1996 年 5 月。